Sisterhood of the Traveling Pants

牛仔裤的夏天 II

第二个夏天

（美）安·布拉谢尔◎著

李亚萍◎译

未来出版社

FUTURE PUBLISHING HOUSE

图书在版编目（CIP）数据
第二个夏天 /（美）布拉谢尔著；李亚萍，薛丽译．— 西安：未来出版社，2011.3（2012.9 重印）
（牛仔裤的夏天）
ISBN 978-7-5417-4199-9
Ⅰ．①第… Ⅱ．①布… ②李…③薛… Ⅲ．①长篇小说－美国－现代 Ⅳ．① I712.45
中国版本图书馆 CIP 数据核字（2011）第 041955 号

牛仔裤的夏天·第二个夏天　DIERGE XIATIAN

作者：【美】安·布拉谢尔　**译者：**李亚萍　薛　丽

总 策 划：尹秉礼　冯知明
选题策划：陆三强　孟讲儒
丛书统筹：唐荣跃　白海瑞
责任编辑：唐荣跃　董文辉
特约编辑：金泽龙
营销总监：董晓明　丁　杰
营销宣传：薛少华　陈　欣
印制总监：陈　刚　宇小玲
封面设计：宋晓亮　金　丹　金奇伟
出版发行：未来出版社
地址：西安市丰庆路 91 号　邮编：710082
电话：029- 84298551　84288355
经　　销：全国新华书店
印　　刷：安康天宝印务有限公司
开　　本：787mm × 1092mm　1 / 16
印　　张：19
字　　数：228千字
版　　次：2011 年 4 月第 1 版
印　　次：2012 年 9 月第 2 次印刷
书　　号：ISBN 978-7-5417-4199-9
定　　价：28.00 元

献给我的母亲简·伊斯顿·布拉谢尔

致 谢

在此我首先要特别感谢乔迪·安德森。此外，我还要向温迪·洛吉亚、贝弗莉·霍洛维茨、查宁·萨尔通斯道尔、莱斯利·摩根斯坦和詹妮弗·鲁道夫·沃希致以最诚挚的谢意。

我还要感谢我的丈夫雅各布·科林斯和我的三个小天使山姆、纳撒尼尔和苏珊娜。我要感谢我的父亲威廉·布拉谢尔，他一直都是我为人处世的榜样。我还要感谢琳达·科林斯和阿瑟·科林斯，在这一年，科林斯夫妇帮了我们许多忙，他们甚至还向我提供了写这本书的书房。最后，我要感谢的是我的兄弟波尔·布拉谢尔、贾斯汀·布拉谢尔和本·布拉谢尔，他们是世界上最好的男人。

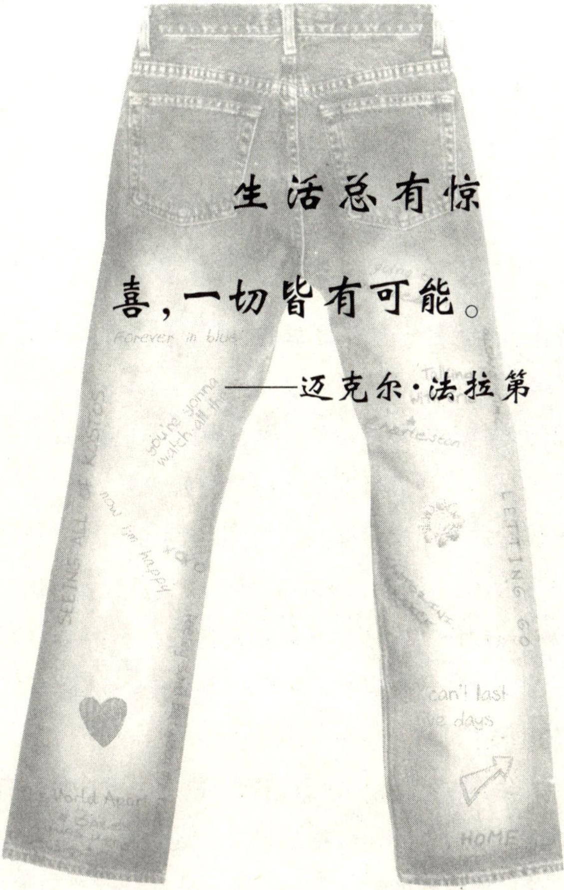

生活总有惊
喜，一切皆有可能。

——迈克尔·法拉第

序　言

从前有四个合穿一条牛仔裤的女孩，她们的身高体型截然不同，但这条裤子她们穿着都很合身。

你可能以为这是无聊的传说吧。不过我知道这是真的,因为我就是那四个女孩中的一个——我们是魔法牛仔裤姐妹。

去年夏天我们发现了牛仔裤的魔力,但这完全是个巧合。那时我们四个人即将各奔东西,这是我们一生中的第一次分离。卡门在一家旧货店买了这条裤子,她却懒得去试,而且准备买了就扔。不过碰巧的是,蒂比发现了它。第一个试穿它的人是蒂比,接下来是我——莉娜,再后来就是布丽奇特,最后才轮到卡门。

等到卡门试穿的时候,我们才意识到奇迹发生了。如果同一条牛仔裤我们四个人穿着都很合身——我指的是真正地合身,那它肯定不凡。它肯定不是你能见得到摸得着的普通东西。我妹妹艾菲说我不相信鬼神,也许她说得对吧。可就在我们合穿牛仔裤的第一个夏天后,我相信了。这条魔法牛仔裤不仅是有史以来最漂亮的牛仔裤,而且它有灵魂,有智慧,有温情。此外,它可以让你光彩四射。

我们“牛仔裤姐妹”在发现魔法牛仔裤之前就已经是死党了。我们的友谊甚至可以追溯到出生之前。我们的母亲预产期都在9月上旬，她们在某个孕妇有氧运动班相遇。我觉得这就是所谓的缘分吧。我们太投缘了，尚在母体中就随着母亲们做操的动作而经常“碰头”。

在17天内，我们四个人相继出生了。最先出生的是我，有一点提前了，我是8月末出生的。最后是卡门，她晚于预产期，拖到9月中旬才出生。你知道的，双胞胎中即使一个比另一个晚三分钟出生，也要遵守长幼有序的规则。规矩可是很重要的。嗯，我们就是这样的。我们很重视这个，所以我是老大，我应该是最成熟最会照顾人的，而卡门则是小妹妹。

我们的母亲开始时很亲密。在我们上幼儿园之前，她们一周起码有3天会带我们出来一起玩。她们自称是“九月姐妹”，后来她们将这个名称传给了我们。我们的母亲喜欢聚在一起八卦，聚会的地点总是她们其中一个人的院子里，她们一起喝冰茶，吃樱桃番茄。而我们呢，则没完没了地嬉戏，有时也会打架。老实说，我那时很喜欢朋友们的妈妈，差不多都把她们当亲妈了。

我们四个孩子有时会回忆那段时光——我们觉得那是我们的黄金时代。慢慢地，我们长大了，母亲们的友谊却渐渐淡漠了。然后布丽奇特的母亲自杀了。她们之间便产生了巨大的裂痕，可没人知道该怎么修复。也许是她们没有勇气修复。

“朋友”这个词似乎不足以形容我们之间的感情。我们亲密无间，不分彼此。蒂比在电影院坐在我身边时，一看到好笑或恐怖的情节就会用脚后跟猛踢我的小腿。可我浑然不觉，总是要等到第二天看到腿上青了一大块才意识过来。上历史课时，卡门动不动就会心不在焉地掐我的手肘。我给布丽奇特看电脑上的内容时，她老喜欢用下巴顶着我的肩膀；有时我回头给她讲解，她还会把牙关咬得咯咯响。我们经常会踩到对方的脚（好吧，我承认我有一双大脚）。

在发现魔法牛仔裤之前，我们还不知道如何在分离时维系友谊。我们根本意识不到我们离开朋友后会变得更强大、更坚强，我们也意识不到分离后居然会那么难熬。第一个夏天之后，我们知道了。

整整一年来，我们都在期待第二个夏天，我们迫不及待地想去历练一番。我们学会了开车。我们很努力地做功课，积极准备 PSAT 考试[①]。艾菲恋爱了（有好几次呢），至于我嘛，有好几次都拒绝了男孩子们的追求。布莱恩成了蒂比家的常客，蒂比正在试着慢慢忘掉贝莉。卡门和保罗这对异父母兄妹变成了好朋友。现在我们所有人都很紧张布丽奇特，给她的爱也最多。

在这一年里，牛仔裤一直静静地躺在卡门家衣柜的最上面。它只属于夏天——这是我们共同的约定。我们一直认为我们的生活只属于夏天。哦，还有那个"不许洗牛仔裤"的规则，我们可不能老是穿它，不然会弄脏了。秋去冬来，接着又是春天，我们慢慢地淡忘了那条裤子，可它一直躺在卡门的衣柜里，没有一天不在默默地积聚魔力，静静等待重出江湖之日。

今年夏天开始的时候和去年截然相反。蒂比要去弗吉尼亚州参加一所大学的电影拍摄班，而我们其他三个人却会待在家里。我们都想瞧瞧我们待在家里，这条牛仔裤还会有什么魔力。

但布丽奇特是个善变的家伙，她的计划从来都是一日一变。所以从一开始，这个夏天就注定不能如我们所愿。

①译者注：PSAT 是 Preliminary SAT，即 SAT 预考，它是美国大学入学考试的预备考试，又叫 NMSQT(National Merit Scholarship Qualifying Test)——国家优秀学生奖学金资格考试。

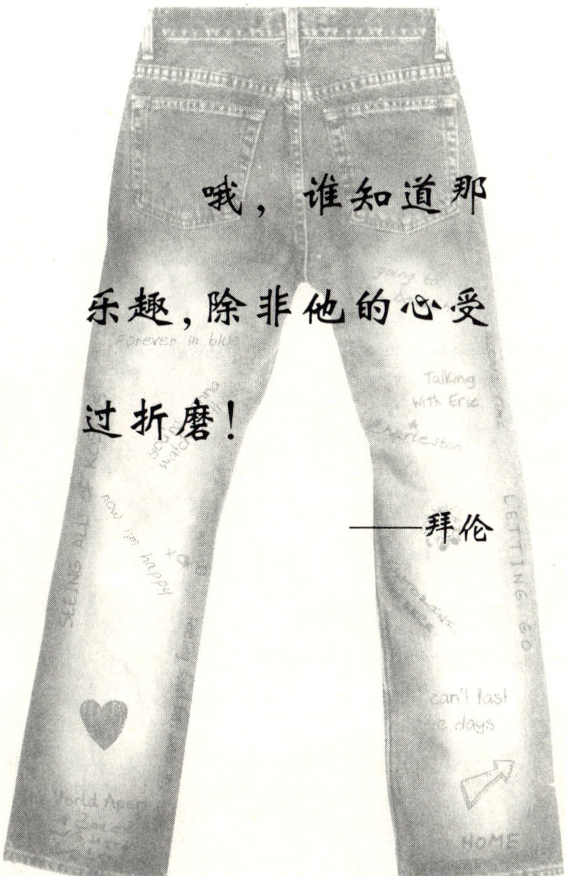

哦，谁知道那
乐趣，除非他的心受
过折磨！

——拜伦

布丽奇特坐在房间的地毯上，心怦怦直跳。地毯上铺了四个信封，收信人全都是布丽奇特和佩里，而且上面盖的全都是亚拉巴马州的邮戳。寄信人是一位名叫格蕾塔·鲁道夫的女人——布丽奇特的外婆。

第一封信写于五年前，外婆在信里请他们去亚拉巴马州布吉斯的联合卫理公会参加纪念玛琳·鲁道夫·维尔兰的悼念仪式。第二封写于四年前，外婆在信里告诉布丽奇特和佩里外公去世了。信里还有两张尚未兑现的支票，每张的面额都是 100 美元，信里说虽然钱不多，但这是外公临死之前的一点心意。第三封写于两年前，里面有一张鲁道夫家族和马文家族的族谱图，格蕾塔在页眉上写了"家族渊源"四个大字。第四封写于去年，格雷塔在信里请布丽奇特和佩里有空的时候回老家看看。

时至今日，布丽奇特才看到这些信。

她是在爸爸的书房里发现这些东西的，它们和她的出生证、成绩单，还有医疗卡放在一起，好像本来就是属于她的似的，可爸爸却从来没给过她。

布丽奇特的双手不住地颤抖，她走进爸爸的房间。爸爸刚下班回家，他正坐在床边脱工作鞋和黑袜子，他每天下班差不多都这样。布丽奇特小时候喜欢帮爸爸脱鞋子，那时爸爸会说这是他一天中最开心的时候。不过这话总让布丽奇特有些惴惴不安，难道爸爸开心的时候少得可怜吗？

“你为什么不把信给我？”布丽奇特冲着爸爸咆哮起来，她气势汹汹地走到爸爸跟前，好让他看清楚手中的东西，“这是写给我和佩里的信！”

爸爸面无表情地看着她，仿佛什么都没听见。就算她吼破了喉咙，爸爸也总是这副死相。他只是摇了摇头。过了好一会儿，他才看清布丽奇特手上晃动的信封。“我和格蕾塔有过节。我不让她和你们联系。”他总算开尊口了，但这理由好像是再简单明了不过似的，他只需轻描淡写就行了。

“但这是我的信！”布丽奇特大吼。这不是小事，这事对她来说比天还大。

爸爸太疲倦了。他陷入自己的世界无法自拔，不管对他说什么，他总要想半天才能回过神来。“你还没成年，我是你爸爸。”“可你有没有想过，我想要这些信？”她毫不示弱。

爸爸的目光缓缓地移到布丽奇特愤怒的脸上。

她没心情等他回答，这事还轮不到他做主。“我要去看外婆！”她不假思索便脱口而出，“她邀请了我，我就是要去！”

爸爸揉了揉眼睛：“你要去亚拉巴马？”

她赌气似的点点头。

爸爸脱完了鞋袜，他的脚看起来好小。“那你一个人怎么去呢？”他问布丽奇特。

“现在是夏天。而且我也攒了一点钱。”

他想了一会儿，似乎想不出反对的理由。“我不喜欢，也不信任你外婆，”他最后对她说，“不过我也不打算阻止你。”

“很好。”布丽奇特抢白道。

她转身回到自己的房间。原定的暑假计划随之烟消云散，取而代之的是新的计划。她要走了。一想到要去外地，她便兴奋得不能自已。

“你猜怎么着？”

这是布丽奇特的口头禅，每次只要话音一落，莉娜就会正襟危坐竖起耳朵：“怎么了？”

“我要走了。明天就走。”

“你明天就走？”莉娜傻乎乎地重复道。

“去亚拉巴马。”布丽奇特说。

“你不是开玩笑吧？”莉娜只会说这句话。这可是布丽奇特呢，莉娜知道她不会开玩笑。

“我要去看外婆。她给我寄了几封信。”布丽奇特解释说。

“什么时候寄的？”莉娜问道。

“嗯，怎么说呢？五年前吧，五年前寄的第一封。”

这简直有如五雷轰顶，布丽奇特怎么能把这事一直瞒到现在呢？

“我是刚刚发现的。我爸爸从一直没有把信给我。”布布的语气却并不愤怒，她是在就事论事。

“为什么没有？”

“他觉得母亲的死外婆难辞其咎。他不让外婆联系我们。外婆不理他的话，他很恼火。”

布丽奇特的爸爸担心的问题也正是莉娜所担心的，所以她一点也不吃惊。“你打算去多久？”她问。

“我不知道，一个月，也许两个月吧。”布丽奇特停顿了一会儿，“我问过佩里要不要一起去。他看了信，但他不想去。”

莉娜对这也丝毫不觉得吃惊。佩里曾经是个可爱的小男孩，可长大后越来越孤僻了。

让莉娜吃惊的只有一件事——暑假计划突变。她们本来打算一起找工作。她们本来打算一整个夏天都厮混在一起。不过看到布丽奇特这么冲动，她在吃惊之余，却莫名其妙地感到一丝欣慰。以前的那个布丽奇特又回来了。

“我会想你的。”莉娜不禁哽咽，她也不知道自己为什么想哭。她当然会想念布布。不过莉娜以往总是在未觉悲伤之前先面露戚色。今天的顺序却颠倒过来了，连她自己都暗暗吃了一惊。

“莉娜，我也会想你的。”布丽奇特忙接着表白，她的声音很温柔，好像也被莉娜的多愁善感给吓住了。

布布在过去的一年里变化很大，但有些特质仍一如从前。大多数人（包括莉娜在内）一旦发现别人情绪失控便会避之不及。可布布正好相反，她会主动迎上前去，莉娜现在爱死了她这一点。

蒂比准备第二天走，可她还没收拾好行李，也还没开始为一年两次的吉尔达俱乐部夜半聚会进行采购。布丽奇特来找她时，她正忙着打包。

蒂比把书桌上所有的东西都扔到地上去了，她这会儿正埋头在这堆东西里找打印机的电缆线。布丽奇特坐在书桌上看得津津有味。

“去衣柜里找找。”布丽奇特建议道。

“那儿没有。”蒂比没好气地说。她不想打开衣柜，因为里面塞满了许多留之无用、弃之可惜的东西（比如豚鼠咪咪死去后留下的笼子）。蒂比怕一打开柜门，这些杂物便会像山崩一般塌下来把她砸死，碾成粉末。

“肯定是尼奇拿了，我敢打赌。”蒂比小声嘀咕着。尼奇是她弟弟，今年才 3 岁。他经常拿蒂比的东西，蒂比总是等到需要某件东西的时候才发现已经被弟弟玩坏了。

布布一言不发。她出奇的安静。蒂比转过头来盯着她。

如果你一年没看到布布，你很可能意识不到坐在那里的女孩居然是她。她的头发不再是金色，她不再苗条，她也不再像以前那样动个不停了。她把头发染成了深棕色，但闪亮的金发从发根处不断涌现，染发剂无力抵抗，只有节节败退。布布以往一向苗条，身上没有一块赘肉，可她在这个冬天和春天长胖了十多斤，肥肉堆在她的手臂、大腿和腰腹上，简直是触目惊心。她的身体似乎很不愿意接纳这些赘肉，所以多余的脂肪只是暂时依附在那里，仿佛随时准备离开。蒂比情不自禁地想，布布的身体似乎总在和她的大脑作对。

“我可能要失去她了。”布布一脸凝重地说。

“失去谁？”蒂比从一片狼藉中抬起头问。

“我自己。”布布用脚后跟踢关着的抽屉。

蒂比站起身来，把手上的活扔在一边。她小心翼翼地退回到床边坐下，眼睛在布布的脸上扫来扫去。布布今天的情绪太反常了。几个月以来，卡门都在旁敲侧击地打探布布内心的想法，但一直未能如愿。莉娜是她们的知心大姐，最富有同情心，可布布也不和她谈心。蒂比知道关键时刻终于到了。

尽管蒂比是她们中间最瘦小的一个，但她希望布布能坐在她身边。根据她的直觉，布布坐在书桌上肯定是有原因的。床很柔软，位置又低，布布不愿意坐在这里，她不想给蒂比安慰她的机会。蒂比也知道布布之所以选择和自己谈心，是因为布布深知蒂比爱她，蒂比会静静倾听，不会指手画脚让她难堪。

“你的意思是？”

“我想念以前的我，可她已远远地离我而去。她走路如风，我走路慢慢吞吞。她晚睡早起，我成天睡不醒。我觉得如果她再远走几步，我就再也追不上她了。”

蒂比很想靠近布布，但她得克制住自己，她只能用双手抱住腿让自己静静地坐着。布布交叉双臂抱着腰，把自己裹得严严实实。

“你想……追上她吗？”蒂比缓缓说道，她的声音很柔和，几乎一字一顿。布布在这一年里不遗余力地改变自己。蒂比在心底里差不多可以猜出原因。布布不想再惹是非，她得保护自己。蒂比深知失去所爱的人是什么滋味。她也知道把悲痛欲绝、伤痕累累的自己扔掉是多么富有诱惑力的想法，就像人们总忍不住想把小时候穿不了的毛衣给扔掉一样。

“我想追上她吗？”布丽奇特认真地考虑蒂比的问题。有些人（比如说蒂比）喜欢不露声色地静静倾听。可布丽奇特正好相反。

“我想是的。”布丽奇特的泪水汹涌而出，金黄色的睫毛变得濡湿，形成了三角状。蒂比的双眼也不觉湿润起来。

“你得找到她。”蒂比说着，喉间一阵哽塞。

布布伸出一只手停在空中，她手心向上对着天花板。蒂比“腾”地一下站起身握住了那只手。布布靠在蒂比的肩头。蒂比的锁骨可以感觉得到布布柔柔的长发，还有她的眼泪。

“所以我要走。”布布说道。

等到蒂比和布丽奇特分开后，蒂比有点搞不懂自己了。她不像布丽奇特那样疯疯癫癫，她的情绪从来都不会大起大落。她总是能神不知鬼不觉地远离心中的恶魔，可今天怎么会一反常态呢？

下午三四点的时候，卡门躺在床上，心情很好。她刚刚从蒂比家回来，刚才还在蒂比家碰见了布丽奇特和莉娜。今晚她们又会再碰头，她们将在吉尔达举行牛仔裤聚会，这样的聚会一年有两次，今晚是第二次。卡门本以为自己应该难过，因为她暑假哪里都不能去。但她发现和朋友们说“再见”并不像她想象中的那么痛苦。在面临大多数的痛苦之前，她总有心理准备。除此之外，看见布布现在这样，她很开心。布布有暑假计划，卡门由衷地为她高兴。虽然卡门会发疯般地想念她，但布布能向好的方面转变毕竟是件好事。

从现在来看，这个夏天似乎还不错。她们已经抽签决定了牛仔裤的传递顺序。卡门是第一个。裤子已经在她的衣柜里，碰巧的是，她明晚正好约了班上最帅的男生。这是命中注定的，不是吗？这足以证明她和那个男生有缘。

一整个冬天她都在想象这条裤子会在夏天里给她带来什么奇遇。现在，明晚的约会和刚刚抽签的顺序正好碰在了一起，卡门似乎明白了自己在这个夏天会遇到什么。这个夏天，这条裤子将会成为“爱情牛仔裤”。

卡门听到电脑响起了熟悉的消息提示音，她立即坐了起来。这是布丽奇特发的即时消息。

Beezy3：我正在打包。我的紫色袜子是不是在你那边？就是脚踝处有心形图案的那双袜子？

Carmabella：没有。看你这口气，好像我穿了你的袜子似的。

卡门的目光从电脑屏幕上往下移，她看到了自己的脚。让她吃惊的是，她脚上正好是两只紫色的袜子，虽然都是紫色，但颜色有细微的差别。她晃动着脚，终于看见了踝关节处的图案。

Carmabella：嗨，我脚上的袜子很可能是你的。

吉尔达有氧操教室位于贝塞斯达市北部，教室的锁形同虚设，撬开它不费吹灰之力。可是等她们爬到楼梯上时，一股汗臭味扑面而来。卡门想不通为什么有人会到这里上课，就算不用破门而入也够难受的。

仪式马上就要开始了，大家都屏声静气，一脸的庄重。现在已经很晚了。布丽奇特明天早上坐五点半的长途车去亚拉巴马，蒂比明天下午去威廉斯顿大学。

莉娜按照惯例点好蜡烛，蒂比像以往那样放 QQ 糖、硬得变了形的芝士泡芙和几瓶橙汁。布丽奇特应该放音乐，可她今天没有。

所有的目光都齐刷刷地盯着卡门手上的包。去年九月在卡门生日后

（她是四个人中间最后一个过生日的），她们每个人都在牛仔裤上题字留念，并郑重其事地将裤子交给卡门保管。自此之后，再也没有人见过这条牛仔裤。

就在卡门打开背包的那一刹那，空气似乎凝固了。卡门从包里拿出的不仅仅是一条裤子，也是一个奇迹。她很自豪自己能够发现这条裤子——哦，不过她当初还打算把它给扔了，这个就不提了吧。她把背包扔在地上，缓缓展开裤子，去年夏天的记忆又复活了。

在庄严肃穆的气氛中，卡门把牛仔裤放到地板上，女孩们以牛仔裤为圆心围成一圈。莉娜展开《宣言书》，把它放在牛仔裤上面。她们都知道规则。现在已经不需要再读了。她们已经画了牛仔裤的传递顺序图表，今年大家都没有去很远的地方，所以传递起来要容易得多。

她们手牵着手。

“好了。”卡门深吸一口气。这一刻终于到了。她仍然记得去年的誓约。其他人也都记得。所有人一起宣誓：

“向牛仔裤致敬。

“向姐妹情谊致敬。

“向这一刻、这个夏天以及我们有生的日子致敬。

“为我们的相聚和分离致敬。”

12 点到了，这是相聚的最后一刻，她们即将迎来分离。但从另一方面来说，分离是为了再次相聚。

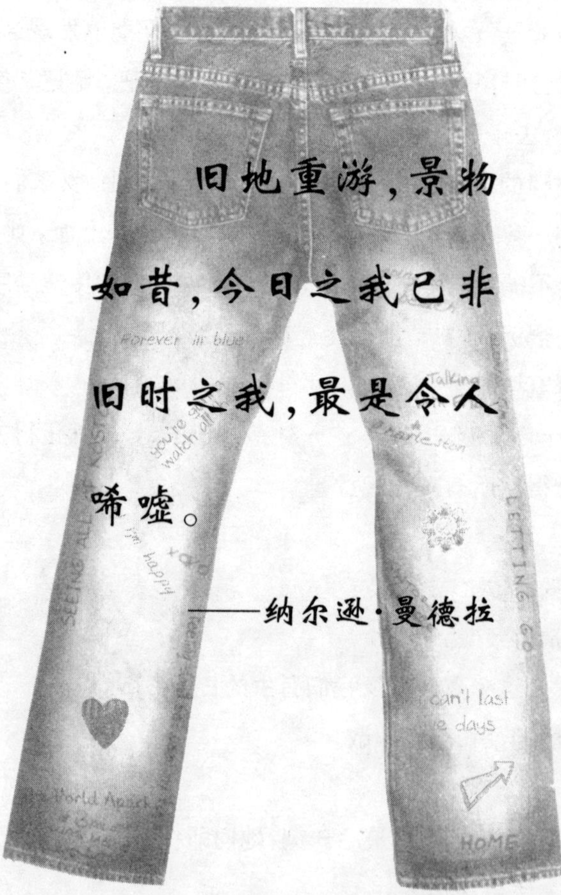

旧地重游，景物如昔，今日之我已非旧时之我，最是令人唏嘘。

——纳尔逊·曼德拉

第二个夏天

虽然布丽奇特非常了解亚拉巴马州的布吉斯镇，她知道这里的人口数是 12,042 人，但并没指望自己从“三角”汽车公司的长途车上下来时能受到夹道欢迎。事实上，布丽奇特差点睡过站了。值得庆幸的是，司机急刹车时，布丽奇特被晃醒了，她迷迷糊糊地抓过背包便跳下了车。可当时太过心急，连放在座椅下的雨衣都忘了拿。

她沿着人行道走到小镇中心。这里的地砖中间有一条漂亮的直线。许多人行道中间的缝隙都是假的，其实中间填了水泥，可这里的缝隙却是真的。布丽奇特肆无忌惮地在每条缝隙中狠狠踩着，阳光洒在背上，她感到胸中有一股力量正在爆发。她总算有事可做了。虽然她也不清楚自己到底在做什么，但在她看来，有事可做总比无聊地空等要好得多。

她迅速打量了一下小镇中心，发现这里有两座教堂、一家五金店、一家药店、一家洗衣店、一家露天冰淇淋店，还有一座看起来很像法院的房子。顺着玛凯德大街再往前走，她看见了一家豪华饭店，那里肯定很贵。转过街角便是皇家大街，那里有一座不是那么豪华的维多利亚风格建筑，上面挂了一块饱经风霜的红色招牌——“皇家军队大街”，在下面还有一块招牌——“房屋出租”。

她走到门前按门铃。一位五十岁左右、骨瘦如柴的老太婆开了门。

布丽奇特指了指招牌："我看到了招牌，我想租一间房，只租几个星期，或者几个月。"

老太婆盯着布丽奇特，良久后终于点了点头。这是她的房子，布丽奇特看得出来。这座房子很大，以前很可能一度风光过，但随着时间的流逝，房子连同眼前的这个女人一起失去了光彩。

她们相互介绍了一番，老太婆姓班尼特，她给布丽奇特看了二楼临街的一间卧室。室内装修简单，但空间够大，光线也很好。房间里有吊扇、电炉和小冰箱。

"浴室是公用的，房租一星期 75 美元。"她说。

"我要了。"布丽奇特说道。她得用一大笔订金来堵住班尼特夫人的嘴，免得她盘问自己的身份。可她只带了 450 美元的现金，此时此刻，布丽奇特只能暗暗希望自己能马上找到工作。

班尼特夫人说了一下租房子的规矩，然后布丽奇特爽快地付了钱。

她把行李拎进卧室时，禁不住感叹这笔交易实在是太神速、太简单了。她到布吉斯还不到一小时就已安顿妥当。流浪生活似乎没有传说中的那么艰难。

房间里没有电话，不过走廊里倒有一个投币电话。布丽奇特在那里给家里打了电话，给爸爸和佩里留了口信，告诉他们她已安全到达。

她把吊扇的拉绳开关打开，瘫倒在床上，百无聊赖地用脚踢着白色的金属床架底部。她在想怎么向格蕾塔介绍自己。她已绞尽脑汁，在脑海中将那幅画面想了无数次，但怎么也想象不出来。她就是想象不出来，她不喜欢那种画面。她所能想象的只有礼节性的拥抱，第一个拥抱结束后，她就想象不出她和格蕾塔该干什么了。她们虽然只是陌生人，但彼此之间有着太多太多沉重的东西。布丽奇特一向勇敢，但她不仅怕外婆，而且怕外婆会给她讲所有与母亲有关的事。她既想知道，又不想知道。她想以自己的方式走进妈妈的内心世界。

她的四肢又开始蠢蠢欲动，这种感觉很熟悉。

她跳下床望着镜中的自己。有时，对着一面新镜子，你会发现一些新内容。

首先，和往常一样，她看到了堕落。从退出足球队以来，她就开始堕落了。不，在那之前她就堕落了，那是去年夏末。她爱上了一个比她大的男生。她不知道自己居然会越陷越深，爱得那么疯狂。一直以来，布丽奇特追求爱情的方式都是只管向前冲，越快越好，她爱得轰轰烈烈，甚至不顾后果。不过在去年夏天后，她开始裹足不前，她沉浸在回忆中无法自拔，痛苦的记忆怎么也挥之不去。11 月，正当她身边围满了大学球探时，她退出了足球队。圣诞节，正当全世界都在庆祝耶稣的诞辰时，布丽奇特忆起了妈妈的忌日。她把头发染成 3 号深亚麻色，她只想把自己隐藏起来。2 月，她一直看电视看到深夜，决绝地吃下一袋又一袋的面包圈、一盒又一盒的燕麦饼，一时间身材暴肥。她已生无可恋，是卡门、莉娜和蒂比的爱将她拉了回来。她们不让她自暴自弃，布丽奇特深爱她的朋友们。

布丽奇特再定睛看了看镜中的自己，她发现了新的内容。那是掩饰。她的身体多了一层肉垫，头发上多了一层色素。如果她愿意，她还可以用谎言来掩饰自己。

她不需要做布丽奇特·维尔兰。谁说她一定就得做布丽奇特·维尔兰？

"这有点像预先侦察，不是吗？"蒂比的妈妈兴奋地说道，此时爸爸正将银色的迷你货车开进洛布里奇礼堂后面的停车场。

如果这是妈妈第一次这样说，蒂比很可能还不会觉得别扭。

看看她把蒂比扔到学校有多高兴，她有必要这么露骨吗？现在，爱丽丝大可以扔下老躲在背后闷闷不乐的大孩子，和两个活泼可爱的幼儿一起享受天伦之乐了。

从常理来看，孩子离开家总是很开心的，而父母则总是伤心欲绝。可现在难过的是蒂比，开心的是妈妈，她没法不觉得她们是不是角色颠倒了。"我们都可以开心嘛。"蒂比想到，但这个念头只是一闪而过，抵触情绪很快就将她的心攻陷了。

蒂比小心翼翼地将崭新的 iBook 笔记本电脑放回电脑包。这是去年父母送给她的生日礼物，这又是他们用来收买人心的手段。一开始的时候，蒂比收到这些东西——例如电视、专用电话线、iMac 苹果电脑、数码摄影机等等——还有点内疚。后来她才意识到自己被冷落了，或者是正因为被冷落了才会有这些高档数码产品作为补偿。

威廉斯顿大学的校园是大学生活的样板。这里有石砖小道、绿草坪、爬满常春藤的宿舍楼。唯一不搭调的是大厅里一脸稚气到处乱撞的学生。这里仿佛是极其逼真的电影外景，而这些人则是一堆超级不敬业的临时演员。他们还是高中生，他们的模样和大学生差距很大，蒂比的感觉没错。此情此景让她不由得想起了尼奇背着她的书包，在她房间里到处乱跑的样子。

电梯旁贴了一张宿舍分配表。蒂比不安地扫视着，她暗暗祈祷："单人间，请给我一个单人间。"找到了。6B4 房，这间房好像没有其他人。她戳了一下电梯按钮，运气好像还不错。

"再过一年，我们又会送蒂比去大学。你能相信吗？"她妈妈感叹道。

"是啊，这太不可思议了。"爸爸也感叹了起来。

"是啊。"蒂比对着天花板翻了个白眼。为什么他们就肯定自己会上大学呢？万一她不想上大学，情愿去渥曼超市打工呢？邓肯·豪以前跟她说过，如果她能摆正心态并取掉鼻环，几年之内做到经理助理这个位置是不成问题的。

6B4 房的门开了，房门便条栏的大头针上挂着一把钥匙，随着房门左右晃动。桌上堆满了废纸，似乎在欢迎他们的到来。除此之外，房间里还有一张单人床、一个床头柜和一张破破烂烂的木桌。地上铺的是棕色地板，上面还有呕吐物的白色污迹。

“这间房……真是太好了，”她母亲赞叹道，“看看窗外的景色。”

蒂比的妈妈在地产经纪圈里摸爬滚打了足足五年，她早已掌握了房屋销售之术的精髓——如果房间乏善可陈，实在找不到任何可以赞美的东西，此时可以指指窗外。

爸爸把背包放在床上。

“嗨？”

他们三个人齐齐转头看去。

“你是塔碧莎吗？”

“蒂比。”蒂比纠正道。这个女孩穿着威廉斯顿大学的T恤，一头棕色卷发，扎着马尾辫露出额头。女孩的皮肤很白，脸上长了很多痣。蒂比都快数不清了。

“我叫凡妮莎，”女孩一边说，一边向他们用力挥手示意，“我是这里的宿舍管理员，我想看看你们是否有需要帮助的地方。钥匙在这里。”她指了指门，然后又说：“棒球帽在那里。”蒂比望着床头柜一角神气活现耸立着的威廉斯顿大学棒球帽，不由得皱了皱眉。“学校的简介资料在书桌上，电话使用指南在床头柜上。如果需要任何帮助，请随时来找我。”

她一口气把这套公式话说完了，那语气活像侍应生介绍一大堆特色菜似的。

“谢谢你，凡妮莎。”爸爸说道。爸爸过了40岁生日后便开始喜欢反复念叨别人的名字。

“好极了。”妈妈也附和着说。正在此时，妈妈的手机响了。这不是普通的振动铃声，她把铃声设置成了莫扎特的《小步舞曲G调》。每次听到这个铃声，蒂比就恨不得找个地洞钻进去。这是蒂比10岁时拼命练习的最后一首曲子，之后钢琴老师便彻底地抛弃了她，她恨死了这首曲子。

"哦,不。"妈妈听完电话后叫道。她叹息着看了看表,"在游泳池里?哦,我的天……好……好。"她望着蒂比的爸爸,"尼奇上游泳课生病了。"

"可怜的孩子。"爸爸说道。

凡妮莎一脸的茫然,她似乎不知所措了。她的工作指南里很可能没告诉她尼奇上游泳课生病了该怎么办。

"谢谢。"蒂比对凡妮莎说,她成功地将话题转移了,"你知道,如果我需要任何帮助,我会去找你的。"

凡妮莎点点头。"很好,我在 6C1 房,"她用手指指了指蒂比身后,"从大厅笔直走就到了。"

"嗯。"蒂比应了一声,凡妮莎夺门而逃。当蒂比回过头来看父母时,他们都眼巴巴地盯着她,都是一副要死不活的模样。

"宝贝,洛蕾塔一点钟得送凯瑟琳上音乐课。我得赶回去……"蒂比的妈妈顿了顿,"我得弄明白……他早上吃什么了……"她突然意识到自己的话让蒂比很失望,"不管怎样,我们下次可以再一起吃午饭。真对不起。"

"没什么。"蒂比本来不稀罕那顿饭,可等到午饭要取消时,她却开始难过了。

爸爸转过身来拥抱她。蒂比也抱着爸爸。这不过是她的本能反应而已。爸爸吻了吻她的额头:"愿你在这里一切都好。宝贝,我们都会想你的。"

"好的。"她嘴上这么说,心里可一点都不信。

爱丽丝走到门口停住了,她转过身来。"蒂比。"她张开双臂喊她,看来她刚才想尼奇想得太出神,差点忘了和蒂比道别。

蒂比迎上前去和妈妈拥抱。她只让自己在妈妈的怀中待了几秒钟。"再见。"蒂比直起身子说道。

"我晚上给你打电话,我想知道你是否安顿好了。"爱丽丝说。

"不必了,我会很好的。"蒂比板着脸说。她这样说只是为了保护自己。如果妈妈忘了打电话(这种事经常发生),她们都可以以这个为借口给彼此留点面子。

“我爱你。”妈妈出门时说道。

“是啊，是啊。”蒂比在心底应道。父母们每星期把这种肉麻的话对孩子重复几遍，他们就会心安理得了。动一下嘴皮子又不费什么劲，他们还可以大捞一把亲情牌。

她一把抓过指南手册找校园电话系统。她弯着腰仔细看，不让自己难过。

在第 11 页第 3 节，蒂比发现自己不仅有语音邮箱和密码，而且她的语音邮箱里还有 5 条留言。她按下播放键，听到留言时她开心地笑了。一条来自布莱恩，一条来自莉娜，还有两条来自卡门。蒂比不禁笑出声来。甚至布丽奇特还用路边的公用电话给她留了一条闹哄哄的留言。

是啊，血浓于水。但蒂比却认为，友情比血和水都浓。

“宝贝，我只在这里停一会儿。”

莉娜的妈妈准备去买件衣服，她要莉娜坐在车里等她，省得她还要把车开到停车场。但这不可避免地引发了更多麻烦。妈妈叫莉娜陪她出门总是借口说需要莉娜坐在车里等她，她们母女的亲密时光差不多都是这样度过的。其实莉娜满可以断然拒绝，但她现在还没有工作，这让她觉得自己很没价值。

莉娜的脖子上全是汗，她把浓密的头发撩起来透透气。车的天窗太烫，停车场太热，妈妈们个个汗流浃背。

“好的。”这里是芭莎商店，里面堆满了像她妈妈这样的女人，“你要我在这里等着，所以你不用去停车场吗？”妈妈将车飞快地开到商店前的一大块空地上时，莉娜还在不依不饶地责怪妈妈。

“当然不是。”妈妈轻快地答道，她总是听不出莉娜话中的讥讽之意。

在这一年里，莉娜非常想念卡斯托斯，她总是想象如果卡斯托斯在场她会怎么做,这都形成惯性思维了。这是她的小小思维游戏,如此一来,莉娜就可以从卡斯托斯的角度来审视自己的自我价值。现在她想象卡斯托斯坐在汽车的后座上,正在听莉娜说着忘恩负义的话,对母亲极尽挖苦之能事。

她想象中的卡斯托斯坐在深色皮座椅上头冒冷汗，正自言自语道:“她太过分了。”

“不,我只是对我妈妈很过分。”莉娜为自己想好了辩护词。“我只去几分钟。”妈妈向她保证。

莉娜看在卡斯托斯的面子上友好地点了点头。

“我要参加玛莎的毕业午餐会,我得买几件衣服。”玛莎是她亲戚的教女,或者是她教女的亲戚,总之就是这两者之一吧。

“好的。”莉娜跟着母亲下了车。

商店里的温度和二月时别无二致。真不错。妈妈直奔米色服装的衣架。在第一栏,她挑了一条米色的亚麻裤子和一件米色的衬衣。“好看吗?不好看?”她拿着这两件衣服问莉娜。

莉娜耸耸肩。这两件衣服都丑得令人发指,衬得人双眼呆滞。妈妈买的衣服总是完全雷同,不管什么时候去买都是如此。莉娜无意中听过妈妈和售货员的谈话，她觉得颜面尽失，因为妈妈翻来覆去总是那几个字眼——“女裤”“衬衫”“奶油色”“米色”“灰褐色”。她的希腊口音更是让莉娜无地自容。莉娜飞也似的逃到了商店前方。如果艾菲在这里,她肯定会和妈妈一起在试衣间里兴致勃勃地试一大堆花花绿绿的衣服。

莉娜打量着柜台上的太阳镜和发卡。她无意间往临街的窗外瞥了一眼,看到一扇门上有两个大字——“招聘”。

妈妈最后在一堆米色的衣服中挑了一件“美艳绝伦的淡黄色衬衫”和一条“知性高雅的燕麦色半身裙”。她还给衣服配了一枚硕大的别针,这样的搭配莉娜打死也不敢穿。

正当她们终于准备离开时，妈妈突然定住了，她紧紧地抓住莉娜的手臂："宝贝，看那边。"

莉娜望着那两个大字点点头："哦，是啊。"

"我们去问问吧。"

妈妈拉着莉娜又折回到店内。"我看到了门上的字。我叫阿里，这是我女儿莉娜。"卡利加瑞夫人的大名其实叫"阿里阿德涅"，但除了外婆会这样叫她之外，别人都只会叫她"阿里"。

"妈妈。"莉娜咬紧牙关小声抱怨道。女店员一边把刚收的几百美元钞票放进收银机，一边自我介绍说她是商店经理艾莉森·杜弗尔斯，她热切地倾听着卡利加瑞夫人的发言。

"这是一份很好的工作，不是吗？"阿里迫不及待地下结论。"嗯——"莉娜开口准备说话。

"莉娜，"妈妈截过话头白了她一眼，"想想折扣吧！"

"嗯……妈妈？"

卡利加瑞夫人和杜弗尔斯夫人聊得十分起劲，她挖出了许多有用的信息，例如工作时间（周一至周六，早 10 点至晚 6 点）、报酬（底薪每小时 6.75 美元加 7% 佣金）等等，她还知道店方需要莉娜填写一些文件并提供社保号。

"很好。"杜弗尔斯夫人对她们展颜一笑，"你被录用了。"

"嘿，妈妈？"她们向汽车走去时莉娜喊妈妈。她忍不住笑出声来。

"什么？"

"我想她录用的是你。"

卡门套上魔法牛仔裤往身上一扯，牛仔裤的第二个夏天的伟大旅程将从这里开始。此时，电话铃响了。

"你猜怎么着？"这是莉娜的声音，卡门立刻调小音乐。

"怎么了？"

"你知道芭莎商店吗？"

"芭莎？"

"你知道的，就在阿灵顿大道那边。"

"哦，我想起来了，我妈妈好像有时去那里。"

"就是那家。嗯，我在那里找到了一份工作。"

"真的？"卡门问道。

"嗯。老实说，他们录用的是我妈妈，不过我会去那里报到。"卡门大笑起来："我从来没想过你居然会在时尚圈工作。"她一边端详着镜中的自己。

"谢谢。"

"嘿，你真的认为我今晚应该穿牛仔裤吗？"卡门犹疑地问道。

"当然。你穿它很正点。为什么不呢？"

卡门转过身看了一下自己的背影："如果波特觉得上面的题字很怪怎么办？"

"如果他欣赏不了这条裤子，那你就应该知道他不是你的真命天子。"莉娜说。

"如果他问起裤子上的题字，那怎么办呢？"卡门问道。

"那表示你撞上好运了。你整晚可有得聊了。"

卡门几乎可以听到电话那头莉娜的笑声。八年级的时候，卡门有一次很担心自己和盖·马歇尔在电话里无话可聊，她在一张粉红色的索引卡上列了一张话题表。现在，她真希望自己没把这事告诉任何人，太丢人了。

"我得拿相机给你拍照。"几分钟后卡门走进厨房时，妈妈对她打趣道。妈妈正忙着把洗碗机里的干净盘子拿出来。

卡门看了看拇指旁的倒刺："如果你想我自杀、杀人或弑母，应该是叫'弑母'吧，那尽管拍照吧。"卡门开始恶狠狠地拔倒刺。

克里斯蒂娜大笑起来，她手中的银器篮咣当咣当地响着："我为什么不能拍照？"

"你要那个男孩从我们家尖叫着逃出去吗？"卡门挑了挑眉毛，她的眉毛刚刚修过，扯得生疼，她痛得咧了一下嘴，"这只是个无聊的约会，不是正式舞会什么的。"

卡门的轻描淡写不过是自欺欺人罢了，她差不多花了一整天和莉娜一起修指甲、做面膜、脱毛、护理头发。事实上，莉娜修完指甲后就兴趣索然了，她后来干脆躺在卡门的床上读《简·爱》。

妈妈不紧不慢地盯着卡门，她又摆出那副良母式的笑容，循循善诱地说："我知道，宝贝，但不管它无聊或有聊，这都是你的第一次约会。"

卡门瞪了母亲一眼，眼神里全是恐惧："等波特到这里，如果你胆敢告诉他这是我第一次约会——"

"好了，放心吧。"克里斯蒂娜拉着卡门的手笑得更厉害了。不管怎么样，这可不是她第一次约会。卡门怒气冲冲地为自己辩护。她可不是上个世纪 50 年代的女孩，那个时代的女孩脸皮薄，男孩子去接她们时如果和她们的母亲寒暄聊天，女孩子便会羞得无地自容。

厨房墙上死板板的钟已指向 8 点 16 分。这个时间很耐人寻味。他们约会的时间是 8 点整。如果波特在 8 点 15 分之前来，这表示他有点迫不及待，那就差不多可以证明他是个没人要的垃圾了。不过，如果他在 8 点 25 分之后来呢？这可能意味着他对她的兴趣不大。

8 点 16 分则预示着正式宽限期已到，9 分钟倒计时现在开始。

她风风火火地冲进房间拿手表。她得摆脱厨房里的钟，它太邪恶了，卡门以前吃尽了它的苦头。钟上的黑色数字大得惊人，分钟刻度丝毫不差。钟上连秒针都有，真是不留一点情面，它是家里最应该千刀万剐的一面钟。有了这面钟，卡门上学总是迟到，晚上也差不多从没在妈妈规定的 12 点之前回来过。她暗暗记住，一定要在妈妈过生日时给她送一面新钟，把墙上的这面淘汰掉。最好买那种没有任何数字或刻度的复古钟，这样才够拉风。有了这样的钟，她偶尔便可以偷点闲了。

卡门刚回到厨房，电话就响了。她的大脑开始高速运转。是波特，他要取消约会。或者是蒂比，蒂比可能会跟她讲别穿塑料凉拖，不然脚会出汗。卡门盯着来电显示，预测结果终于出来了——克里斯蒂娜工作的律师事务所。真见鬼！

“是自大狂。”卡门不耐烦地对妈妈说，她才懒得接电话。

克里斯蒂娜叹了一口气，匆匆从卡门身边走过：“别叫布拉托先生‘自大狂’，卡门。”

克里斯蒂娜收起笑脸，摆出一副公事公办的表情，她拿起话筒：“喂？”

卡门早就听烦了妈妈讲电话的内容，虽然他们还没开始说，但卡门实在没兴趣听。布拉托先生是妈妈的老板。他手指上有一枚闪闪发光的戒指，说话时老把“积极主动”这个词挂在嘴边。他总是在发生十万火急的大事——比如找不到公文纸——时打电话找妈妈。

“哦……是啊。当然。嗨。”妈妈的表情很轻松，脸上居然泛起了红晕，“对不起，我以为你……不。”克里斯蒂娜咯咯笑了起来。

这肯定不是布拉托先生。布拉托先生这辈子可从没说过让人咯咯笑的话，他哪有那本事？哼。楼下对讲机的蜂鸣器响了，卡门还在琢磨妈妈的反常表情。她的目光漫不经心地扫了一眼墙上那面邪恶的钟。太阳从西边出来了，这次居然还算幸运——8 点 21 分。其实可谓是幸运之极。她按下按钮把楼下的门打开。她可舍不得让波特等到内心受伤。

“嗨。”她对他打招呼。只等了几秒钟波特就上来了，一切刚刚好。卡门竭力装出漫不经心的样子，好像她刚才一直在打磨梳妆台似的。她不想让波特以为她是个没人要的老处女，只能一心等着他。

他的头发和表情一点没变，头发仍是顺滑的中长发，脸上依然是那副既警惕又想接近她的表情。他现在是在卡门的家里，又不是站在学校的走廊里等她从更衣室出来。这样的波特看起来不够亲切。

他穿着灰色衬衣和帅气的牛仔裤。这表示他还是很喜欢她的，因为他没有随便穿一件T恤。

“嗨。”他一边招呼道，一边跟着卡门进屋，“你今天真漂亮。”“谢谢。”卡门说，她轻轻地甩了一下头发。这话很对她的胃口，先暂且不管真假。

“你——嗯——准备好了吗？”他微笑着问她。

“是的，我只用拿包就行了。”

卡门回到房间，绿松石色的毛绒包正在床上直挺挺地立着，她拿起包走出房门。此时，她以为妈妈会突然出现。可奇怪的是，克里斯蒂娜还在厨房讲电话。

“好了，嗯，我们可以出门了。”卡门说。她把包背在肩上，走到门口时犹豫了一下。现在可是令卡门难堪的黄金机会，妈妈真的舍得错过吗？

“妈妈，再见。”她喊道。

卡门本想无声无息地逃出家门，但她按捺不住好奇心，还是折回厨房看了一下。妈妈在厨房门口，一手握着电话紧贴耳朵，另外一只手则迫不及待地对卡门挥了一下。“玩得开心点。”她说。

太不可思议了。

他们并肩走在狭窄的走廊里。“我把车停在外面了。”波特告诉她。他打量着她的牛仔裤，眉毛微微上扬。他欣赏这条裤子。

不，他是看糊涂了是不是她没有分清楚欣赏和糊涂的表情？也许这不是个好兆头。

谢谢您的款待，

我晚上玩得很开心，

但我指的不是今晚。

——格劳乔·马克斯

第二个夏天

布丽奇特也许会点一大碗意大利面。她可以旁若无人地吃，就算面条像胡须一般挂了一嘴也毫不在乎。布丽奇特约会不在乎吃相，她想吃什么就点什么。

莉娜会很在乎。她会点清爽一点的菜。也许是沙拉，清爽干净的沙拉。

蒂比会点比较另类的菜，比如章鱼。她还会请男伴也尝尝章鱼，但她肯定不会点既塞牙又容易让人尴尬的食物。

"炒鸡胸。"卡门对长了一脸黑色雀斑的服务生说，她没注意到这个服务生是蒂比陶艺班上的同学，他读高二。鸡胸虽然没什么好吃的，但起码安全。她本来差点就点了墨西哥玉米饼，但怕招惹讨厌的种族问题。突然，她很害怕波特会点像墨西哥臭料理这样的菜，她家里整天都是这种臭味，她可不想闻到家的味道。

"我要一个汉堡，三分熟，"他把菜单还给服务生，"谢谢。"

这样才够劲，男人味十足。如果他点女孩子吃的流行食品——比如玉米卷，卡门反而要担心了。

她把手上的餐巾揉成一团，望着他微笑。波特真的很帅。他很高大。事实上，他坐在她对面尤其显得高大。嗯，这是不是就意味着他有一双短腿呢？卡门莫名其妙地害怕短腿，因为她怀疑自己有一双小短腿。她开始胡思乱想了。如果她爱上了他，然后他们将来结婚，生了一群小短腿的孩子，那该怎么办呢？

"你还要一杯健怡可乐吗？"他彬彬有礼地问道。

卡门摇摇头："不，谢谢。"

如果再喝一杯健怡可乐，她可就得马上起身上厕所了。她可不能让波特有机会看到自己的小短腿。

"嗯，你以后打算去哪里读大学？"

说音刚落，卡门就希望自己能把这个问题咽回去。波特到她家时如果妈妈没有打电话，她当时肯定会问波特这个问题。唉，你真不该向同病相怜的人问这种问题啊！可悲哀的是，他们在点餐之前就已经把寒暄的话——比如说"你有兄弟姐妹吗"——都说光了。

卡门的表姐加布瑞拉是情场老手，她曾教卡门判断约会是否成功的方法，其秘诀在于看约会的进展速度。点餐之前就把话聊完了也许不是个好兆头。

卡门低头看了看表。她的眼睛凝固住了。哦，这样是不是太无礼了？她立即抬头将视线收了回来。

波特脸上没有不悦的表情。"我很可能去马里兰州。"他回答道。

卡门饶有兴趣地点点头。

"那你呢？"

很好，卡门围绕这个问题至少可以展开三句话："威廉姆斯大学是我的首选。不过要进这所大学非常难。"

"好学校是挺难进的。"波特说。

"当然。"她深以为然。外婆讨厌她不直接说"是"，老是说什么"当然"、"然也"或"嗯哼"。

波特点点头。

“它是我爸爸的母校。”她的声音掩饰不住内心的自豪。她发现自己聊天时老把这话挂在嘴边。她爸爸不在身边，所以也只能依靠这些话题聊以自慰。

就在这时，凯特·巴奈特和贾德·奥伦斯坦一起走进餐厅，凯特穿一件超短裙，这是卡门这辈子见过的最短的裙子了。这条牛仔裙镶着草绿色裙边。不过事实上，裙边差不多就等于是裙子了。

卡门忍不住想狂笑，她太邪恶了。可她看了一眼波特便不知所措了，他好像并不觉得这很好笑。卡门只好眯起眼睛拼命忍住笑，她在心底暗暗记下了裙子的样子，等回家后一定要讲给蒂比听。

今晚的约会还不错，一切都顺利。不过如果她说“凯特·巴奈特的裙子肯定是从她四岁的妹妹那里借来的”，波特也许会认为她刻薄，甚至可能会觉得她恶毒。

卡门意识到，她的约会有一个问题——波特是男孩。她不怎么了解男孩。她生活中最亲密的人是妈妈、布丽奇特、蒂比和莉娜，其次是姨妈、表姐和外婆。以前她和布丽奇特的弟弟佩里出去玩过，但那是青春期以前的事了，可以完全不算。保罗是她的朋友，但保罗太不同寻常了。他做事认真负责，毫不含糊，简直就像个 40 岁的老男人。他和卡门不是一个等级的。

其实卡门挺喜欢男孩子们的。她喜欢他们的模样，喜欢他们的味道，喜欢他们的笑声。她在杂志上看了许多约会的规则和技巧。可到了实战的时候，她却觉得和男孩子吃饭简直就像和企鹅吃饭似的。她搜肠刮肚也找不到谈资，该怎么办呢？

亲爱的卡斯托斯：

你好吗？你爷爷还好吗？你的球友们是否一切都好？

你猜怎么着？我找到工作了，是离我家只有几百米的一家服装店。时薪 6.75 美元加佣金。好像还不错的，不是吗？

艾菲现在可是“橄榄藤”餐厅炙手可热的人物，我以前和你说过吗？她只需用学过的所有希腊单词（只有7个词，大多数都是用来调情的），就能把男孩子们迷得晕头转向。昨晚她洗澡时我听见她练习在“橄榄藤”餐厅为客人唱的生日歌。

替我向我爷爷奶奶问好。

自2月份和卡斯托斯分手后，莉娜开始写像这样笔友式的信，内容简短，全是空洞的闲话，她一个月左右写一封。她真的不明白自己为什么还要写信。也许是像其他女孩一样怕前男友到处宣扬他们的隐私（不过她觉得卡斯托斯不会这么做），所以才不得不和前男友做普通朋友吧。或者也可能是因为她不想卡斯托斯完全忘记她。

她以前写的信可不是这样的——以前经常写，但写信的过程太痛苦了。她先用铅笔写，然后再用钢笔。她趴着写，脖子抵着信纸，也许这样可以将自己的气息渗入信纸。她把信纸放入信封，但几个小时都不封。最后好不容易把信给封了，但她一天都不贴邮票。她总是拿着信在邮箱前踌躇良久，打开邮箱的门之前要犹豫，关上邮箱的门之前也要犹豫，好像命悬于一封信似的。

莉娜以为和卡斯托斯分手后就不会这么想念他了，她以为她可以解脱。但事实并非如此。

不过，卡斯托斯倒好像解脱了，这太讽刺了。很明显，他已不再想念她，这很好。卡斯托斯几个月都没给她写过只言片语。

如果她真的不怕自己还爱着卡斯托斯，她大可以在落款上写“爱你的莉娜”，嗯，这样应该没问题。给完全不爱的人写信时，她总在落款上写“爱你的莉娜”。她给艾丝特娜婶婶（叔叔坏脾气的前妻）写感谢信时，就在落款上署名“爱你的莉娜”。其实停下来想想就会知道，在这样的信里“爱”四处泛滥，身价早已跌得一钱不值。如果“爱”字毫无意义，写起来便可以不费吹灰之力了。

她还爱卡斯托斯吗?

蒂比曾经说过,如果要莉娜选择 A 或 B,她肯定会选 C。

她爱他吗?

A:不爱。

B:爱。

C:嗯,嗯,有这种可能。

因为她还是经常想着他。不过去年夏天他们之间也许只是一时迷恋罢了。可迷恋和真爱之间的区别在哪里呢?她对卡斯托斯几乎一无所知,她们差不多 9 个月没见面了,而且以后还很有可能无法见面,在这种情况下,她怎么可能爱上他?

在圣托里尼的最后几个小时里,莉娜深信自己爱上了卡斯托斯。可是,哪个疯子会把一生寄托在几个小时之上?掺杂了太多欲望的记忆是不可信的,她应该明白这一点。9 个月过去了,现在的卡斯托斯很可能已不是她记忆中的卡斯托斯了。

她想象这世上有两个卡斯托斯,他们就如同她九年级上生物课时看到的有丝分裂幻灯片。先开始看到的是一个细胞慢慢扩展,然后越拉越长,最后撕裂——两个细胞出现了。这两个细胞分离的时间越长(一个渐行渐远融入大脑,另一个则慢慢远去融入心脏),它们之间的差别就越大……

是的,莉娜肯定选 C。

莉娜在落款处写上“你的莉娜”,她小心翼翼地将信折好放入信封。

卡门和波特一起走进走廊,她开始回顾这晚的约会情景,她知道妈妈会没完没了地盘问她,她得想好答案。

“嗨?”她打开家门轻轻问道。

现在，16 岁的卡门（马上就 17 岁了）和约会男伴站在黑漆漆的家里。她在等妈妈从角落里走出来，也许妈妈不想抓到他们吻别，所以暂时不出来。

卡门等了好久。咦，太阳从西边出来了吗？妈妈是不是看《老友记》看得又睡着了？

“妈妈？”卡门看了看手表。11 点都过了。

“请坐，”她指着沙发招呼波特，“我去去就来。”

她去了妈妈的房间。妈妈居然不在，这太诡异了。卡门走到厨房时开始有点担心了，她按下灯的开关。妈妈也不在这里，餐桌中间赫然躺着一张便条。

卡门：

我和一个工作上的朋友出去吃饭了。希望你今晚玩得开心。

妈妈

“工作上的朋友”？“开心”？妈妈是不是不小心把别人的脑袋安在自己身上了？克里斯蒂娜从来都不会说“开心”，她也从来没有任何一个工作上的朋友。

卡门傻呆呆地走回客厅。“家里没人。”她说着，还没意识到自己的话会让人听了想入非非，直到她看到波特才醒悟过来。

事实上，波特没有一点轻浮的表情，不过他很可能在猜卡门的心思。毕竟卡门已经请他进屋了。

今晚是卡门第一次真正的约会，妈妈怎么能离开家让卡门独自面对这一切呢？她到底什么意思？

如果卡门愿意，她可以把波特带到卧室，她想干什么就干什么。是的，她当然可以。

她打量着波特。他脑后的头发微微竖起，脚上的网球鞋颇为怪异，鞋底宽肥扁平。她又看了看卧室大开的房门。一想到波特从沙发这里可以看到她的床，她心里便隐隐约约有些不自在。如果一个男孩看到你的床让你难堪，这很可能说明你还没准备好和他上床。

"呃——"她说，"我明天得早早起床去教堂。"她打了一个哈欠想装得更像一点。刚开始的时候还是装的，可打到一半，她居然真的困了。

波特立刻起身。有了上帝和哈欠的帮助，她的把戏足以以假乱真。"哦，好的，我也得回家了。"

他似乎有些失望。不，也许他正好感到欣慰。也许她分不清失望和欣慰，有这种可能吧。也许他不喜欢她。也许他很高兴能离开她家。也许他觉得她的短腿配上这条传说中的牛仔裤是他这辈子见过的最丑的东西。

他的鼻子太正了，波特的鼻子凑过来时卡门不由得暗暗感叹道。他们一起站在门口，波特离她很近，他微微弯腰："谢谢你，卡门，我今晚玩得很开心。"他在她的唇上轻吻了一下。虽然只是蜻蜓点水的一下，但它和失望或欣慰沾不上边。它很美好。

他真的很开心吧。她关上门问自己，或者这只是他随口说说的？他的"开心"和她的"开心"是同一个概念吗？卡门满脑子都是问号，有时她也想不通自己为什么会有这么多问题。别人是不是也这样呢？

一场约会成功与否全在于期望，这话一点没错。卡门很贪心，她的期望高得可以一直顶到天上去。

她转头看着空空荡荡的家。克里斯蒂娜到底到哪里去了？妈妈脑子进水了吗？如果妈妈不在身边听她倾诉，卡门该如何将第一手体验材料转化为一个引人入胜的故事呢？她到底怎么了？

她走进厨房，心神不宁地坐在小小的福米卡桌旁。爸爸妈妈还没离婚的时候，他们的家很小，但至少还有院子。自从爸爸离开后，她和妈妈就搬到了这套公寓。妈妈认为家里没男人修整草坪，所以房子不能有草坪。厨房的窗户正好对着其他三户人家的厨房窗户。地产经纪人管中间的这块地方叫庭院，不过在一般人看来，这里简直就是通风井。只要坐在厨房里，卡门便不敢做像挖鼻孔这样的不雅动作，久而久之这已经成了她的习惯。

卡门觉得很不对劲，她没法上床睡觉。今晚她很有倾诉的欲望。她不能给远在亚拉巴马州的布丽奇特打电话。她打了蒂比宿舍的电话，电话铃一直响啊响，可就是没人接，感觉就像在给另外一个时空——未来的某个时空——打电话似的。也许在未来的时空中，人在 11 点半是没法接电话的。此时此刻，她很想给莉娜打电话，但又怕会吵醒莉娜的爸爸，她爸爸脾气不好。但管不了这么多了，她还是拨通了莉娜的电话。

电话铃响了两声，她劝自己再等等。

“喂？”是莉娜的声音。

“嗨。”

“嗨。”莉娜好像还没醒，“嗨，嗨，今晚约会怎么样？”

“嗯，还不错。”卡门说道。

“很好，”莉娜说，“那……那你喜欢他吗？”

“喜欢他？”卡门重复着莉娜的问题，好像它无关紧要似的。今晚约会的方方面面她都想到了，可唯独没想过这个问题。

“你觉得他的腿短吗？”卡门问道。

“什么？当然不。你到底在想什么呢？”

“你觉得我的腿短吗？”哦，问这个问题就更痛苦了。

“卡卡，不。”

卡门若有所思地想了一会儿后问：“莉娜，你和卡斯托斯有没有无话可说的时候？”

莉娜大笑：“没有，我的问题是话太多没法停下来。不过我们只是在去年夏天的最后一刻才在一起的，发生了那么多狗血的事，当然有话说喽。”

卡门对莉娜一向都是坦诚相待，和她说话从来不用有任何顾忌。但不知为什么，卡门此时不大好意思对莉娜说她那张著名的八婆嘴真正遇到男孩子就哑了。所以，她干脆转移话题，谈到了妈妈的行踪和动机。她没完没了地说着。

莉娜沉默了很久，卡门开始怀疑她是不是睡着了："莉娜？莉娜？你有什么看法吗？"

莉娜哈欠连天："我觉得你妈妈能开开心心地出去约会挺好的。你该上床睡觉了。"

"哼，"卡门不满地抱怨道，"真不知道到底是谁想上床睡觉。"挂上电话后，卡门还是睡不着，于是她给保罗写电子邮件。保罗惜字如金，给他写的信差不多都会石沉大海，但卡门还是经常写。

之后她又决定给蒂比写电子邮件。她在信开头写波特的外貌，她想描述他眼睛的颜色，可是等她停下来想象波特的眼睛时，她才发现大脑一片空白——她根本没正视过波特的眼睛。

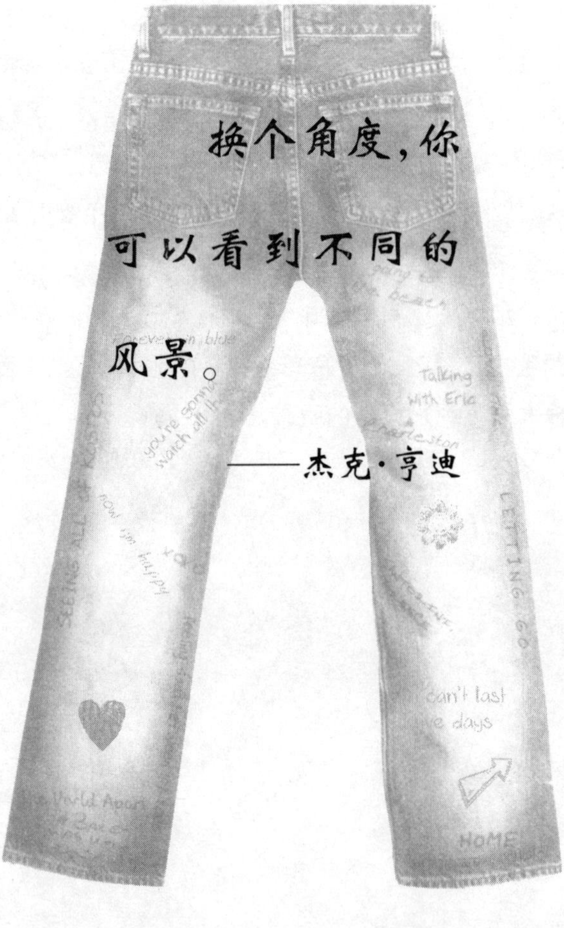

换个角度，你

可以看到不同的

风景。

——杰克·亨迪

第二个夏天

“塔碧莎·汤可·罗林斯。”

蒂比的心猛地一沉。一片死寂。她真希望能把自己的出生证明给改掉，最好还能把学校的成绩单和社保卡通通改掉。

“嗯，只叫罗林斯就行了，蒂比·罗林斯。”蒂比对剧本创作老师巴格莉小姐说。

“那汤可是什么呢？”

“我的……中间名。”

巴格莉小姐又查看了一下她的名字：“那阿纳斯塔西娅是什么呢？”

蒂比瘫倒在座位上：“是打印错误吗？”全班哄堂大笑。

“算了，蒂比，这是你的名字吧？很好，蒂比·罗林斯。”巴格莉小姐在她的名字后面写上注释。

这是蒂比一生中最讽刺的事情之一——她是家里五个人之中唯一一个仍然保留汤可这个傻名字的人。汤可曾经是她母亲的闺名。后来，她的父母成了嬉皮士，一度还信奉社会主义，主张男女平等，妈妈便开始嘲笑那些结婚后主动改姓的女人。她行不更名，坐不改姓，结婚后依然叫爱丽丝·汤可。不仅如此，她还把汤可这个姓硬塞给蒂比。13 年后，尼奇出世了，此时的妈妈已把汤可这个姓给扔了。“哦，这个姓纯属多此一举。”她咕哝了几句后就把自己的姓名改成了爱丽丝·罗林斯。她含糊其辞，假装蒂比也没有“汤可”这个中间名。但出生证却出卖了一切。

蒂比费了好大工夫才恢复自尊，她不再低头盯着课桌底下，她鼓起勇气环视教室。她发现前面和她仅隔着两个座位的女孩是住在六楼的。还有几个很面熟，她在昨晚的迎新晚宴和派对上和他们见过面。许多同学都是一脸的饥渴，他们巴不得立马就能交到朋友，无论什么阿猫阿狗都一律来者不拒。

有两个人却没有这种饥渴的表情。其中一个是极品帅哥，他的刘海很长，随意地胡乱耷着，把眼睛都遮了一半。看那样子，好像刚刚从床上爬起来似的。他懒洋洋地倒在椅子里，脚伸得老长。另一个是个女孩，她坐在极品帅哥旁边。女孩留着一头利落的黑栗色短发，戴着粉红色的无框眼镜。她的 T 恤好像是 6X 的尺码。蒂比猜这两个人以前肯定认识。

住在 6B3 室的苏菲今天已经邀请过蒂比吃午饭。她的室友杰西和另外一个住在 6D 室的姑娘很想约蒂比今晚出去玩。但蒂比觉得这些人太急着交朋友了，虽然她和他们一样没朋友，但并没这么饥渴。蒂比对这种人避之不及。

她盯着“蓬头哥”和“眼镜姐”。“眼镜姐”对“蓬头哥”耳语了几句，“蓬头哥”大笑起来。他似乎昨晚宿醉还未醒似的。他将身体深埋在椅子中。蒂比的耳朵竖得老高，她很想知道“眼镜姐”说了什么。

蒂比对这两个无心交友的同学一见如故。

“好了，同学们，”巴格莉小姐终于点完了名，“我们来做一个小游戏吧，这个游戏不仅可以帮助我们增进了解，还可以帮助我们记住同学们的姓名。”

“眼镜姐”对她的朋友扬了扬眉毛，她也懒洋洋地坐在椅子里，和她的朋友一个德性。蒂比觉得她自己也开始松松垮垮地倒在椅子里了。

“准备好了吗？游戏的规则是这样的：告诉我们你的名字和最爱的两样东西，名字和两样东西的第一个字母必须是一样的。我先来。”巴格莉小姐望着天花板思忖了一会儿。蒂比猜她大约有三十来岁。她的眉毛是深色的，极其浓密，都爬到眉心上去了，像足了墨西哥女画家弗里达·卡萝的眉毛。不知道为什么，蒂比觉得她肯定是个剩女。“我叫卡萝琳娜，嗯，我喜欢烤龙虾和卡拉瓦乔的画。”

等到一个叫肖娜的女孩告诉全班同学她喜欢香肉串和夏奎尔·奥尼尔时，蒂比看到“眼镜姐”又凑在“蓬头哥”的耳边嘀咕起来。轮到“眼镜姐”发言时，她抬起头一下子慌了神。显然，她刚才没听别人的发言。“噢，嗯……我叫莫拉。嗯……我应该讲两样我最喜欢的东西吗？”她问道。巴格莉小姐点点头。

“好的，嗯，我喜欢迷你奶球和……嗯，好书。”

几个同学偷偷笑起来。蒂比摇了摇头。莫拉应该像其他人一样遵守规则，她应该说“名著”，这样才叫正确。

“蓬头哥”的名字叫亚历克斯，他喜欢亚热带土豚和亚热带橡子。他故意把“亚”这个音拖得老长，蒂比怀疑他是存心这样的，也许他存心想让老师和莫拉难堪。他的声音虽然低沉，但磁性十足，而且他还对莫拉微微一笑，那笑容简直电力四射。

“我想和莫拉或亚历克斯交朋友。”蒂比暗暗对自己说。

亚历克斯穿着彪马运动鞋，但没穿袜子，蒂比觉得他可能有脚臭。

轮到蒂比了。“我叫蒂比，”她说道，“我喜欢大份土豆泥和……镀金镊子。”蒂比也不明白自己为什么会这样回答，她想自己可能是鬼迷心窍了。她的脑袋缓缓地转过 45 度角，她看到亚历克斯的眼睛正透过刘海盯着她。他在望着她微笑。

终于，她知道自己为什么会鬼迷心窍了。也许是因为他吧。

布丽奇特在这座两层楼砖房的前门走道上独自徘徊。路的一边有小小的蚁丘。水泥地上偶尔有绿草不屈不挠地冒出来。门前的门垫上写着五个硕大的字——“心安即是家”,字旁边点缀着粉红色和黄色的花。布丽奇特记得这张门垫,她还记得野鸽形状的黄铜门环。或者是家鸽,也许它的形状是家鸽吧。她重重地敲门,其实她也不是存心的,她只是不想退缩。“快,快开门啊。”她自言自语道。有脚步声传来,布丽奇特甩了甩手让血液流动起来。

布丽奇特看到门把手转动了一下,门终于开了。她对自己暗暗说道:“好了。”

她站在那里。

开门的老妇人和格蕾塔一般年纪,布丽奇特其实已经认不出外婆了。

“你好?”阳光太强烈,老妇人眯缝着眼问道。

“嗨。”布丽奇特说;她伸出手,“我叫吉尔达,几天前才来到这个镇上。如果我没猜错的话,您就是格蕾塔·鲁道夫吗?”

老妇人点点头。对,就是这样。

“你要进屋坐坐吗?”老妇人要请她进屋,但她的脸上还是有一丝怀疑的表情。

“好的,那谢谢您了。”

布丽奇特跟着老妇人进了屋,屋子里铺满了地毯。她很喜欢屋子里的味道。也不知道为什么,布丽奇特觉得这种味道独一无二,或者也许是因为它太熟悉了。就在这一刻,她禁不住屏住呼吸。

老妇人请她坐在客厅的方格沙发上:“你要喝杯冰茶吗?”

“不,现在不喝,谢谢您了。”

老妇人点点头,她走到布丽奇特对面的扶手椅边坐下。

事实上,布丽奇特也不知道自己在寻找什么,但肯定不是这位老妇人。格蕾塔·鲁道夫体态臃肿,身上的赘肉大多分布在上半身,人显得痴肥笨重。她的头发已经灰白了，剪得短短的，似乎还烫过。她一口黄牙，身上的衣服看起来都是沃尔玛的廉价货。

“我能为你做点什么吗？”她紧张兮兮地望着布丽奇特问道，她很可能怕布丽奇特会把书架上的水晶摆饰给砸个稀巴烂。

“我听您的邻居说，您需要人帮您干杂活，您知道的，就是打零工。我正在找工作。”布丽奇特解释说。她毫不费力就编了一个谎言。

格蕾塔似乎没听明白：“哪个邻居？”

布丽奇特笃定地指指右边。她觉得撒谎并不像别人想象中的那么难。这一点很关键，因为骗子利用的就是别人的信任。如果每个人都撒谎的话，那骗子就不会那么容易得逞了。

“是阿姆斯特朗家的人吗？”

布丽奇特点了点头。

老妇人怎么也想不通，她摇了摇头：“是啊，我想我们所有人都需要帮助，不是吗？”

“那是当然。”布丽奇特说。

格蕾塔思忖了一会儿说：“我的确有事需要帮手，这事我早就想把它干完了。”

“是什么？”

“我想把阁楼打扫一下，也许可以把它整得像样一点，我想秋天时把它租出去赚点外快。”

布丽奇特点了点头：“我可以帮忙。”

“我得事先提醒你，那里有很多垃圾，都是一盒一盒的旧东西。我的孩子把他们所有的东西都留在我这里了。”

布丽奇特暗暗吃了一惊。她没想到这么快就骗过了格蕾塔。事实上，她坐在这里差不多都忘了格蕾塔是她外婆。

“您告诉我该怎么做吧，我会好好工作的。”

格蕾塔点点头。她斜着眼睛盯着布丽奇特，看了好长时间：“你不是镇上的人吧？”

布丽奇特活动了一下球鞋里的脚趾头：“不是的，我来这里是……是过暑假的。”

“你还在读高中吧？”

“是的。”

“你的家人呢？”

“他们……”该死，布丽奇特事先没准备好这个问题的答案，“他们旅游去了。我想打零工赚点零花钱。我明年上大学需要钱。”

布丽奇特站起身来稍稍活动了一下腿，她真希望格蕾塔不要再问下去了。她的目光穿过走廊停在了后门廊上，记忆似乎复苏了。她记得后院里有一棵高大的山茱萸，粉红色的花压满枝头，童年的她最喜欢爬这棵树了。

她转头看到了壁炉架上的相框，相片上是 6 岁时的自己和弟弟佩里。她不由得深吸了一口气。也许这个暑假不该来找外婆。她又坐下了。

格蕾塔不再盯着布丽奇特，她低头凝视着自己歪歪扭扭的指关节：“好，一小时我付你 5 美元。你觉得怎样？”

布丽奇特强迫自己不要苦笑。也许亚拉巴马州布吉斯镇的行情就是这样的吧，在华盛顿卖汉堡的都不止拿这点钱。“嗯，没问题。”

“你什么时候可以来干活？”

“后天可以吗？”

“很好。”

格蕾塔站起身来，布丽奇特跟着她走到前门：“谢谢您，鲁道夫夫人。”

“叫我格蕾塔吧。”

“好的，格蕾塔。”

“我们后天见，8 点钟来怎么样？”

“嗯……没问题。到时候见。”布丽奇特暗暗叫苦。她早上总是睡不醒。

“你姓什么？”

“哦，姓……汤可。”这个姓飘飘忽忽又找到了新的主人，虽然只是暂时的。布丽奇特此时正好想到了蒂比。

“如果不介意的话，可不可以告诉我你多大了？”

“马上就17岁了。”布丽奇特答道。

格蕾塔点点头：“我外孙女的年龄和你一般大。她9月份满17岁。”

布丽奇特不由得一怔：“真的吗？”她的声音都发抖了。

“她住在华盛顿。你以前去过那里吗？”

布丽奇特摇摇头。对陌生人撒谎固然很容易，可对知道你生日的陌生人就没那么容易了。

“那你是从哪里来的呢？”

“诺福克。”布丽奇特不知道她为什么会编这个地名。

“那你肯定走了很远的路。”

布丽奇特点点头。

“嗯，很高兴见到你，吉尔达。”这个是她外婆的女人叫她“吉尔达”。

“餐厅很高档。我本来以为只用到附近的餐厅就行了，可他在‘约瑟芬’餐厅订了位子。这真是太难以置信了。我担心自己穿得太寒酸，可他说我漂亮极了。这就是他的原话：‘你漂亮极了。’你相信吗？我花了好长时间才想好应该点什么菜，我不敢点有蛋黄酱的菜，怕沾到衬衫上面，也不敢点沙拉，免得会沾到牙齿上。”

克里斯蒂娜痴痴地笑着，好像自己刚刚经历过一场史无前例的浩劫。

卡门低头看着全麦华夫烤饼。烤饼中间的四个格子里倒满了糖浆，其他的格子里都是干干的。本来应该是卡门给妈妈讲她约会的情况，可现在却完全颠倒了。她很想说些酸溜溜的刻薄话，可就是找不到一点机会，因为妈妈在不停地讲啊讲，一刻也不停地讲。

克里斯蒂娜夸张地瞪大双眼："卡门，我真希望你能尝尝那里的甜点。简直好吃得要命，那种甜点叫 tarte tatin，也就是倒扣苹果挞。"

妈妈太急于炫耀这个法语词了，可她的波多黎各口音是急促的升调音，怎么也掩饰不住。卡门很想对妈妈发火，可一听到妈妈的口音，她顿时就没脾气了。

"哦。"卡门麻木地应道。

"他是个很好的男人，标准的绅士。他给我开车门。上次有男人帮我开车门是什么时候？"克里斯蒂娜看着卡门，她好像期待卡门能给她一个答案。

卡门耸耸肩："从来没有过吗？"

"他毕业于斯坦福大学。我有没有告诉过你？"

卡门点点头。克里斯蒂娜的表情无比自豪，卡门的心里一阵羞愧，前一天晚上她还颇为自得地对波特说她爸爸毕业于威廉姆斯大学。

卡门小心翼翼地拿着糖浆瓶子倒糖浆，她想把华夫饼的每个方块都倒满："他叫什么名字？"

"大卫。"克里斯蒂娜似乎极为享受地吐出这两个字，也许这两个字比倒扣苹果挞更让她觉得回味无穷吧。

"你刚才说他多少岁了？"

克里斯蒂娜有一点泄气："他 34 岁。我们之间也就差 4 岁。""差不多 5 岁了。"卡门说道。卡门说的固然是真话，但她的真话下却别有用心。妈妈不到一个月就满 39 岁了。"不过他听起来是个很好的男人。"卡门加上一句以示补偿。

这才是妈妈想听的话。"那是当然，他真是个好男人。"她继续喋喋不休地讲大卫的优点，卡门趁这工夫又将两块华夫饼倒好了糖浆。妈妈讲大卫有几次在办公室里给她拿咖啡，还在她电脑死机的时候给她帮忙。

“他是资深律师。”克里斯蒂娜没完没了地讲着，好像卡门很想听似的，“他大学毕业后没有直接去法学院深造。他去了孟菲斯的一家报社工作，所以他才会这么风趣。我是这么想的。”克里斯蒂娜重重地强调了“风趣”这个词，也许她觉得只有这个词才配得上大卫。

卡门给自己倒了一杯牛奶。自 13 岁后，她就再也没喝过牛奶了。突然之间，她产生了科学家式的好奇，如果她完全不搭理妈妈，妈妈会自顾自地说多长时间？

“他一直都是这么的讨人喜欢，乐于助人，但我从没想到他居然会约我出去。从来没有！”克里斯蒂娜趁这个机会在小小的房间里踱来踱去。她的皮鞋踩在桃木地板上噼啪作响。

“我知道和办公室的人约会很可能不大好，不过从另一方面来说，我们不在同一个部门，甚至都不在同一个楼层。”她挥了挥手，堂而皇之地接受了这段办公室恋情，她哪里舍得拒绝。

“我的意思是，昨晚看到你走了，我觉得自己又老又孤独，等明年你上大学了我该怎么办呢？幸好上帝可怜我！这一切来得正好，我觉得是这样的。”

卡门本想说上帝忙得很，要考虑的事多了去了，不过她还是闭上了乌鸦嘴。

“我不该这么积极。如果这段感情没有结果怎么办？如果他并不想正儿八经地谈恋爱怎么办？如果他和我的三观不同怎么办？”

一听到妈妈像个玄学家那样用到“三观”这个词，卡门就烦透了。妈妈是什么时候想谈恋爱的？自从卡门读四年级之后她就再没和男人约过会了。

即使卡门一言不发也无济于事。即使她躲到洗手间里，妈妈也依然自顾自、滔滔不绝地讲着。卡门真恨不得冲出家门，也许这样可以让妈妈闭嘴吧。

最后卡门看了看钟。这面钟从来没让她顺心过。不过它终于破天荒地第一次让卡门满意了——她们去教堂要迟到了。“我们得走了。”卡门建议道。

妈妈点点头，一边亦步亦趋地跟着卡门从厨房里走出来，一边还在不停地说。一路上她都说个没完，直到她们到了教堂的停车场才闭嘴。

克里斯蒂娜把车钥匙放进手袋，带着卡门走进教堂时，她才问卡门：“告诉我，宝贝，你昨晚约会怎么样？”

莉娜：

我知道你和我之间只隔几个街区，我到你家不到5分钟（好吧，是10分钟）。我接你上班的时候（不好意思，现在太晚了）就可以顺手把牛仔裤塞给你。不过，今年夏天不能从遥远的地方给你写信，我却有那么一点点难过。我想，嗯，虽然我们今年夏天可以写电子邮件，可以经常打电话见面，但这并不意味着我就不能在你家附近给你写信，不是吗？这肯定不算重罪，是吧。

好吧，莉娜，我知道今年夏天和去年不同。你不必想念我，因为我们昨天还见了几次面，而且昨晚你昏昏欲睡时我还扯着你没完没了地瞎聊了一通。虽然你等会儿又会见到我了，也许你还会因为我迟到了而大吼大叫，但我还是想借这个机会告诉你——你是这世上最漂亮、最可爱、最伟大的莉娜，我好爱你。好了，穿上这条牛仔裤尽情地臭美吧，亲爱的。

卡门

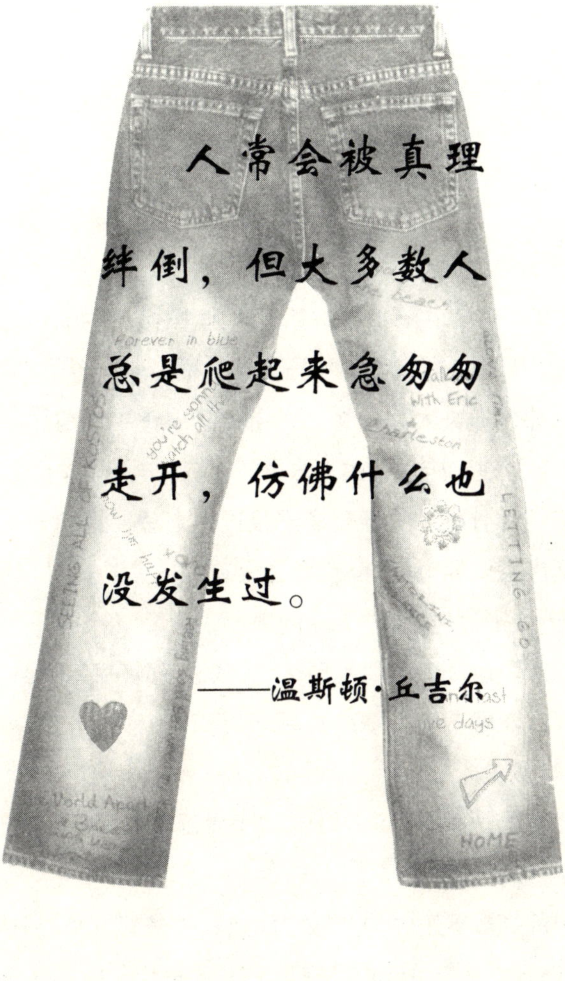

人常会被真理绊倒，但大多数人总是爬起来急匆匆走开，仿佛什么也没发生过。

——温斯顿·丘吉尔

莉娜对牛仔裤并不上心。第一天她把牛仔裤扔在家里，就放在房间里卡斯托斯寄给她的一堆信上面。第二天她穿着牛仔裤上班了，但挨了杜弗尔斯夫人的一顿训，所以只得在午饭前把牛仔裤脱了下来。她把牛仔裤放在商店后台的一张椅子上，有一位顾客看见了居然想买。

她的心仍怦怦直跳，艾菲到店里找过她之后，她便一直这样心惊肉跳。当时是商店关门的时间，但莉娜还没有打扫完试衣间。

“你猜今天谁来过电话？”艾菲问她。

“谁？”莉娜最讨厌艾菲要她猜了，尤其是在她筋疲力尽的时候。

“猜嘛。”艾菲跟着她去了试衣间。

“不猜！”

艾菲耷拉着脸。“好啦，不猜拉倒。”她骨碌骨碌地转动着眼珠，慢悠悠地说，“是奶奶，我和她说话了。”

“真的？”莉娜放下手中的衣服，“奶奶和爷爷都好吗？”

“他们都很好。上个月他们还在以前开的餐厅举办了一场盛大的结婚纪念日派对，镇上的人都去了。”

“哦。”莉娜可以想象那幅画面。恍惚间，她又回到了费拉，她从爷爷奶奶开的那家餐馆的阳台上看到了火山。“真浪漫啊。”她心不在焉地说。一想到港口，她便想起了卡斯托斯。一想到卡斯托斯，她的小腹深处便开始隐隐发热。

莉娜清了清嗓子，继续低头清理衣服。“杜纳斯一家好吗？”她强作镇定地问道。

“很好。”

“真的吗？”莉娜不想太露骨地问到卡斯托斯。

“当然。奶奶说卡斯托斯带了一个从阿莫迪来的女孩参加派对。”

莉娜费了九牛二虎之力才挤出一副不以为然的表情。

艾菲的眉毛耷拉了下来：“莉娜，你怎么这副表情？”

“你什么意思？”

“就是……像这样的，”艾菲指着莉娜紧绷绷的苦脸，“是你要和他分手的。”

“我知道，”莉娜神经质地踢着镜子，“你的意思是……”莉娜现在非得装傻不可，不然她马上就要哭出来了。

“我真是搞不懂你。早知如此，又何必当初呢？”艾菲责问道，她似乎懒得照顾莉娜的情绪。

“‘早知如此’？什么‘如此’？你到底什么意思？”莉娜厉声问道。她开始按尺码整理裤子。

艾菲摇摇头，好像莉娜是个无可救药的可怜虫似的：“好吧，我说点好听的让你的心情好一点吧。奶奶不喜欢卡斯托斯带来的那个女孩。”

莉娜努力地假装满不在乎。

“你心情好点了吗？”艾菲像哄孩子似的问她。

莉娜冷冰冰地耸耸肩。

“后来我说，‘奶奶，那个女孩至少不大可能和卡斯托斯无缘无故地分手。’”

莉娜愤愤地扔下衣服。“别说了，” 她吼道，“我不会开车送你去上班了。”“莉娜，你答应过我的！”艾菲说，“再说了，你吃的哪门子醋？你以前说过不在乎的。”

艾菲总是赢。始终都是。

“我是不在乎。”莉娜无力地争辩道。

“那送我上班去吧，你答应过的。”艾菲真是个天才，她总能把别人的帮助变成义务。

天色暗了下来，有如黑夜，莉娜实在没法相信现在还是白天。她一只手抱着牛仔裤，再用另一只手锁门并放下卷帘门。倾盆大雨浇在她的头发上，温热的雨水流过额头。艾菲飞快地冲向车旁，莉娜仍然不紧不慢地走着，她把牛仔裤塞到衬衫里以免淋湿。她喜欢雨。

橄榄藤餐厅离商店大约 3 公里的样子。艾菲三步并作两步地冲进了餐厅。

莉娜继续开车。雨点敲击着车窗，雨刷“咯吱咯吱”地响个不停。没有任何人在任何地方等她时，她喜欢一个人漫无目的地开车。在过去的几个月里，她有时开车时大脑几乎一片空白，甚至不用有意识地去想该如何开车。她不用想“看信号灯，踩油门，转弯”。她只是无意识地开，任由思绪自由驰骋。

她发现自己刚刚路过以前寄信的邮筒，那时她和卡斯托斯还在热恋——也可以说是那时她不用假装不爱他。

牛仔裤仍然紧紧地贴着她的身体。去年夏天的最后一刻，她和卡斯托斯热吻时她还穿着这条牛仔裤。她深吸了一口气。也许这条牛仔裤上仍残留着他的气息。也许。

这个大雨的夜晚，物是人非，恍如隔世，莉娜陷入了深深的忧郁之中，她已失去了卡斯托斯。

事实便是如此。卡斯托斯有了新的女朋友。莉娜有了一份销售米色服装的工作，还有一个厚颜无耻的妹妹。

到底谁是赢家呢？

起初，布丽奇特以为自己已忘记了曾经在布吉斯的种种。后来，当她在小镇里闲逛时，看到了一些东西，记忆便迅速复苏了。其中一个小玩意就是五金店外的花生售卖机。早在她 6 岁时，她就觉得这种售卖花生的糖果机太老式了，而且样子很古怪。可现在，花生售卖机仍在这里。她不得不怀疑里面的花生是不是仍然是她小时候看到的花生。

另外一样东西是内战时留下来的黑色大炮，现在都生锈了，上面涂了很多绿色的油漆块，它就立在法院门口。它的基座上还有一堆搭成金字塔形状的炮弹。她记得自己曾傻乎乎地把脑袋钻到大炮底下假扮卡通片里的人物，当时还逗得佩里哈哈大笑。

她还记得自己曾爬到银行旁的高墙上，外婆扯着嗓门喊她下来。她小时候像猴子一样顽皮。她是这一带最会爬树的孩子，连男孩和大孩子都望尘莫及。那时的她身轻如燕，身体极有韧性，比现在强多了。

布丽奇特让脚带领着她，因为脚的记忆力似乎比大脑管用。她沿着玛凯德大街继续往前走，一直走到村庄的尽头，视线顿时开阔起来。这里的每栋房子前都开满了绣球花，硕大的紫色花球随处可见。

走过联合卫理公会后，眼前是一大片绿油油的草地，青翠欲滴。它一直延伸到三个街区之外，草地的尽头是挺拔高大的老橡树和精致的铁椅。草地的边缘竖立着足球门，形成了一片大气的天然绿茵场。布丽奇特看着它激动得喘不过气来。尘封多年的记忆之门“咯吱咯吱”地打开了。她坐在铁椅上，闭上双眼。她忆起了曾经的自己在草地上奔跑，还有一个足球。电光火石间，大片大片的回忆迅速涌入脑海。她记得外公教她和佩里踢足球，那时他们才不过三四岁而已。佩里讨厌踢足球，他总是摔跤，但布丽奇特爱足球。她记得那时的自己把手背在身后，不断地提醒自己足球的关键在于踢。

她记得自己曾经运球避过外公，外公在她身后骄傲地大喊："大家快来看啊，我想我们有一个天才了！"虽然那时足球场上并没有其他人。

等到她5岁的那年夏天，外公让她参加了石灰岩县青少年联赛，引起了其他家长的强烈愤慨。布丽奇特记得她逼着外婆帮她把头发剪短，活像一个假小子。她还记得暑假结束回家时，妈妈看到布丽奇特的样子居然气哭了。布丽奇特连续两个夏天带领布吉斯"小蜜蜂"队夺冠，家长们全都闭嘴不再抱怨了。

老天啊，她怎么能忘记"小蜜蜂"队呢？在这一刻她开始自责不已。童年时，她是那么的热爱"小蜜蜂"队——她的小名正好也是"小蜜蜂"。"她是小蜜蜂！她是小蜜蜂队的英雄！"外公以前就在场外这样高呼，他觉得这样很有意思。爸爸从来不关心这些，但外公是个运动狂人。

外公去世的时候，爸爸知道吗？

她一时思绪万千。她从没停下来想想自己是怎么开始踢足球的，但在这一刻她开始回忆了。这就是她踢足球的起源。

她的记忆有点怪异，她以前也曾察觉过。自从11岁妈妈自杀后，她的大脑便开始一片空白。当时的或以前的事情她要么忘得一干二净，要么就觉得和自己完全无关。妈妈去世后，爸爸带她看过心理医生，医生说她的大脑已经形成了疤痕组织，但她不以为然。

她把伤痕累累的脑袋倚在椅背上，一直痴痴地坐了很长时间。迷迷糊糊之际，她听见有脚步声和叫喊声，还有她最爱的"砰砰"声——踢足球的声音。她睁开眼睛吃惊地看到草地被一群男孩子给占领了。大约有15~20个人，他们和她年龄相仿，也许会大一点点。

一个男孩跑过来时，她忍不住向他招手。"你是足球队的吗？"她问男孩。

男孩点点头。"布吉斯叛逆者队。"他答道。

“现在还有夏季联赛吗？”她又问。

“当然。”他手里拿着足球。布丽奇特九个多月没摸过足球了，但她现在却眼巴巴地盯着足球。

“你们现在是在训练吗？”她问。

“周二和周四晚上训练。”男孩说话鼻音很重，亚拉巴马人说话似乎都喜欢把音调拖得老长。

她记得自己曾经爱死了这种口音。8 月中旬的时候，她说话会不知不觉地插入元音和辅音。等开学回到北方后，朋友们一听她的口音都会咯咯直笑。不过等到 11 月时，她的亚拉巴马口音又神奇地消失了。

绿茵场上的训练非常精彩，男孩不停地转动着脑袋追着看。他非常有礼貌，但他不想再和她说话了。

“你们周六比赛吗？”她问。

“是的，整个夏天都是这样。我得走了。”

“好的，谢谢。”她对着男孩的背影说道，男孩和绿茵场上的朋友们一起并肩作战了。

她现在还是不明白这个世界到底是怎么了。如果是在去年，这个男孩肯定会盯着她的头发惊艳不已，他会忙不迭地回答她问的一切问题。他可能还会得意洋洋，说话的声音都会大起来，以便让朋友们能看见他有本事搭上她。

在 13 岁至 16 岁之间，布丽奇特吸引了无数的口哨声和电话号码，还有没完没了的搭讪，她数都数不清了。这并不是因为她曾经是美女。真正的大美女是莉娜，她的美是独一无二的，莉娜走过男孩身边时，他们差不多都会被电得浑身瘫软。布丽奇特吸引男孩的原因是她身材苗条、凹凸有致，对人热情，最重要的是，她有一头金发。

她看着他们踢球，他们训练了几轮之后便开始了练习赛，布丽奇特走到场外附近津津有味地看了起来。那里已经有几个女孩子了，很可能是球员的女朋友。布丽奇特盯着球员们的脸，其中有几个很面熟。是的，他们不是陌生人，他们可能是她多年前的队友。这真是太神奇了。有一个老霸着足球的男孩她一眼就认了出来，他叫什么名字？好像是叫科瑞，但姓记不清了。还有一个红头发的中场队员。他的模样和七岁时差不多一模一样，球技还和那时一样烂。有个守门员她也认出来了，他是……噢，老天啊，布丽奇特紧紧握住胸前的双手。男孩的名字一下子从她的脑海里冒了出来——比利·克莱恩。哦，我的上帝！以前踢球的时候，他的水平仅次于布丽奇特，他是她的最佳拍档。她现在什么都想起来了。她家里现在很可能还有一两封比利给她写的信。

太不可思议了。

比利长成了一个大帅哥，布丽奇特没法不被他吸引。他的身体结实匀称，体格强壮，正是她最喜欢的类型。头发的颜色比以前深，也比以前卷，但那张脸还是一点没变。布丽奇特小时候爱死了这张脸。

她望着他心狂跳起来，太多太多的回忆一起涌上脑海。他家就在离河边不远的地方。他们以前总一起在河边捡石头，一捡就是几个小时。他们深信每块石头都是古代的楔形符号，甚至还以为可以把这种石头卖给佛罗伦萨市中心的印第安土石堆博物馆赚一大笔钱。

比利从场外把球扔进球场。布丽奇特迅速躲到一边。他看了她一眼便走了过去。

他不可能认出她，对此她一点都不担心。小时候的布丽奇特是个瘦骨伶仃的黄毛丫头，那时的她很快乐。可现在她一身肥肉，顶着一头灰不溜秋的头发，满面愁容。她也许已经是另外一个人了。

从某种程度上来说，这是一种解脱。有时做隐形人真的是一种解脱。

上电影拍摄课时，蒂比坐在一群孩子的旁边，满眼都是深色衣服和笨重的鞋子，还有一些在阳光下闪闪发光的耳环。他们在电影拍摄课开始前吃完了午餐，于是邀请蒂比坐过来加入他们。蒂比知道他们邀请她主要是因为她穿了鼻环。她的鼻环有时让她大受欢迎，有时又让她受人排挤。对她来说，差不多都一样心烦。

一个叫凯蒂的女孩抱怨她的室友时，蒂比正无精打采地吃意面沙拉。这种沙拉的味道和她袖子的味道没什么区别。她嚼两口，点点头，然后再嚼两口，再继续点点头。蒂比觉得自己一出生就有好友真是幸事一桩，因为她实在不会交朋友。

几分钟后，蒂比跟着这群孩子去了艺术大楼，上楼后她走进教室。她故意坐在角落里，因为旁边有空位置。她想躲开那群孩子，不过大部分原因是她想等亚历克斯。

当亚历克斯和莫拉走进教室坐在她身边时，蒂比的心跳开始加速。莫拉坐在亚历克斯的另一边。这是教室里仅存的两个连在一起的空位置。老师拉塞尔先生整理了一下备课本。“同学们，开始讲课了，”他摊开双手，“你们知道，这节课是项目讨论课。这节课我们不是光听就行了，我们还要做。”

亚历克斯在活页上记笔记。蒂比忍不住瞥看了一眼。

学习“做”的课。

他在开玩笑吗？他瞥了蒂比一眼。是的，他是在开玩笑。

“这个夏天，你们每个人都要拍一部电影，你们在上课期间差不多就是做这件事了。你们大半的时间都会在课堂之外，在课堂内的时间将少得可怜。”

亚历克斯现在开始画画了。他画的是拉塞尔先生，只是画上的拉塞尔先生的脑袋只有一丁点儿，但手却大得像扇子。画得真好。亚历克斯知道蒂比在偷窥吗？他会在意吗？

“我们的任务是制作一部传记体电影，”拉塞尔先生继续说道，“电影的主题是介绍某位在你生活中扮演重要角色的人物。拍摄电影时，你可以自由选择剧本和演员，决定权在你。”

蒂比一下子就有了主意。她的大脑灵光一闪，浮现出了贝莉的影子。去年夏天，她的好友贝莉坐在蒂比卧室的飘窗上，倚着百叶窗，阳光透过来，照在她 12 岁的身体上，那是她生命中的最后一个月。蒂比的眼睛隐隐作痛，她把脑袋转到左边。

“决定权在你。”亚历克斯在拉塞尔先生的画像下龙飞凤舞地写下这行字。

蒂比揉了揉眼睛。不，她不想拍贝莉。她不能这样做。她甚至不允许自己让这个想法在头脑里成形。好吧，它从哪儿来，就回哪儿去吧。

在这堂课剩下的时间里，蒂比沉浸在无限的伤感中，虽然她想赶走这个想法，但它仍然驱之不散。她忘记了亚历克斯和他的笔记。她的眼神迷离，似乎只能看到眼前几厘米的地方。

正当她完全忘记了亚历克斯的时候，他却俯在她耳边低语起来。蒂比好半天才回过神来，原来亚历克斯正对着她的耳朵说话。其实是对她说话。

“和我们一起喝咖啡好吗？”他似乎是在问她。

莫拉也眼巴巴地望着她。

“噢……”亚历克斯的话一个字一个字地传到蒂比的耳朵中后，蒂比发现她挺开心的，“现在吗？”

“当然。”莫拉积极地插了进来，“你还要上其他的课吗？”

蒂比耸耸肩。她有吗？有又如何？她站起身来，把背包甩在肩膀上。

他们坐在学生活动中心咖啡馆的角落里。蒂比估计亚历克斯和莫拉都是纽约人。莫拉和蒂比同住一栋宿舍楼，她就在 7 楼。莫拉对宿舍管理员凡妮莎非常有兴趣。

“你见过她的房间吗？”

此时蒂比只顾着看亚历克斯去了。莫拉又追问了一遍。

“说真的，你见过吗？”

“没有。”蒂比答道。

“她房间里堆满了玩具和毛绒娃娃。我敢向上帝发誓,她是个变态。”

蒂比点了点头。她对此并不怀疑,但她更有兴趣听亚历克斯谈他的计划。“这完全就是虚无主义。想想卡夫卡吧,但他更有冲击力。”他解释道。

蒂比报以欣赏的笑容,虽然她对虚无主义一无所知,而且她也想不出卡夫卡写过什么小说。他是个作家吧,应该是的。

亚历克斯冷笑了一下:“卡夫卡和年轻时的施瓦辛格见过面,他们见面的地点就是在必胜客。”

他真有才华,蒂比暗暗想道。“那这部自传体影片怎么拍呢?”她问他。

亚历克斯耸了耸肩,嘴角轻轻上扬。“我不知道。”他满不在乎地说。

“那你准备怎么拍影片呢?现在有计划了吗?”莫拉问她。

虽然贝莉的影子还在她的头脑里挥之不去,但蒂比决不允许自己再回头去想。“我不知道……我想我很可能会……”

蒂比不知道该如何把这句话说完。她低头盯着亚历克斯的彪马鞋。她想拍一部有趣的影片,她想再次看到亚历克斯的微笑,就像上次在巴格莉小姐的课上望着她的那种笑容。

她想起了今年夏天拍过的短片。她拍到了妈妈好玩的一面,当时妈妈正在厨房里忙,她趁妈妈不注意,把尼奇的棒棒糖插在了妈妈脑后。它虽然是无聊的恶作剧,但起码够搞笑。

“我想我很可能会拍喜剧……主角是我妈妈。”

卡门真希望去莫根家的路程还能更长一点,她的牢骚还没发够。不过她知道莉娜已经嫌这段路够远的了。

“我理解,我真的理解。”莉娜善解人意地说,但她的耐心正在慢慢减少,莉娜把车停在一栋高大的白色隔板房前,“我要说的是,你妈妈很多年都没约过会了。所以她才会兴奋。”

莉娜望了一眼卡门的苦瓜脸："不过我得再说一遍，她不是我妈，如果她是我妈的话，我会和你一样抓狂。"

卡门狐疑地盯着她："不，你不会。"

莉娜耸耸肩。"嗯，我觉得我妈肯定没吻过除了我爸之外的男人，所以我很难想象，"她圆滑地辩解道，"但是，如果她真的——"

"你会比我好心。"卡门想结束争论。

"没人会对自己的母亲好心。"

"你会的。"卡门不依不饶。

"噢，不，我不会。"莉娜凭直觉说道。

"有时你会心烦，甚至还会愤怒，莉娜，但你不会明目张胆地蛮不讲理。""心烦和愤怒甚至比蛮不讲理更糟糕。"

锃亮的红色前门打开了，杰西·莫根站在楼梯上对她们招手。

"我得走了，"卡门说道，"你等会可以接我吗？明天我开车。"

"明天你还是别开了吧。你开车会害得我又迟到。"莉娜有些不满。

"不会的，真的，我会早起床的，我发誓。"

卡门发誓是家常便饭，但从来就没兑现过。

"哦，好吧。"莉娜总会给她一次机会。这是她俩心照不宣的小游戏。

"嗨，杰西。"卡门一边招呼，一边急匆匆地走着。她进门的时候，顺手把杰西抓在腋下也拎了进去。杰西才 4 岁，他喜欢目不转睛地盯着昆西大街上来往的行人。他也喜欢站在二楼卧室的窗户前对着人行道上的行人喊些莫名其妙的话。

卡门径直走到厨房，莫根夫人正一只手抱着九个月大的乔，另一只手清理地上的卜卜米。

卡门已经知道了不能给孩子卜卜米，因为这种东西比奇克斯麦片等早餐食品难清理多了。毕竟旁观者清，她一下子就能想得到，但孩子的妈妈却永远不明白。毫无疑问，地上被踩得稀烂、湿漉漉的卜卜米是莫根夫人心中永远的痛。

“嗨，大家好。”卡门说道。她伸手准备抱乔，但他却往妈妈的怀里躲。乔很喜欢卡门，但只有在妈妈不在家的时候才会喜欢。

“嗨，卡门，你好吗？”莫根夫人从冰箱里拿出一些用保鲜膜包着的食品，将它们一股脑地都扔进垃圾桶，“我今天得出去办些事，中午会回来。有事你可以打我的手机。”

莫根夫人一向都会晚回来，乔倚在妈妈的肩上打量着卡门。莉娜说没人会对自己的母亲好心，卡门记得很清楚。不过乔对他的妈妈就很好。他爱妈妈。卡门小时候对妈妈也这么好吗？也许人只有在年幼时或年迈时才会良心发现吧。

她从莫根夫人的手中接过哭闹不休的乔。

她刚刚把乔放在地上玩折叠桶，乔就把袜子脱下来放在嘴里咬。袜底有橡胶的井字格图案。卡门估计这是防滑的。

“不要这样，乔，不要吃袜子。”

杰西站在前门边，透过一小块和他的脸差不多高的玻璃盯着门外来来往往的车。“嘿，杰西，你在看什么呢？”

杰西没有回答。成年人听到无聊的问题或话语时总觉得非得回应不可，可孩子们一般都懒得理会，卡门深感佩服。

“我要去尿尿了。”半晌之后杰西终于冒出一句。卡门抱起乔和杰西一起上楼。不知道为什么，杰西只用楼上的洗手间。她准备趁杰西尿尿的时候把乔的尿布给换了。卡门把乔放在尿布垫上，乔抓起一管药膏就咬了起来。婴儿吞了氧化锌会不会中毒？

她打开衣柜最上面的抽屉。里面的袜子叠得整整齐齐，摆放得井井有条，全都是原色的，袜底都有井字格图案。莫根夫人应该是个高智商女人，想不到她叠袜子也会这么用心。她不是上过法学院吗？干叠袜子这活是不是太屈才了？

卡门想起了她的妈妈。有一次卡门过生日收到一双新鞋，妈妈便坐在以前老房子的餐桌前，用叉子在鞋底上随手划了几道划痕，免得卡门穿新鞋会在莉娜家锃亮的地板上滑倒。

下楼后，卡门给妈妈打电话，妈妈还在上班。“嗨。”她听到妈妈接起电话后问候道。其实她真的只想说这么一个字。

“宝贝，我真高兴你打电话过来。”克里斯蒂娜上气不接下气，“我今晚要和大卫吃晚饭。呃，应该没事吧，冰箱里有意式肉酱面。”妈妈心不在焉地说着，她不像是因为找订书机而心不在焉，听她那口气简直是魂不守舍。

“真的吗？你又不回家？”卡门停顿了一会儿，她真希望妈妈能正常点。

“我不会很晚才回来的，”妈妈信誓旦旦，“只是这个星期太忙了。”

“好吧，好吧。”卡门的声音软了下来，“再见。”

以前有段时间，可能是前天，反正就是最近的时候，卡门爱死了晚上一个人待在家里。但现在，她讨厌这样。

一两个小时后，卡门检查她的留言。一条来自保罗，他给她回电话。另外一条来自波特。恶心的约会后反馈电话。如果男人在约会后的三天内给你电话，这说明他喜欢你。如果他等了一个星期才来电话，这说明他找不到更好的姑娘，很可能只是找你碰碰运气。如果他完全没打电话，嗯，那还用说什么呢？你懂的。

波特的电话在三天的界限之内。要是在一个小时前，卡门肯定会欣喜若狂，可现在不会了。

蒂比：

嗯，牛仔裤给你。我得承认，我穿这条裤子没引起轰动。老板骂我不该上班穿牛仔裤，还有一个五十多岁的老潮女想买它。我希望你的运气比我好。

我不知道卡门对你说了些什么，不过我对卡斯托斯有新女朋友这件事完全无所谓。毕竟是我甩了他，不是吗？

好好享受这条裤子吧。我想你了。如果你今晚不和你那帮有文艺气质、酷酷的拍电影的朋友一起玩文艺气质扮酷的话，别忘了给我打电话。

爱你的莉娜

虽然你只能看到车灯照射到的地方，但却能够以这种方式走完全程。

——E.L·多克特罗

莉娜喜欢卡门家的厨房。坐在这里感觉安全而宁静，和她家张牙舞爪的装修风格完全不同，莉娜讨厌家里闪闪发光的白钢和不锈钢餐具，还有那亮得让人睁不开眼睛的石英灯泡。莉娜喜欢卡门家厨房里的食物。这里有鳄梨、低脂薯条和花茶——都是女孩子们喜欢的东西。不像她家，她家的冰箱里塞满了一打装的啤酒和永远都吃不完的猪扒。两口之家不像四口之家那样需要那么多的妥协。

"亲爱的，要喝杯冰茶吗？"

莉娜打量着卡门的妈妈。她正在整理橱柜下面一格的锅碗瓢盆。她把头发绾成一个马尾辫，看起来就如同20岁左右的年轻姑娘。克里斯蒂娜一直都很漂亮，但今天的她尤其快乐活泼，莉娜从没见过她这么迷人。

"我想要一杯。"莉娜说。

卡门扫了一眼报纸上的八卦版。"我也要一杯。"她眼睛抬都没抬。

"你妈妈好吗？"水池里的水哗啦啦地响着，克里斯蒂娜问莉娜。她问莉娜这个问题的时候总有点内疚，那表情简直就像取干洗的衣服时没有小票似的。

"她很好。"

"你男朋友好吗？他叫什么名字？"

"卡斯托斯，"莉娜不悦地答道，她从来就不喜欢谈自己的感情生活，"不过，现在他不是我男朋友了。我们分手了。"

"哦，真对不起，异地恋是很难维持的。"

莉娜喜欢这种解释。这话简洁有力，又不会让人觉得她是个神经病。"是啊，正是如此。"

克里斯蒂娜从冰箱里拿出一满壶冰茶："代我向你母亲问好。她肯定了解你的痛苦。"

莉娜听愣了："我和妈妈从没谈过这个。"

克里斯蒂娜似乎并不明白，并非所有的母亲永远都会和女儿无话不谈。

"不管怎么说，我都觉得她对异地恋一无所知。"莉娜说。

克里斯蒂娜放好了三个杯子："她当然懂的。她和尤金至少异地恋了四五年。"

莉娜一脸狐疑地盯着克里斯蒂娜。

克里斯蒂娜和莉娜的母亲之间疏远了很多年。克里斯蒂娜也许是记错了，也许她说的是她自己的恋情。

"尤金是谁？"

卡门现在都扔下了报纸上的八卦版，她的目光在莉娜和克里斯蒂娜的脸上扫来扫去。

"尤金是谁？"克里斯蒂娜喃喃自语。她脸上的表情慢慢从惊奇转为狐疑，最后转为焦虑。

"呃……"她转过身背对着卡门和莉娜，只顾着倒茶。

"妈妈？嘿，你怎么啦？"

克里斯蒂娜慢吞吞地搅拌着糖块。当她再次转过身时，她的表情不再轻松了："别问了。我可能是记错了。都是很久以前的事了，很容易记错的。"

克里斯蒂娜是个美丽动人、温柔善良的女人，但她不善于演戏，撒谎的技术也超烂。莉娜完全相信她以前会记错事情，但现在她敢肯定克里斯蒂娜没记错。

卡门眯着眼睛，眼神如激光一般打在妈妈脸上："别问了？别问了？你开玩笑吗？"

克里斯蒂娜无限渴望地望着厨房门："我得给我妈妈打电话，宝贝。已经是下午了。"

"你不准备告诉我们吗？"卡门的肺都要气炸了，她凶巴巴地瞪着妈妈。克里斯蒂娜的目光心虚地逃避着卡门："没什么可说的。我记错了。我当时想的是另外一个朋友。这又不是什么大不了的。"她突然闭嘴，逃也似的离开了厨房。谁都知道卡门不好惹，她会打破砂锅问到底。对这一点，她妈妈再清楚不过了。

"这又不是什么大不了的？"莉娜喃喃地重复着克里斯蒂娜的话。

卡门心领神会地看着莉娜："本来就没什么大不了的，别想了。"

"尤金是谁？"

莉娜不动声色地抛出这个问题。此时家人已吃完晚餐，正准备吃甜点。妈妈把盘子放进洗碗机，莉娜清理餐桌。厨房里只有她们两人。艾菲在朋友家，爸爸在餐厅看报纸。

"什么？"阿里转过身来。

"尤金是谁？"

莉娜马上就意识到自己捅了马蜂窝了。

"你为什么问我这个？"妈妈一手拿着一只盘子质问她。

"我只是……只是想知道。"

"谁跟你提到他的？"

"没人。"莉娜答道。如果妈妈不跟她说实话，她也会以其人之道还治其人之身。而且，她也不想出卖卡门的妈妈。

阿里一脸的失落，她有点不耐烦了。她似乎在飞快地想着对策："哼，我根本不知道你在说什么。”

“那你为什么说话声音那么小？”

莉娜并不想折磨妈妈，但这句话却很管用。

“我没有。”妈妈又辩解道，她的声音还是小得像蚊子哼。

莉娜沉默了。她觉得气氛有点失控。她想知道答案想疯了。妈妈越不说，她就越想知道。但从另外一方面来看，妈妈脸上的表情让她害怕。

莉娜的爸爸踱着方步走进厨房。“吃芝士蛋糕怎么样？”他看起来心情不错。

妈妈瞪了莉娜一眼，那眼神再明白不过了：闭上你的狗嘴，不然我罚你禁足一辈子。

“我上楼去了。”莉娜低头看着花岗岩台面。

“不吃甜点了吗？”爸爸问道。吃甜点是他们共同的爱好。

“今晚不吃。”她说。

“你觉得妈妈在认识爸爸之前有没有男朋友？”过了一会儿之后艾菲出现在莉娜的房间时，莉娜这样问她。

“没有，不可能有的。”

“你为什么这么肯定呢？”莉娜问。

“如果有，她会告诉我们的。”艾菲推断道。

“也许不会，妈妈不是什么事都跟我们说。”

艾菲白了莉娜一眼：“妈妈的生活很无趣，也许没什么值得说的。”

莉娜沉思了半晌：“我猜妈妈有个叫尤金的男朋友。据我估计，妈妈在美国，他在希腊。也许妈妈以前爱他爱得很深。”

艾菲扬起眉毛：“真的，你有把握？”

莉娜点点头。

“哼，我觉得这是你自己的爱情悲剧吧。”

“大卫想请我们两个人吃晚餐。”这个晚上克里斯蒂娜郑重宣布道，那语气好像是艾德·麦克马洪[1]捧着一张硕大的百万元支票在等着她似的。

“为什么？”

“卡门！”克里斯蒂娜心情很好，她可没工夫和卡门发火，“因为他想见你。”

克里斯蒂娜把瘦身餐食谱打开放在厨房台面上，锅里的洋葱滋滋响着。

“什么时候？”

“明晚好吗？”克里斯蒂娜建议道。

“明晚我要和莉娜看电影。”

“星期四呢？”

“我要去做保姆。”

“星期五？”

卡门不耐烦地看着妈妈。一般的人被拒三次就应该心里有数。“我……要和波特约会。”她对自己的这个回答满意极了，虽然这只是她瞎编的。她得让妈妈明白这世上并不是只有她一个人有男朋友。

克里斯蒂娜的眼神立即转忧为喜：“带他来！我们四个人一起出去！”

“大卫想请我们吃饭。”一小时后卡门在电话里说道，她的语气和她妈妈的截然不同。

蒂比倒吸了一口凉气：“好像他们是来真的。你知道，见父母就意味着来真的。不过你的这种情况嘛，见孩子就是来真的喽。”“我跟她说我要和波特约会，她居然要波特也去。”

“哇，四人约会啊？”这事太荒谬了，蒂比觉得既吃惊又好笑。“我知道，”卡门抱怨起来，“但这样可能会更好。我可以不用只盯着他们。也许大卫和波特能谈谈轮胎撬棍之类的无聊话题。”

①美国《今夜秀》金牌主持人，传说中的“财神爷”，常捧着特大号百万美元支票按响幸运中奖者的门铃。

"也许吧。"蒂比对此深表怀疑。

"只有一个问题，我真的没打算和波特约会。我是骗她的。"

"哦，卡门。"

"是的，所以现在我得约他。"

蒂比大笑起来，但卡门知道这笑声意味着欣赏。"你喜欢他吗?"蒂比问。

"谁？"

"波特！"

"噢！呃，我想是的吧。"

"你想是的吗？"

"他真的很帅。你不这样认为吗？"

"长得还行。"蒂比有点不耐烦了，"但是卡门，如果你不喜欢他，就不应该约他。这会让他产生误会。"

"谁说我不喜欢他？也许我真的喜欢他。"卡门抢白道。

"老天，你真有情调啊。"

卡门吃吃地笑起来。她啃着大拇指旁边的倒刺："我有没有告诉过你，我妈妈现在要我跟着她吃瘦身餐了？"

"天哪！"

"是真的。"

"你真可怜。"

"不过我去巨人超市买了'本杰瑞'冰淇淋，一买就是一大堆，足足有三种口味呢。"

蒂比又笑了起来："你这个家伙。"

嘿，布布：

我成了一个没用的死胖子，除此之外，好像没什么新情况可以告诉你了。我的社交日程上有一件大事，这就是我和妈妈各自带男友一起约会。

我可是认真的。

想知道这是怎么回事吗？一个星期以前，我妈妈的重要约会对象只是牙医，可现在她隔三岔五就和大卫约会。

不许说你为我妈妈感到高兴。上次你就这样说过了。毕竟，只能啃冰冻比萨的人不是你。

昨晚约会她穿了一件短衬衣，我敢打赌，你可以看到她的肚脐眼。一点都不好看，布布。

今天早上我打电话到她办公室，问她我能不能看夜场电影，她竟然说"用你自己的判断力吧"！！！！难道在大卫出现之前，我的判断力就一直很差吗？这是什么道理？

我是不是个自私鬼？老实告诉我。

不过也不能太老实了。

快给我写信，我想知道吉尔达·汤可的全部故事。我想死你了。

爱你的自私鬼卡门·洛威尔

"我们明天早上一起吃早餐好吗？"晚上电梯门快关的时候，莫拉对她说，"我们可以沿'高速公路'走到松饼店。"

"好。"蒂比在门里说。身为纽约人，莫拉和亚历克斯喜欢嘲笑其他的城市，说它们没有人行道，简直就是高速公路。虽然蒂比是正宗乡下人，但她跟着点头称是，好像她也是纽约人似的。

iBook 笔记本电脑的休眠灯闪烁着，似乎在问候她。"嗨！"蒂比对电脑这样说。

"嗨。"电脑居然也会说话了。

蒂比吓了一跳。她觉得全身的血顿时沸腾起来。

电脑大笑起来。那是布莱恩的声音。蒂比打开顶灯。

"哦,我的老天！布莱恩！你吓死我了。"

布莱恩走到她身边,拉着她的手。"嘿,蒂比。"他咧开嘴大笑。蒂比也咧开嘴笑着,这是发自内心的笑。她想念他。"你怎么到这里来了？"

"我想你了。"

"我也想你。"她脱口而出。

"我想带你回家。"

"你指的是周末吗？"

"是的。"他说。

"那得等三天。"

"是的,"他耸耸肩,"我想你。"

"你怎么进房间的？"

"楼下有个人让我进来的,"他指了指那个人的房门,"这个锁随便拿什么一撬就开了。"

"真的吗？这真让人放心啊。"一想到撬锁这活她就想起了布丽奇特。

"我可以……"他指着地上卷成筒状的深绿色睡袋。

"睡在这里？"她问道。

他点点头。

"当然可以。我的意思是,你还有其他的地方可以睡吗？"

他似乎有点怀疑:"你确定没问题？"

当蒂比停下来开始考虑这个问题时，她意识到让男孩子在自己的房间里过夜可是件大事。大学差不多就是这样喽。

不过话又说回来,布莱恩不是男孩。哦,虽然就事论事地说,他的确是个男孩。但对蒂比来说,无论是从行动上还是感觉上,她都没法觉得布莱恩是个男孩，布莱恩和她认识的任何其他男孩截然不同。虽然她很喜欢他，但她觉得布莱恩毫无性感可言，他在这方面和一双圆筒袜没什么分别。

她打量了他一会儿。自从他们初次见面后，布莱恩发生了巨大的变化，说来也挺好笑的。他长高了很多(他每个星期到她家去吃两三次晚饭，不长高才没天理)。他有时还会洗头(蒂比经常洗澡，她估计这就是榜样的力量，布莱恩终于被感化了)。他系皮带(哦，算了，也许是她给他买了一条)。但他仍然还是那个布莱恩。

“如果宿舍管理员或其他人看见你，”蒂比说，“那我可死定了。”

布莱恩一脸严肃地点点头：“我也在想这个问题。我得确定没人看到我。”“好的。”蒂比知道爸爸妈妈对这种事无所谓。这不是个问题。

他坐在床头柜上。

“我昨天看到了尼奇和凯瑟琳。”他告诉她。

“是吗？”

“凯瑟琳从台阶上摔下来了，她要你去哄她。”

“她要我？”

“当然。”

蒂比顿时觉得脸上热乎乎的。大多数的时候，她都在和那两个小家伙刻意地保持距离。她知道爸爸妈妈总希望她能和弟弟妹妹多相处。可每次蒂比让凯瑟琳爬到自己的腿上时，她都觉得妈妈在利用她，妈妈就是想拿她当免费保姆。兔八哥在荒岛上望着达菲鸭时，它看到的只是一只肥美多汁的烤鸭。当爱丽丝望着蒂比时，她看到的是一位能带孩子的小保姆。

“我还和尼奇一起玩《龙穴》。”

“他肯定爱死了。”布莱恩很想把尼奇培养成超低龄的电子游戏发烧友。蒂比想不到自己不在家布莱恩还会去她家，她觉得有点儿别扭。他真正喜欢的人到底是蒂比还是那两个小屁孩？

“你在这里好吗？”布莱恩问她。他看到了桌上散落的草稿和笔记。

“很好。”

“你的电影进行得怎么样了？你想好主题了吗？”

自从准备拍电影以来，蒂比已经和布莱恩聊过多次电影了。不过不知道为什么，她并没有告诉他电影的主题。蒂比把草稿整理成一堆："我觉得应该想好了吧。"

"是什么呢？"

"也许主题是我妈妈。"她并不想进一步谈这事儿。

他一下子就来劲了："真的吗？这个主题太好了。"

布莱恩对爱丽丝很有好感，蒂比讨厌这一点。

"是的。"

"你的朋友们好吗？"布莱恩问道，"我指的是你的新朋友。"他紧锁眉头，急不可耐地等待答案。

"他们……"她想说"很好"，但这个词不合适。"好极了"似乎也会误导人。所以她只说，"还好"。

"我希望明天能见见他们。"布莱恩开始打开睡袋。

"当然可以。"她说道，虽然她并不确定。

布莱恩的牙膏牙刷都放在一个皱巴巴的超市塑料袋里。她的浴室用品则放在一个厚实的、带拉链的蓝色透明塑料包中。"你先去吧。"她说。她往门外窥探了一下。浴室在几米以外的地方，顺着走廊走就到了。"快去呀。"她催促道。

在等布莱恩回来的空当，蒂比决定从衣物架上找条多余的毯子出来，地板太硬，她想让布莱恩垫得舒服一点。毯子找到了，一个牛皮纸气泡信封随之掉落，上面赫然现出莉娜的笔迹。

信封似乎在虎视眈眈地盯着她。她知道牛仔裤就在信封里，但她一直都没打开。为什么不呢？

事实上，她也不知道是为什么。她一展开牛仔裤，就会想起去年夏天，还有贝莉和咪咪，所有的记忆都会一齐涌上心头。她会忍不住地端详自己曾在牛仔裤左膝侧面绣的歪歪扭扭的红心。她会记得在贝莉的葬礼后，她一个人整天坐在背阴的门廊上没完没了地绣着这颗红心，那段日子太痛苦了，简直不堪回首。也许她还没有做好心理准备。

少时之后，房间的灯灭了。蒂比和布莱恩都仰躺着盯着天花板。这是她第一次和男孩子共处一室，共度一晚。

“你辞了‘旅游地带’店的工作吗？”

“是的。”

布莱恩经常换工作。他是个专业的网管员，对计算机技术无所不通。不管他在哪里工作，拿 20 美元的时薪都不成问题。

他们两人都没说话。她听着他的呼吸声。她听得出来他没睡着。她感觉喉咙干涩疼痛。

在他们开始交往的前几个月，有时两个人会找不到话题，冷场很长时间。这时布莱恩就会提起贝莉，蒂比每每听到都会心痛不已。后来她要布莱恩不要再提贝莉。她说两个人无话可说的时候，就让一切尽在不言中。

今晚，在这间小小的宿舍里，在这间陌生的房间里，一切尽在不言中。

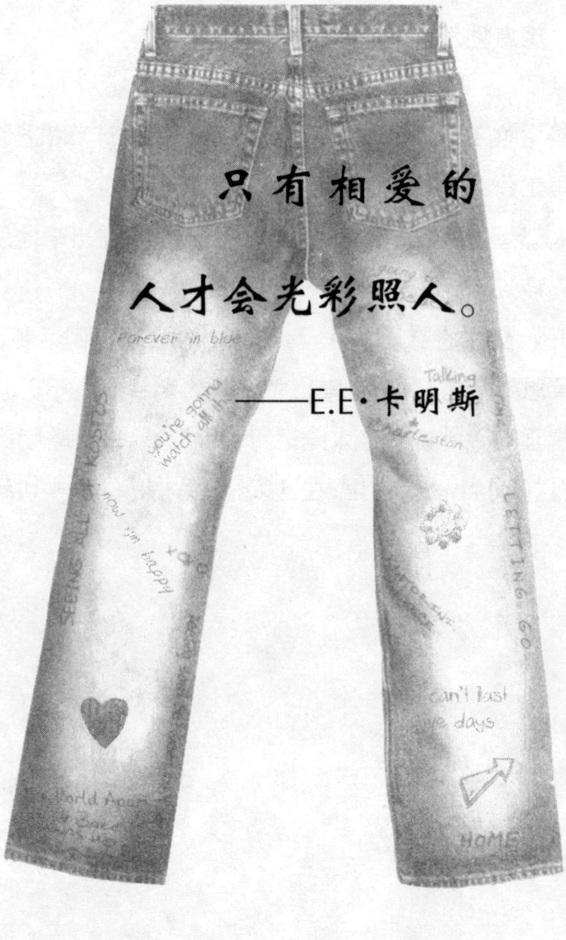

只有相爱的

人才会光彩照人。

——E.E·卡明斯

第二个夏天

大卫没有任何明显的身体缺陷。他的牙齿一颗不缺，甚至还有头发。卡门迅速打量了一下大卫的衣着。还行。他没有穿《星际迷航》的T恤或类似的傻乎乎的衣服。她挑剔地盯着他的脚，想看看他有没有穿矫形鞋。

“这是波特，”卡门说道，“波特，这是我妈妈克里斯蒂娜。”她转头向波特介绍大卫，“这是大卫。”

她看着波特和大卫握手，他们都知道这是他们一生中最诡异的一次约会，不过都得竭力装出热情的样子。

“波特明年就读高三了。”克里斯蒂娜对大卫说道，好像她和波特是亲密的老友似的，“他和卡门是同学。”卡门暗暗叫苦不迭。克里斯蒂娜好像觉得她应该给大卫展示整个世界似的。

领座员把他们带到座位上。这是一个包厢。卡门真希望他们能不在包厢里吃饭。克里斯蒂娜和大卫坐一边，卡门和波特坐另一边。大卫和克里斯蒂娜坐得很近，大卫用手臂轻轻地搂着她的腰。卡门看得背都僵了。

卡门凝视着妈妈，她真想不通这个没有残疾的男人怎么可能会看上她。大卫难道不知道妈妈是个老女人了吗？妈妈日光浴时只穿紧身三角裤不穿比基尼，还经常不成调地跟着录音机唱卡朋特的歌，这些他难道都不知道吗？他也许是个性变态，一心只迷恋律师事务所的西班牙裔秘书。可卡门盯着她妈妈那张生动的脸，她突然意识到克里斯蒂娜还是很迷人的。她有一头浓密的卷发，披在肩头风情十足。她甚至不需要染发。她虽然不是超模，但她的身上也几乎没什么赘肉。她的笑声很可爱，咯咯咯地笑起来极富感染力。她喜欢笑。尤其是在大卫开口说话时，她更是笑得花枝乱颤。

“卡门？”

波特正期待地看着她，也许他刚刚问了她一个问题，甚至有可能问过几遍了。

卡门开口了：“呃。”

“要吗？”他礼貌地提醒她。

“嗯？”

现在三个人都一脸期待地盯着她。

卡门清了清嗓门：“对不起，什么？”

“你要不要分一点开胃小食——芝麻面——尝尝？”波特问她，其实他问过几遍了，现在很可能后悔得要命。

“嗯，当然要。”她生硬地答道。

两对恋人吃一个盘子里的食物，这场面太滑稽了。可波特问过她几次她都没听见，这时如果说“不”就太不厚道了。

“可以再给我一个盘子吗？”女招待过来点菜时卡门问她，她觉得自己像蒂比家 81 岁的老祖母露易丝一样保守。

当她用叉子把面条割断给自己分了一小份时，她又觉得自己的浪漫指数和老祖母露易丝有得一拼。

可她妈妈和老祖母露易丝截然不同。她正靠在大卫身上，大卫估计说了什么把她逗得咯咯直笑。她的脸颊一片绯红。她从大卫的盘子里拿布丁吃，没有一丝愧色。

“怎么样，好吃吗，呃？”他问她。大卫的声音和眼神只针对克里斯蒂娜，永远只针对她一个人。他也许还会问她爱不爱他，她也许会答当然。他们的眼神纠缠在一起，难分难舍。要不是他们这样旁若无人，别人看了肯定会难堪死。

他们真是一对极品啊。“你们的幸福没什么了不起。”卡门刻薄地想道。“卡门？”

波特又是那副表情。“对不起，”卡门说，“你刚才问我什么了？”

他和她之间还太生疏，还没到可以将她从神游拉回现实的地步，更没到可以和她开玩笑的地步。所以，他只能不知所措，表情颇像老祖母露易丝的丈夫——最后那一任。

“没什么，不是什么大不了的问题。”

卡门又开始切面条，她觉得自己是个局外人，只是事不关己地坐在这里。这种感觉真奇怪。

突然，她意识到这场无聊的谈话终于结束了。大卫正注视着她。

“你妈妈说你这个暑假在莫根家做保姆？”

大卫直视着她的眼睛。眼神坚定直率，似乎急于讨好她。卡门避开他的目光，四处打量着餐厅。

“啊哈，是呀，你认识他们吗？”

“杰克·莫根是公司的合伙人。他家的孩子可爱死了。特别是那个小男孩。他叫什么名字？”

卡门耸耸肩：“杰西？”

“对，杰西。那小子是个人才。”大卫大笑起来，“在公司的野餐会上，他非要把所有的冰块都数一遍。”

克里斯蒂娜和波特一齐大笑。卡门忘了笑。

“昨天我去接卡门，他趴在卧室的窗边喊我‘羚羊’。”克里斯蒂娜笑得像一朵花似的，卡门暗忖，被人叫“羚羊”还这么开心。卡门约会的时候可没脸说出这种糗事。

当大卫亲吻克里斯蒂娜的头发时，卡门看傻了眼。然后波特似乎说了什么，但卡门已经听不见了。

最后终于到了埋单的时刻，大卫坚持付账，他的语气不容置疑，但没有一丝炫耀的意味。“你还是下次付吧。”波特摸索着钱包时，他彬彬有礼地对波特说。

大卫殷勤地起身从衣钩上取下克里斯蒂娜的外套。卡门偷偷地看了一下他的腿。他没有小短腿。

莉娜起床放露辛达·威廉姆斯的 CD，这张 CD 还是 1 月份的时候卡斯托斯寄给她的。蒂比走了，布布也走了，卡门出去参加让她抓狂的双情侣约会了。音乐勾起了她的回忆，她曾在圣托里尼收获了一份爱情，可后来却失去了。她几乎未曾拥有过那份爱。也许她只是匆匆瞥见它而已，也许它不能算是爱。它粗糙苦涩，看不到希望，但它却让人心醉神迷，恍若身在云端。

莉娜知道她大半生都是处于消极的恐惧状态，她总是等待悲剧发生。抱着这样悲观的心态生活，她很难快乐，也只有在等待中的悲剧没发生、长舒一口气时才能快乐一点点。

莉娜想不通自己的恐惧。恐惧从何而来？她到底在怕什么？她从没遇到过可怕的事情。难道这种恐惧来自于前世吗？要么就是她还年轻，等以后年纪大了便会遇见可怕的事。要么就是她从出生到现在太过顺利。真的是这样吗？她是不是顺利得像完全没活过？

她走到衣柜旁取出旧鞋袋，然后把鞋袋里的信全撒在床上。她一直控制着自己不要经常这样做——尤其是得知卡斯托斯有了新女朋友之后，但今晚她无法控制自己。

她以前有事没事就读卡斯托斯的信，字里行间的每一丝感情、每一点细微差别、每一种含义她都能看得出来。信里的那点内容早被她吸干了，她都奇怪这些信居然没化成灰。她记得自己收到新信时是多么的快乐，没有读过的信意味着无限的可能。她记得当时的自己一想到有那么多从未体验过的新鲜感觉在等着她，手中的新信便会变得沉甸甸的。

她跷着二郎腿坐着，鬼使神差般地挨个把信打开。起先，卡斯托斯拘谨的措辞让她深感意外，她得不断地提醒自己——他不是美国人，更不是懵懂无知的少年。后来，他的拘谨感才消失，字词慢慢地变得文如其人了。

第一封信是去年 9 月初写的，就在她刚刚和他告别离开圣托里尼岛之后，差不多是一回到家就收到了。

记忆是如此的近，我仍然觉得你无处不在。我清楚地知道记忆终将渐行渐远，到那时我会无限伤感。到那时我将记不清你在阿莫迪画画，将画作散落在岩石上的样子；记不清你脱了鞋子，将脚搁在瓦莉娅家花园的墙上晒太阳的模样。现在我还看得到这些画面。不久之后我就只能慢慢回忆了。再过一段时间后我便只能回忆、回忆，再回忆。分离之后的每一个小时都这么难熬，我真不想你走。今晚我得收拾行装准备去伦敦，真不想离开这里，因为这里有我们在一起的记忆。

第二封信是 9 月中下旬写的，上面盖的是英国的邮戳，那时的卡斯托斯已经在伦敦经济学院读书了。

公寓里有三间卧室，住了 5 个人。卡尔来自挪威，尤瑟夫来自约旦，还有两个是英国的北方人，他们差不多不住宿舍。伦敦是个繁华喧嚣的城市，让人兴奋不已。虽然等待这一天我等了很久，不过来到这里我还是欣喜若狂。星期二开始上课，昨晚我和尤瑟夫在学校附近街边的酒吧里喝了几品脱的酒(我们这里一律称为“几”，不管喝多少都用这个词)。我和他谈到了你。他很理解。他在国内也有一个女朋友。

第三封信是10月份写的。她记得当时自己吓了一跳，因为邮戳是希腊的。卡斯托斯的爷爷心脏病发作，孝顺的卡斯托斯回到了圣托里尼，他一回家便写了这封信。自那之后，他没有再回到那所全球知名的学府学习宏观经济，而是一直待在破败的家族铁匠铺里打造渔船配件。这就是卡斯托斯的为人。

莉娜，请不要为我担心。是我自己选择回来的，真的。况且我又不会失去伦敦经济学院的学籍。我延期入学的申请已经被批准了。学校要再找个人住我的宿舍肯定是易如反掌，我一点都不难过。爷爷现在恢复得很快。今天我在铁匠铺干活时，他就坐在那里。他说他圣诞节的时候会完全恢复，到时可以干活，我就可以再回学校过新年了，但我不想这么急着回去。我先得打理好爷爷的生意。

我在回来的当晚去了我们的橄榄林游泳。当时感觉恍恍惚惚，好像又看到了你。

其实他最初写的是"当时感觉恍恍惚惚，好像在和你做爱"，可后来却拼命地画掉了。不过莉娜对着光从信纸背后看了一下信，她可以看到这些敏感的字眼。每每读到这里，她总会怦然心动。每个字都像烟花一般在她的脑海里炸开。让她既渴望，又纠结；既快乐，又苦恼。

他和新女友发生关系了吗？这个问题像燃烧的煤炭一般灼烧着她的大脑，她痛得不敢再想。

她从信堆中抽出的下一封信写于12月。时至今日，看到这一时期的信，莉娜仍然惭愧不已。她只能庆幸手头没有自己写给卡斯托斯的信。

你上一封信的语气颇为冷淡，莉娜。我星期一给你打了电话。你收到留言了吗？现在感觉好一点了没有？你的朋友们都好吗？布布好吗？

我告诉自己，也许是你写信的那天心情不好。你很好，我们都很好。但愿如此吧。

下面就是致命的1月了。去年8月燃起的万丈雄心终究在寒冷的冬天里萎谢了。她又变成了那个浑身长刺、拒人于千里之外的莉娜。她写了一封懦弱的信，然后他回复了。

也许这只是距离的原因。九月时的大西洋是那么的小。可现在，即使是我眼前的火山也似乎大得无法跨越。我做过许多梦，在梦里，我拼命向前游，一直游啊游，可最后总是游不到对岸。也许我们分离得太久了。

后来她和卡斯托斯彻底分手了，她对自己说她可以重拾心情。可是她没有，她仍在想念他。

我当然理解，莉娜。我知道这种事会发生。如果我在伦敦的学校里拼命读书，我的感觉也许会截然不同。但现在我在这座小岛上，一心向往着别处……我当然会想念你。

几个月以来，长夜漫漫无眠时，她都以为卡斯托斯在思念她。她沉溺于想象，脑海里一遍又一遍地缓缓播放着两个疯狂思念对方的人最终重聚的画面，这种画面让她心醉神迷，有时画面还是限制级的。虽然莉娜很害羞，对性懵懂无知，她还是个处女。但她可以做梦。

可现在卡斯托斯有女朋友了。他忘记了她。他们永远不会再见。

如果梦想无法实现，那做梦还有什么乐趣可言呢？

第二天早上蒂比醒来时发现布莱恩已经穿好了衣服，正优哉游哉地坐在她的书桌上。

她刚一跳下床就意识到自己的头发乱得像鸡窝，于是她慌忙用手把头发抚平。

“你饿吗？”他友好地问她。

她记得早餐。她记得松饼店，是要沿着“高速公路”走过去的。她本想叫布莱恩一起去松饼店，她真的想，但她没说出来。

“我早上得去上课。”她说。

“哦。”布莱恩毫不掩饰他的失望之情。他失望的时候从来都不会装出满不在乎的样子，他不屑于玩这种把戏。

“我们可以一起吃午餐吗？”她问道，“我可以从餐厅里带一些三明治回来，到时我们一起坐在池塘边吃。”

他喜欢这个建议。蒂比穿衣服的时候，他去了洗手间洗漱。他们一起走出宿舍。蒂比想着如何摆脱布莱恩。其实也不用费什么心机。布莱恩从来都不怀疑蒂比，他根本想不到蒂比会这么狡诈。

蒂比指着马路对面的学生活动中心：“那里的地下室里有《龙圣》游戏。”“真的吗？”布莱恩顿时对大学产生了极大的兴趣，他以前从不这样。

“是的。我中午去那里找你。”她知道布莱恩只用一美元就能玩好几个小时。

她忙不迭地逃到马斯特斯大楼。亚历克斯的宿舍在一楼。他们经常在那里碰头。亚历克斯经常戴着耳机坐在电脑前，而莫拉则躺在床上看嘻哈音乐杂志。此时的他们既不抬头，也不说话。

蒂比在门前转来转去，她知道他们准备好了就会出来。她很得意自己能够摸清他们的规律。

她猜亚历克斯这会儿正在做混音。他的书桌上有一大堆的 CD。大多数都是翻录的，标签上写的歌手她全不认识，她只能装作听说过的样子。亚历克斯有一次把耳机取下来让她和莫拉一起听歌。音乐声尖厉刺耳，而在这之后，是歌手低沉的嘶吼声。她觉得那简直都不能叫音乐。亚历克斯似乎很喜欢听，所以蒂比只能点点头，她很想理解这种音乐。

“嘿，蒂比，你精神可真足啊。”亚历克斯一边说一边起身带着莫拉出门。蒂比怀疑他可能一晚上都没睡。

他们离开校园时应该签离开时间，但蒂比从来就不会提醒他们。

他们在路边走了几百米，汽车和卡车从他们身边呼啸而过。

服务生是个戴遮阳帽的白发女人，她给蒂比端来了一大堆薄烤饼。蒂比有点难过。人人都爱薄烤饼，布莱恩也爱。

亚历克斯正在大讲特讲他隔壁宿舍里学象棋的男孩，那孩子长了一脸的青春痘，亚历克斯最喜欢嘲笑他。

蒂比仍在想着布莱恩，他穿着印有《龙圣》图案的T恤，鼻子上的眼镜是那种笨重的金属镜框，镜片有瓶底厚，脏兮兮的。

亚历克斯说到起劲时，她大笑了起来。她的笑声太假了，连自己都骗不过。

她问自己为什么不把布莱恩带来。难道是怕他在亚历克斯和莫拉面前丢自己的脸吗？或者还是因为怕自己——蒂比——在布莱恩面前丢脸？

布布：

我穿这条裤子运气并不怎么好，所以我想不如传给下一位好了，我得把它寄给你。

嗯，我一直都很想你。你昨晚给我打电话我好开心。想不到你这么快就找到格蕾塔了，我知道你的情绪正在好转。

希望你在亚拉巴马一切顺利。布布，我们都爱你。

蒂比

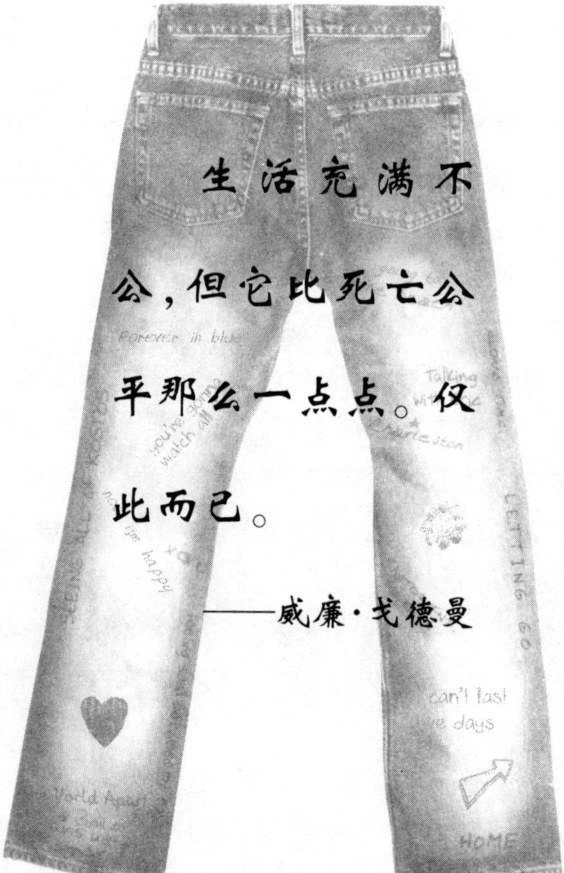

生活充满不公，但它比死亡公平那么一点点。仅此而已。

——威廉·戈德曼

在格蕾塔家的阁楼上工作的前几天完全是体力活，布丽奇特得将家具、数不清的书和堆得像山一样高的纸箱往地下室搬。

在第五天的上午，云游四海的牛仔裤出现了，布丽奇特将它放在邮局的纸箱中。她起初的时候挺高兴的，因为她马上又要去阁楼干粗活了，她需要这条裤子。但等她回房后，她的心情又开始低落了。

她一边在地毯上慢吞吞地踱着步子，一边把包裹打开。她屏住呼吸，连大气都不敢出，她开始把裤子往身上拉。拉到大腿处时，却再也拉不上去了。她只得停下来。她不能野蛮地死拉。万一把裤子撑破了怎么办？那简直太可怕了。

她喘着粗气，飞快地脱下牛仔裤，换上自己的短裤。

她不敢想太多。这并不意味着什么。她只需减几斤赘肉就行了。她呆坐在床上，头倚着墙强忍住泪水。

她仍然抱着牛仔裤，她不能把它扔在这里视而不见。也许这条裤子不一定非要穿在身上才能发挥魔力，是这样的吗？也许是吧。

布丽奇特木然地抱着牛仔裤走出房间。她把裤子一路带到了格蕾塔的家，她按照格蕾塔的吩咐从侧门进了屋。格蕾塔正在厨房里用针扎手指提取血样。布丽奇特飞快地移开视线。她早就怀疑格蕾塔有糖尿病了。她在屋子里看到过熟悉的设备。布丽奇特了解糖尿病，她妈妈在去世前的最后几年得过这病。

“早上好，格蕾塔。”她低头问候格蕾塔。

“早，”格蕾塔说，“你要吃早餐吗？”

“不，谢谢。”布丽奇特答道。

“喝橙汁吗？”

“不，我只要带点水上楼就行了，没问题吧。”她走到冰箱前拿水。

格蕾塔一眼就看到了她手上的牛仔裤。“这是你的吗？”她问。

布丽奇特点点头。

“我帮你洗一下好吗？只要一点点漂白粉，就能让它焕然一新。”

布丽奇特一下子被吓得魂飞魄散。“不！不！谢谢您。”她紧紧地搂着牛仔裤，“我就喜欢它脏兮兮的样子。”

格蕾塔哭笑不得，只好摇了摇头。“人各有志，无法强求啊。”她喃喃自语。

你是不会有魔力的。布丽奇特在心里默默说道。

屋子里闷热不堪，可阁楼上的温度至少还要高八九度。布丽奇特爬上楼时衣服都已经汗湿了。

她把一堆标有“玛丽”黑色字样的纸箱留在角落里。这很让她为难，因为这些东西她既想看又怕看。她把裤子放在书架上便开始干活了。布丽奇特把手放在第一个纸箱上，她强迫自己什么也不要想，就这样她打开了纸箱。

她战战兢兢地取出了几本写作指导书，都是小学生用的。布丽奇特看到妈妈干净认真的笔迹，心里不禁隐隐作痛。纸箱里还有《社会学研究》《英语》《代数》。书下面是一只装满了照片的信封。有生日派对的照片、在冰淇淋店吃冰淇淋的照片和学校活动的照片等等。在每张照片上，妈妈的眼睛都和布丽奇特一模一样。她的头发闪闪发亮，脸上的表情始终都是那么生动。布丽奇特早就知道自己继承了妈妈的头发。

纸箱里还有许多手工作品，大多数都粘在纸盘上或皱巴巴的美工纸上。布丽奇特把能保留的都放到一边，然后把剩下的通通扔进黑色的大垃圾袋。

第二个纸箱似乎是高中时的物品。布丽奇特翻出了一大堆的课本和笔记本，最后才发现一些照片。玛丽在跳舞；玛丽成了拉拉队队长；玛丽穿着泳装摆 POSE，脸上的笑容夸张之极；玛丽在调情；玛丽和一个又一个洋洋得意的男友参加不同的派对。纸箱里有四本年鉴，每一本都贴满了同样类型的照片，每本年鉴里的她都是那么的高调张扬。还有 14 张泛黄的《汉茨维尔时报》，上面都有玛丽的照片。此外，纸箱里还有几十张从当地周报上剪下来的玛丽的照片。玛丽美得让人怦然心动。照片上的她美得像电影明星一样，她抿嘴微笑，肆无忌惮地大笑，大喊大叫，意气风发。布丽奇特的自豪感油然而生。这倒不是因为她的美丽。布里奇特觉得妈妈虽然是个大美女，但更让人心动的是她在每个镜头里散发出的无限活力。

布丽奇特深深地迷上了照片上的这个女孩，但她觉得自己并不了解她。这个玛丽和她认识的妈妈没有半点关系。就在这一刹那，布丽奇特回想起了躺在床上的妈妈，那时的她躲在黑漆漆的房间里，日复一日，度过了生命中最后的时光。

"吉尔达！"

12 点到了，格蕾塔喊她下楼来吃午饭。

布丽奇特木然地下楼。她看到格蕾塔已在桌上摆好了红肠三明治和薯条，她的手指患有关节炎，歪歪扭扭的，叠餐巾纸的蠢样让人看了觉得直恶心。

她怎么生得出像玛丽那样漂亮的女儿？布丽奇特很不厚道地想。

卡门整个下午都待在莉娜家做布朗尼和曲奇，她把点心细致地包装好，准备送给布丽奇特和蒂比。现在到了吃晚饭的时候了，她在莉娜家很开心。其实她并不喜欢莉娜爸爸做的菜，也不喜欢餐桌上方亮着变态的石英灯泡，而且艾菲涂的指甲油的味道几乎要把她熏昏了。但至少她不用一连三个晚上待在那个空荡荡的家里，这已经够让她高兴的了。

今晚她妈妈和大卫去看棒球赛。妈妈扎着马尾辫，还戴了一顶金莺队的球帽，卡门觉得自己的脸都被她丢尽了。

"菜很美味，卡利加瑞先生。"卡门一边说，一边挥舞着刀叉杀向一盘菠菜炒什么的菜。

"谢谢。"莉娜的爸爸点头说道。

"嘿，卡门，"艾菲小心翼翼地拿着叉子，她怕把指甲油弄花了，"我听说你妈妈疯狂地恋爱了。"

卡门艰难地咽下一口菜："是，差不多吧。"她恶狠狠地瞪着莉娜，她怀疑是莉娜出卖了她。

"不是莉娜告诉我的，"艾菲看透了卡门的心思，"我听梅兰妮·福斯特说的。你知道她吗？她在红宝石烧烤屋做女招待，她看见你妈妈和男友坐在餐桌前热吻。"

"你为什么非要说这些呢？"莉娜问她。

卡门一阵恶心，胃里的菠菜几乎奔涌而出。

"你喜欢那个男人吗？"艾菲问道。

"他还好。"卡门轻描淡写。

卡利加瑞夫人似乎想听又不敢听，她颇有些为难："你妈妈能找到她喜欢的人，这是好事。"

"我也觉得这是好事。"卡门沉默了半晌后说道，然后顿时就板起了脸。艾菲不是傻子，她知趣地闭上了嘴。

卡门看了看手表。"我倒想起来了……妈妈几分钟后会来接我。"她看了看所有人，好像每个人都吃完饭了，“我得去拿包了。”她把盘子里的食物一扫而光，“真不好意思，你们知道，我吃完饭就得走了。”

“没事，亲爱的。”卡利加瑞夫人说，“是我们的错，我们不该这么晚吃饭。”

卡利加瑞家总是很晚才吃饭。卡门猜这可能是希腊人的生活方式。

在下面的55分钟里，莉娜一直陪着卡门坐在客厅里等克里斯蒂娜。

“她至少应该打个电话。”卡门抱怨道，这话她都说过几遍了。无意中她突然想起妈妈曾经老这样说她。

莉娜哈欠连天：“我看她一时半会是走不出体育场了。我想她肯定是在停车场或什么地方耽搁了。”

“她这把年纪本来就不该去看棒球赛。”卡门愤愤地说道。

卡利加瑞夫人穿着浴袍下楼去厨房里拿东西。屋子里的灯几乎都关了。“卡门，你知道，如果你愿意，你可以和我睡的。”

卡门点点头，她感动得想哭。

10点44分，一辆车停在了门外。那是大卫的车。

莉娜一向早起早睡，她差不多倒在沙发上睡着了。卡门正冲向大门时，莉娜醒了，她拍了拍卡门的手肘。“别急。”莉娜温柔地说。

“宝贝，体育馆太疯狂了，”卡门刚一打开车门，克里斯蒂娜就大发感慨，“真对不起。”

克里斯蒂娜太兴奋了，她没有一点抱歉的样子，似乎完全不顾卡门的感受。

“卡门，对不起，我得向你道歉。”大卫诚恳地说。

那你们为什么笑得像朵花似的？卡门真想问问他们。

她甩上车门，一言不发地坐着。

车停在公寓楼前时，克里斯蒂娜和大卫还在难分难舍地窃窃私语，卡门可没心思偷听。她直接跳下车，省得看他们恶心地吻别。

卡门没有帮妈妈按住电梯开关，所以妈妈得飞快地跑进电梯。在狭窄的电梯间里，卡门可以闻到妈妈嘴里的啤酒味，这又让她一阵反胃。

“宝贝，真对不起，”克里斯蒂娜说，“我知道我们迟到了，可是如果你能看看当时路上的情况……球票都卖光了，嗯……你喜欢待在莉娜家，多待一会儿应该没事。”

她的眼睛闪闪发光，似乎微微有些醉了。她真希望卡门不要斤斤计较，不然她今晚的好兴致可就全毁了。

卡门气鼓鼓地在走廊里走着，把妈妈甩在身后，她用自己的钥匙打开家门。她不会放过妈妈。

“我恨你。”她咬牙切齿地对妈妈吼道，然后便怒气冲冲地上床睡觉去了。

这一晚，蒂比又和布莱恩共处一室。她本可以和布莱恩一起偷偷摸摸地溜进餐厅，但她没有这么做。他们只叫了比萨饼外卖凑合着吃了一顿。

吃完饭之后，他们两人都一屁股坐在堆满了笔和纸的地板上。布莱恩打开收音机调到一个古典音乐电台。

“那是什么？”布莱恩看到蒂比正在两张大纸上拼一些小纸块，不禁问道。

“这是一种故事拼图，我猜是这样的吧。”

他饶有兴趣地点了点头。

布莱恩也没闲着。蒂比猜他在画漫画。他画的人都是大脑袋大眼睛，其实并不怎么好看。画上的人让蒂比想起强咽泪水、故作欢颜的孩子。他聚精会神的时候会情不自禁地把嘴缩着。他一边用铅笔涂阴影，一边把嘴唇扭来扭去。

蒂比漫不经心地拼着图，不经意间听到了音乐，好像是交响乐。蒂比发现布莱恩吹起了口哨。让人费解的是，他是跟着音乐吹口哨的。上百个音符，他居然能吹得分毫不差。

蒂比停下来看着他。他仍然浑然不觉，还在忘我地一边涂阴影一边吹口哨。

音乐很动人，虽然蒂比对它一无所知。布莱恩怎么对它这么熟呢？他怎么连每一个音符都知道得这么清楚呢？蒂比放下手中的纸块，她用手托着腮。难道他不管听什么音乐都能跟着吹口哨吗？

她什么也不想问。她怕自己一开口，布莱恩就会停下来。她舍不得打扰他。

她躺在地板上，缓缓地闭上双眼。头皮突然一阵发麻，莫名其妙地心酸起来，她也不知道为什么会这样。纸被她的脸揉皱了。

布莱恩仍在涂阴影、吹口哨。小提琴声越来越幽怨，曲到高潮时让人肝肠寸断。大提琴压抑的呜咽声让她无限伤感。接下来是钢琴重重的敲击声，没有任何伴奏，只有布莱恩的口哨声在和着。

最后一曲终了，蒂比没有来由地哀伤起来。她觉得自己曾经一度生活在温暖欢乐的音乐世界里，可现在却被赶了出来。这里只剩下冰冷。

她看着布莱恩。他仍在静静地画画，连眼睛都没抬一下。“那是什么？”她终于开口问了。

“什么？”

“那首曲子？”

“嗯，应该是贝多芬的吧。”

“你知道它的名字吗？”

“它是一首钢琴协奏曲，可能是《第五钢琴协奏曲》。”

“一共有多少首？”

布莱恩抬头看着她，他似乎没想到蒂比会这么感兴趣：“钢琴协奏曲吗？你指的是贝多芬写的？嗯，这个我也不清楚，可能就只有五首。”

“你是怎么知道的？”

他耸耸肩:“我就只是听了几次。收音机里经常放的。”

蒂比的眼神不甘心地继续盯着他,布莱恩知道这不是她要的答案。

“我爸爸曾经弹过。”

蒂比猛地吞咽了一下,她低垂着眼,但布莱恩仍抬着头。

“我父亲是音乐家——钢琴家。你知道吗?他去世了。”

蒂比吃惊地张大了嘴。不,她一直都不知道。她对布莱恩的生活一无所知,这样的开场白太糟糕了。她又吞咽了一下。她碰了一下铅笔:“是吗?我的意思是,他真的是个钢琴家吗?”

“是的。”布莱恩摘下眼镜,她这才发现他的眼窝深陷得厉害,不觉吓了一大跳。布莱恩用T恤的下摆擦拭镜片,眼中溢满痛楚。

“他弹这首曲子吗?”

“是。”

“哦。”

蒂比狠狠地缩着嘴。她算是哪门子朋友?这么大的事情,她居然一无所知!她知道布莱恩很孤独,生活艰难。她早就知道,可她却从来没想过这背后的原因。她只是避免去想,很多事情她都是这样能躲则躲。

蒂比知道——她就知道——贝莉肯定知道这事。贝莉肯定知道布莱恩的父亲是音乐家,知道他已经过世。贝莉很可能还知道他是怎么去世的,她甚至很可能刚刚认识布莱恩不到一小时就会知道。

可蒂比呢?她和布莱恩相处的时间该有上千个小时了吧,可她就是懒得去了解。

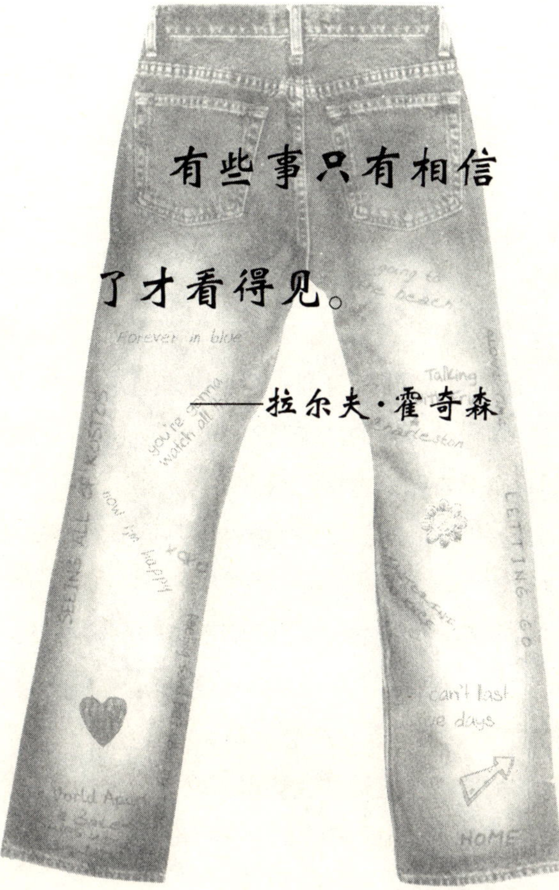

有些事只有相信

了才看得见。

——拉尔夫·霍奇森

“把球传给拉斯蒂。”

比利·克莱恩转身向布丽奇特走过来。“什么？”

“那边的拉斯蒂，他是你的队友吧？他的速度快得超乎你的想象。”看球的时候布丽奇特总是无法保持沉默。

比利摇摇头，似乎觉得这个坐在场外指手画脚的女孩莫名其妙，但又不得不接受这个事实。

布丽奇特耸耸肩。她坐在阳光里，嘴里嚼着一根青草，小时候她经常这样坐在这里。她已经忘记了自己是多么喜欢看球，就算是业余球员踢球她也一样爱得发疯。“我只是这样想而已。”她说。

比利板着脸的样子很可爱：“我认识你吗？”

他的嗓音变成熟了，说话的口音让布丽奇特忍俊不禁。她又耸耸肩：“我不知道，你认识我吗？”

她的话似乎让他心灰意冷。“我好像好几次都看到你在球场边。”

“因为我是球迷嘛。”她说。

他对她点点头，他大概只把她当做喜欢指手画脚的闲杂人等了，然后他转身回到了球场。

如果她是以前的布丽奇特，他也许会明白她是在和他调情，他很可能还会发疯地追求她。可事实是，他没有。

练习赛的最后一分钟，拉斯蒂又一次成功摆脱了对方的所有球员。比利瞅准机会将球传给拉斯蒂。拉斯蒂几乎没遇到任何阻力，轻松得分。

布丽奇特在场外大声欢呼。比利看着她，脸上浮现出一丝微笑。

Carmabella：嗨，莉娜，我终于给蒂比打电话了。我跟她说了，等她7点左右回家时，我们都会在她家等她。布莱恩去看她了，他会开车送她回家。

Lennyk162：我也给她打了电话。她这家伙真傻，她居然不知道布莱恩爱她。

Carmabella：你真觉得布莱恩爱她吗？

Lennyk162：我觉得他爱她爱疯了。

“蒂比，麻烦你关掉好吗？”

“好。我去拍别人。”蒂比说。

莉娜见到蒂比固然高兴，但一见到蒂比的摄像机她就皱起了眉头。她总是讨厌摄像机对着她。

“要再剥十几个玉米还是到此为止？”蒂比的妈妈抱着装满了玉米的棕色纸袋问道，“随便你们。”

莉娜看了看手表，离上班时间还有半个小时。“我来做。”她主动帮忙。她其实挺喜欢剥玉米的。她坐在罗林斯家厨房的圆桌旁。蒂比的妈妈正在准备明天——也就是独立日——的沙拉；尼奇和凯瑟琳待在屋外的草地上，他们坐在充气水池里相互泼水嬉戏，保姆洛蕾塔站在一旁看着。

莉娜从袋中拿出一根玉米，小心翼翼地剥去上面的壳。玉米里可能会出现一条黄色的大肥虫，可能还会有黑洞，里面密密麻麻地爬满了小虫子，让你看得头皮发麻，所以干这活得千万小心。不过这根玉米很安全。她喜欢玉米须，这让她不由得想起了布丽奇特的头发。布里奇特的头发以前就是这样的。

“嘿，莉娜，你的男朋友好吗？”蒂比的妈妈问她。她扬起眉毛摆出一副风情万种的模样，看她那神情，好像这已经是公开的秘密了。

莉娜尽量掩饰住内心的反感，她讨厌“男朋友”这个词，即使她在以前有男朋友的时候也讨厌。她不想所有人都知道她的隐私。

“我们分手了，”她轻描淡写地说道，“你应该明白，异地恋不可能长久。”“太不幸了。”爱丽丝说。

“是啊。”莉娜附和着。她怀疑妈妈们是不是都恨不得女儿有男朋友，好像只要有了男朋友，生活便会快乐幸福似的。莉娜最恨这种想法。她沉默了一会儿，等这个话题烟消云散之后，她开始了一个新的话题。

“嗯……爱丽丝？”小时候她们刚学会说话时，蒂比的妈妈就坚持要她们叫她的名字。

“什么？”

莉娜几天以前就有了这个想法。一开始的时候，她觉得这个想法太过邪恶，所以就一直没有付诸实施。她怎么能有这种想法呢？不过现在正是绝佳的时机，她觉得问问也无妨，好像不会伤害任何人。

她深吸了一口气。她得让自己的声音表现得漫不经心一点，好像只是随口问问而已。“我妈妈和你讲过尤金吗？”她问道。

爱丽丝放下手中的土豆。屋子里满是阳光，莉娜可以看到爱丽丝的雀斑，满脸都是，和蒂比一样，不过颜色要淡一点。“尤金？”她的眼睛亮晶晶的，似乎在回忆着什么，“当然，就是你妈妈当年爱疯了的那个希腊男孩，是吧？”

莉娜倒吸了一口凉气。她想不到这么快就刺探成功了。“就是他。”她装出一副很了解的样子，但同时觉得这样太不厚道了。

爱丽丝仍在回忆：“他把她的心伤透了，不是吗？”

莉娜看着玉米。血液顿时涌上大脑，她的脸都红了。她没想到爱丽丝还会继续说下去，“是的，我想是这样的。”

爱丽丝放下餐刀，直勾勾地盯着天花板。她似乎很喜欢回忆。“老天，我记得你还是小婴儿的时候他来过这里，”她望着莉娜，“你妈妈肯定跟你说过这事。”

莉娜缩着嘴：“呃……她可能讲过。”她开始有些内疚了。这次的收获之多，让她深感意外。这个收获太大了，大得让她高兴不起来。

莉娜忍不住瞪了爱丽丝一眼。她觉得爱丽丝的嘴巴不够严实，她很难为别人保守秘密。

“哦，我敢打赌，她以后总会告诉你的。”爱丽丝安静地说。她似乎也意识到自己说漏了嘴。于是，她又继续削土豆，“你为什么要问尤金呢？”

问得好。莉娜飞快地想着，可怎么也想不出一个合理的解释。

谢天谢地，凯瑟琳在拉门前绊倒了，她在地上滚来滚去，号啕大哭，嘴里在哭诉着尼奇，还有她的玩具小桶什么的。刹那间她把干净的厨房地板弄得一团糟，水、灰尘，还有草渣遍地都是。莉娜很感激尼奇和凯瑟琳，因为爱丽丝得马上把凯瑟琳赶出厨房清理地面，她一下子就把让妈妈心碎的尤金忘得一干二净了。

布丽奇特醒来时身上汗涔涔的。天气太热，这是一个原因，不过另外一个原因是她做噩梦了。白天她翻看妈妈的遗物，夜晚她会梦到这些东西。梦永远都是支离破碎的，就如同阁楼中的纸箱一样零乱不堪。她的脑海中有成千上万个生动的片断，可就是没法把它们串起来。

去年布丽奇特开始喜欢上了慢悠悠地淋浴，可在这座曾经的皇家大街军队大楼里，在这里的三楼，她得和两个蓬头垢面的民工一起共用一间浴室，她必须得飞快地洗澡。她的染发剂褪色了，褐色的水缓缓流入地漏，布丽奇特看着颇感欣慰。可与此同时，她又觉得沐浴只会越淋越脏，不快的感觉始终挥之不去。

格蕾塔做好了早餐等她。果汁、涂了黄油和果酱的全麦吐司，都是布丽奇特喜欢的。她前几天偶尔提到过，所以格蕾塔特意为她准备好了。

布丽奇特吃得飞快。她不想和格蕾塔聊天，她只想尽快地回到妈妈身边。

阁楼上，布丽奇特无意中在一个纸箱里发现了一张薛柏斯山的入院表格。入院时间正好是玛丽高中毕业后的那一年。起初，布丽奇特还以为薛柏斯山是一所暑期学校或拉拉队夏令营什么的，可它不是。然后布丽奇特才意识到这是一所精神病医院，她的心狂跳起来。从文件来看，玛丽在那里待了不到三个月，医生给她开了一种含锂的药物。有一位医生在报告中写道玛丽提到过自杀。报告上打印的字干净利落，布丽奇特怔怔地看着，泪水潸然而下，眼前一片模糊。

她放下文件，呆坐在窗台上，傻呆呆地看着邮车在街上缓缓开过。这一天她什么都不想做。

年轻时的玛丽是小镇之花，美得炫目，让人窒息，布丽奇特差不多忘记了这样的玛丽居然最终会选择自杀。

等到格蕾塔喊她下楼吃午饭时，她终于松了一口气。昨天布丽奇特说她最近没吃蔬菜，今天她的盘子里就摆好了精心削过皮的胡萝卜，她不禁有些感动。

“谢谢您，格蕾塔。”布丽奇特说。

“哦，别客气，亲爱的。”

自第一个星期开始，格蕾塔就没再喊她“吉尔达”，开始叫她“亲爱的”。

她们静静地吃着三明治，但吃完饭后，格蕾塔并没起身。她今天好像很想和布丽奇特聊天，她并不急着要布丽奇特干活。

“我有两个孩子，你知道吗？也许你看过楼上的那些杂物，应该猜出来了吧。”

布丽奇特点点头。这些话她既想听又怕听。

“我女儿六年半以前去世了。”

布丽奇特点点头，低头盯着自己的手：“哦，太不幸了。”

格蕾塔也点点头，慢慢地，她的整个身体都颤抖了起来：“我女儿长得很漂亮。她叫玛琳，不过别人都喜欢叫她玛丽。”

布丽奇特不敢抬头。

“她年轻的时候是石灰岩县的大美人。人们都说她如果参加亚拉巴马小姐选美，夺冠绝对不成问题。”

“真的吗？”这话有点荒谬，布丽奇特听了之后终于恢复了正常。

“是的，”格蕾塔微微一笑，“但她整天忙着和男孩子们约会，她可没心思学习棒操或选美的姑娘们应该学的一切东西。”布丽奇特也笑了。

“她大三和大四时还当过返校节女王[①]。我得告诉你，那可是空前绝后的。”

布丽奇特点了点头，她尽量装出羡慕的样子，这样才能满足格蕾塔的自豪感。

“你还要喝点冰茶吗？”格蕾塔问她。

“不，不用了，多谢，”布丽奇特站起身来，“我得上楼干活了。”格蕾塔大手一挥：“楼上热得要命，还是多坐一会儿吧。”

“好的。”布丽奇特说。

格蕾塔给她们两人又倒了一些冰茶。虽然布丽奇特说了她不要，可事实证明她还是想喝的。

“亲爱的？”

“什么？”

“你父母知道你在这里吗？”

---

① 返校节是美国许多高中和大学在每年秋天所举行的庆祝活动，在一些小镇上尤为盛行。返校节的庆祝活动通常会持续一个星期，为了庆祝老校友们回归以及新生和他们的朋友、父母的加入，大家在一起举行晚会、舞会以及晚宴。其中最为引人注目的项目之一是给由该校学生所选出的同学会女王加冕。同学会女王乘着车游行，并以此拉开体育比赛——通常是橄榄球赛——的序幕。

布丽奇特的脸开始发烫。“知道。”她没说谎。不过她现在只有父亲。

“如果你需要，你可以用我的电话。”

“好的，谢谢。”

“他们在旅行，你以前说过吧？”

布丽奇特点点头，只敢低头看着冰茶。她不想格蕾塔再问下去了。撒谎固然轻而易举，但布丽奇特并不喜欢这样。她真希望她的谎言说出口后便会自动蒸发。

布丽奇特清了清嗓子。“玛丽后来上了附近的大学吗？”她问。

格蕾塔一谈到女儿就来劲了：“她去了塔斯卡卢萨。她爸爸以前也是在那里上的大学。”

“她喜欢那里吗？”

“呃……”格蕾塔沉吟了半晌。布丽奇特知道她会说实话，虽然她还没开口。“她在那里出了点事。”

布丽奇特嘬了一小口冰茶。

“玛丽的情绪复杂多变。有时一整个星期都兴奋得像腾云驾雾似的，可下一个星期却悲伤得下不了床。”

布丽奇特又点点头，她坐正身体，双脚平踩在厨房地板上。听到这话让她很难过，这样的玛丽她再熟悉不过了。

“在大学的第一年，她情绪低落——我完全不知道她为什么这样。医生说她有精神病，后来她在医院里住了几个月。我觉得治疗很有用，虽然她那时恨透了医院。”

布丽奇特知道这所医院就是薛柏斯山医院。

“在学校的第二年，她爱上了历史教授，一位从欧洲来的小伙子。那时她才 19 岁，实在是太疯狂了。如果我不让她结婚，她恨不得杀了我。”

布丽奇特听呆了。她知道爸爸以前在亚拉巴马教过书，她也知道爸爸妈妈是在那里相遇的，但她从来没想到他们是这样认识的。

“他们很惨，真的，因为弗朗兹，也就是她的丈夫，因为和学生谈恋爱被学校炒了。”

布丽奇特点点头。她明白了爸爸为什么会舍弃在大学教书的工作，而转到一所私立高中教书。

“他在华盛顿找到了一份工作，后来他们都去了那边。”

“哦。”

格蕾塔慈爱地看着布丽奇特：“亲爱的，你看起来很疲倦。为什么不去客房浴室洗个热水澡，然后躺下来休息一会儿呢？”布丽奇特站起身来，她内心充满感激，真恨不得去吻格蕾塔的额头。此时此刻，她最需要的正是睡觉和洗澡。

布布：

我好想给你打电话。我一天都要恨自己50次，因为我没有给你写电邮，也没有给你打电话。我写信总是没有耐心，不过我会坚持写，毕竟我们是最好的朋友。

我喜欢听你讲外婆还有比利的事，虽然你说你外婆还不知道你的真实身份（我是听蒂比说的）。你什么时候告诉她？你为什么不让她知道呢？

我最近过得不好，我对妈妈很坏，和波特的感情也一团糟。我不想让你心烦，还是下次再说吧。

这个星期你得给我打电话，不然休想吃布朗尼，听明白了吗？

爱你的卡门

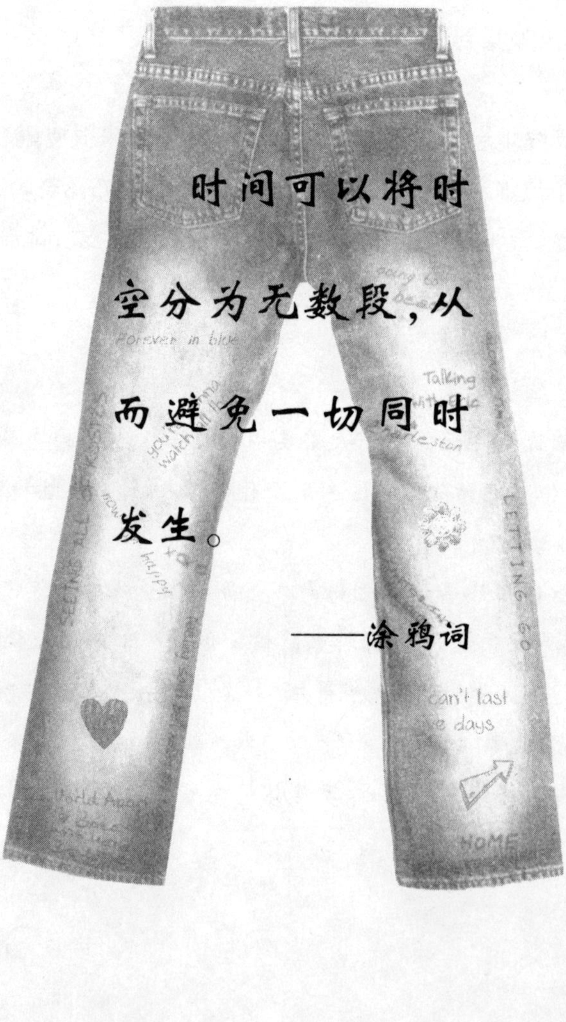

时间可以将时
空分为无数段，从
而避免一切同时
发生。

——涂鸦词

第二个夏天

现在一切都颠倒了过来，轮到莉娜想方设法地找妈妈了。几天以来，她一直在热切地希望妈妈打电话叫她坐在车里待着，等她去还录像带或别的什么。可到最后她终于明白，妈妈在躲着她。

怎么会这样？她弄不明白。尤金在她心里到底有多重要？为什么她非要隐藏得这么深呢？

这个晚上下班时她又动起了邪恶的心思，她打电话叫妈妈过来接她。事实是，她真的没有车，而且当时真的在下雨。最重要的是，店里有一件相当漂亮的衬衣，当然是妈妈最爱的米色，莉娜估计妈妈也许想看一看。

莉娜和妈妈终于一起坐在车里了，车刚刚发动走上回家的路，莉娜就开始了突然袭击。

“嘿，妈妈？”

“什么？”

“我知道你不喜欢我问这个问题，但我还是要问，尤金是谁？我不是外人啊。我不会到处宣扬，比如说在《60 分钟》[①]里告诉全世界什么的。如果你要我保密的话，我绝对不会对任何人说半个字，对爸爸也会只字不提。”

---

①美国哥伦比亚广播公司的王牌新闻节目。

妈妈紧闭双唇。这不是一个好的开始。

"莉娜。"她似乎想极力忍耐，但已濒临爆发的边缘。

"嗯。"莉娜心虚地应道。

"我不想谈这个。我想我已经说得很清楚了。"

"可这是为什么？"莉娜知道她只能在妈妈面前埋怨几句。此时此刻，她可不想在车里和妈妈谈卡斯托斯或他的新女友。

"因为我不想。这是我的私事，我不想告诉你。明白吗？"

"知道了。"莉娜说道，她被彻底打败了，再无话可说。她还能说什么呢？"我不希望你以后再跟我提这事。"

"好的。"

雨水如瓢泼般浇在挡风玻璃上。闪电把天空撕得粉碎。一场可怕的夏日闪电风暴正在酝酿之中。莉娜只希望风暴能再猛烈些。

"那我以后也不告诉你我的事了，你觉得怎么样？"莉娜问道。她忍不住要多问这么一句。她可不能两手空空地就被妈妈这么打发掉。

阿里叹了一口气："那要看是什么事了。不过有一点你得明白，我是妈妈，你是女儿。"

"我知道。"莉娜不满地咕哝着。

"我们不可能总是平等的。"

从来就不平等。莉娜很想这么说，但这次她总算闭上了嘴。妈妈把车开到家门口的车道上。她关掉引擎，但迟迟没有下车。

"莉娜，我能问你一个问题吗？"

"问吧。"莉娜说道，她暗暗祈祷，希望妈妈突然之间能回心转意。

"谁告诉你尤金的？"

这不是她希望听到的。她交叉双手，清了清嗓子："我不想告诉你。"

乔——那个小婴儿——正坐在地上玩他的玩具车，杰西看着电视，屏幕上有一只猫说着浓重口音的英语。卡门不禁有些内疚，她几乎什么都没做就白拿工资。不过杰西喜欢那个电视节目，而且这是 13 频道的节目。看这种节目对他有好处，不是吗?

除此之外，她有好多需要操心的事，只有孩子们安静下来她才有心思去想。她想给布丽奇特打电话，因为她有 8 天都没听到布布的声音了，可是她没法和布布联系。所以她给正在上班的莉娜打了电话。

"我没你那么闲。"莉娜接起电话时有点不耐烦。

"你错了。你照顾过 4 岁的男孩没有? "卡门不满地反问道，没完没了的争论就这样开始了。

"如果你忙，你怎么有时间给我打电话呢? "

"因为我关心你嘛。"

莉娜笑了:"说正经的，经理现在正盯得我心里发毛。我不能和你多聊。""你有布布的消息吗? "卡门问道。

"没有。"

突然，屋子里响起了一声哭号。接下来，是两声哭号，哭声震天。杰西抢了乔的汽车。"看，我忙吧?"卡门得意洋洋地对莉娜说，然后立刻挂上了电话。

"杰西! "卡门嚷了起来，"把车还给乔! "

"不! 这是我——的! "

"别这样，杰西，快把车还给乔。你想不想他安静一点? 他安静了你才能看电视嘛。"卡门觉得自己真邪恶，这话说得好像是在引诱杰西抽烟似的。

"不! "杰西大吼。他从乔肥肥的小手中一把抢过小汽车。乔扯着嗓子号啕大哭，除了鼻子和前额的皱褶处是绿色之外，整张脸都涨得通红。

"杰西，你能不能给他? "卡门几乎是哀求了。

乔的哭声一浪比一浪高，最后几乎要把房顶给掀翻。

卡门把乔从地上抱起来，兜着他满屋子地跑。“想不想玩我的手机？”她绝望地问他。

乔最喜欢玩她的手机了。有一次，他乱按按钮，无意中拨出了卡门爸爸的号码，那时她爸爸正在上班。

她把手机给乔，眼睁睁地看着他按键进入了快速拨号菜单。乔的脸一下子就恢复了正常的颜色。“小心，宝贝，别把我的免费通话时间用光了。”乔乱按一通时她苦苦哀求。

杰西气鼓鼓地走过来，伸出一只手。“我要手机。”他说。

卡门叹了一口气，这她就无能为力了。她哪里懂得分享？她自己也还是个孩子。她从来没和人分享过任何东西。她没有受过这方面的教育。

正当卡门准备放弃的时候，乔却大方地把手机递给了杰西。杰西一看乔不玩了，他也不想玩了，顺手把手机往地上一扔。然后杰西笑眯眯地把黄色小汽车还给了乔，他自己可以玩那辆蓝色的。

五分钟后，两个男孩在地上欢快地爬来爬去，一个人手上拿着一辆汽车。卡门坐在沙发上看着孩子们玩耍，不禁觉得，也许自己错过的分享教育确实是一门宝贵的课程。

“他不会拦左边。”布丽奇特对比利说。

比利仍然有点怕她，但他已经渐渐习以为常了。

这是布吉斯队这个赛季的第三场比赛，他们仍然一场未赢。这是布丽奇特第一次看布吉斯队正式比赛，她目不转睛地看着，好像是在看世界杯似的。

比利跑到离她不远的地方。他的深绿色球服和他的眼睛很配。

布丽奇特靠近他压低声音说：“注意穆尔斯维尔队的守门员，踢他的左边。”

她知道比利想无视她，但他做不到。

两轮进攻后，比利抢到了球，他朝着守门员的左侧狠狠地一脚远射。球轻而易举地飞入球网。

场外沸腾了。比利转身向布丽奇特做了一个胜利的手势。这个手势虽然傻气，但布丽奇特望着比利开心地笑了。

布吉斯赢了一球，最终比分 1：0。队员、队员的朋友们以及球迷美女们一起出去庆祝胜利了，布丽奇特独自回到小旅馆。她激动得热血沸腾，在房间里怎么也坐不住，她从箱子的最下面找出了跑鞋。她已有几个月没穿过这双鞋了。布丽奇特穿上跑鞋夺门而出。

她沿着玛凯德大街一直跑到了河边。她记得河边有一条水草丰茂的小路，景致十分迷人。这里长满了燕尾草。在远处的河对岸，她看到了一片暮气沉沉的老橡树，在它们的庇护下，顽强的水草四处疯长。树上缠满了攀缘植物，树干已油尽灯枯，正在垂死挣扎。

布丽奇特以前经常跑步，她的身体似乎很喜欢这种运动。可是，才跑了一两千米，她就开始感觉吃不消了，七月的热浪让人无法忍受。臀部、肩部和手臂上的赘肉让她倍感吃力。她不得不放慢脚步，大口大口地喘气。突然，她想到了魔法牛仔裤。她今天早上把裤子寄出去了，连穿都没穿过一次。她真恨自己，在愤怒的驱使下，她越跑越快。跑的时间越长，她越觉得身上的赘肉太多，她迫不及待地想摆脱它们。

莉娜一直没法忘记上一次独立日在蒂比家吃烧烤的情形，因为那次她在红白棋盘格桌布上吐得一塌糊涂。她一直都觉得是西瓜惹的祸，不过这事很难说，什么都有可能。那年夏天她们才 10 岁。

自她们还是婴儿起，她们每年独立日都会一起吃烧烤，但她们 11 岁那年，这个传统就此中断了。虽然没人提及原因，但莉娜知道这是因为布丽奇特的妈妈。自那之后，妈妈们之间的友谊便开始淡漠了。

6 年之后，她们又重聚在一起吃烧烤，莉娜想不通这是为什么。就在这一瞬间，莉娜突然害怕了，她害怕是因为布布这个夏天去了亚拉巴马，可转念一想，不对啊，蒂比的妈妈在布布冲动地离开之前就已经发出了邀请。

莉娜继而又产生了另一个不安的想法：这次聚会是迫使布布离开的罪魁祸首吗？

她又觉得这种想法太荒唐了。布布坚强得很，比这更难堪的聚会她都愿意参加，而且还非去不可。在5月，她莫名其妙地硬要参加球队一年一度的母女晚宴，不管她们怎么帮她安排其他的活动都无济于事。

车停在了罗林斯家漂亮的花园洋房门口。卡利加瑞家难得集体出动参加家庭聚会，莉娜暗暗对自己说，放松，放松，不要怕西瓜。

"看这玉米多漂亮，谁来帮我把壳剥了？"莉娜和家人一起走到后院时，蒂比的妈妈迎上来问他们，这是她问候的方式。莉娜看到蓝色浅盘里全是深黄色的玉米，堆成了金字塔形状，在阳光下闪闪发光。

"我来剥吧。"她彬彬有礼地说。

她看着妈妈们拥抱亲吻，拍肩吻脸。莉娜发现她妈妈的动作格外僵硬。爸爸们握手寒暄，声音故意压得低低的，和平时在家里完全不一样。

莉娜发现卡门站在离她妈妈只有几米远的地方。卡门今天穿着一件白色T恤和毛边牛仔短裙，长发束在脑后，上面扎了一条红色的丝巾。莉娜虽然一直都是大美女，但卡门今天的打扮性感热辣，莉娜一下子就被比了下去。

蒂比拿着摄像机偷偷摸摸地在院子的外围转悠。她穿着一件泛白的军绿色衬衫和一条破破烂烂的卡其色短裤，毫无性感热辣可言。

三个姑娘很快就发现了对方，她们像散落的水银一般，终究会在桌面的一角聚成一团。她们看着克里斯蒂娜和阿里僵硬地拥吻着，没完没了。"你妈妈怎么了？"卡门问莉娜。

"她好像不高兴，是吧。"莉娜说。

"她是不是还在烦你追问尤金的事？"卡门问。

“我想是吧，”莉娜说，“她最近一直都不对劲。”

卡门望着天空：“我想布布了。”

“我也想她。”蒂比说。

莉娜一阵心酸。她一手抓着蒂比的手，另外一只抓着卡门的手。她们捏了一下对方的手，然后马上松开，不然大家又会伤感起来。只要有一个人不在，她们就会经常这样手拉着手。

“她还有牛仔裤呢。”卡门若有所思。

“我希望她没事。”莉娜附和道。

她们沉默起来，大家都在想着布布，也许她在亚拉巴马遇到了各种各样的困难。不过还好，她有牛仔裤。

“我得走了，”蒂比拿着摄像机，“我这个周末得摄像。”

“我们今晚还得去国家广场那边吗？”

“当然。”莉娜漠然地说。每年7月4日，他们高中的一群孩子就会聚集在倒影池[①]边看焰火听音乐。莉娜觉得自己身为学校的一员必须得去那里，但她不喜欢人群，也不喜欢像那样的聚会。

艾菲端着两个汉堡、一盘堆得像山一样高的土豆沙拉，还有两根玉米走了过来。

“你怎么饿成这样？”莉娜说。

艾菲无视她。“我要这条裙子。”她指着卡门的裙子。

“我可以借给你。”卡门大方地说。艾菲只是个孩子，卡门喜欢她这样没心没肺。

莉娜打量着整个派对。在以前，罗林斯家的派对一直都是反传统的。蒂比的父母曾经是最年轻最酷的。那时总有人抓起一把吉他弹民歌，甚至还会唱齐柏林飞船[②]的歌，这个乐队的音乐太古怪了，她父母是希腊人，所

①坐落于华盛顿林肯纪念堂前。在林肯纪念堂前东望，倒影池正好倒映出长长的华盛顿纪念碑。
② Led Zeppelin，英国的摇滚乐队，成立于1968年。齐柏林飞船在硬摇滚和重金属音乐的发展过程中占有相当重要的地位，他们同时是20世纪最为流行和拥有巨大影响力的摇滚乐队之一。

以一直都欣赏不来。等后来长大了，莉娜才明白大人们当时很可能一直躲在装修好的地下室里抽大麻，任由孩子们在草地上互相追逐疯闹。六年之后，罗林斯家的朋友们不再像以前那样堕落颓废了。他们大多数人都有了婴儿和幼儿。

罗林斯家为什么会再次举办派对呢？就在这一刹那，莉娜恍然大悟。"九月组合"，她们的父母是罗林斯夫妇养育孩子第一个阶段的旧友，蒂比的妈妈只是看在往日的情分上才邀请他们的。现在，派对的客人是他们第二个阶段的朋友——尼奇和凯瑟琳的朋友以及朋友的父母。事实上，莉娜怀疑罗林斯夫人今晚很可能会要她帮忙带孩子。

她不觉悲从中来，她开始懂得了蒂比的无奈和伤悲。如果她现在还在和卡斯托斯互写情书，她该如何描述此时此刻的感觉呢？莉娜陷入了沉思：也许会写时间流逝的伤感，也许会写一般的生活苦恼。

莉娜、艾菲和卡门坐在草地上一边享受美食，一边看着孩子们跑来跑去。上甜点了，盘子里有令人垂涎欲滴的红色西瓜，孩子们狼吞虎咽地狂吃着。莉娜却忧心忡忡地看着这一切。

太阳还没开始下山，莉娜的妈妈就无精打采地出现在莉娜身边。"莉娜，我们准备走了。你可以留下来继续玩，不过等会儿你得找人开车送你回家。"

莉娜惊讶地抬头盯着妈妈："你现在就要走了吗？现在还早着呢。"

阿里摆出一副"我不想解释"的样子。这副表情莉娜最近看多了，眼睛都看出茧来了。

"我也走。"莉娜说道。只要一参加派对，莉娜就总盼望着能回家躲在自己的房间里。连艾菲都准备和他们一起走，莉娜估计这只是因为派对上的未婚男士年龄都在 4 岁以下。

莉娜的余光无意中瞥见卡门的妈妈挥手示意，叫卡门过去。克里斯蒂娜挂着和阿里一样的债主表情。这到底是怎么了？

阿里径直走到车前，没有和任何人挥手告别。莉娜迅速闪到卡门身边。“发生什么事了？”她低声问道。

“我不知道。”卡门也是一头雾水。

她们两人一起跑到空荡荡的厨房里找到了蒂比。“发生什么事了？”她们问蒂比。

“老天，我不知道啊。”蒂比似乎不知所措，“她们三个人待在餐厅里，把门关得严严实实的。你妈妈以为我妈妈和卡门的妈妈把尤金的秘密跟你说了。她们说话的声音很小，但听得出来她们在吵架。”

莉娜长叹一声。她听到屋外响起了发动引擎的声音。“我稍后给你们打电话。我妈妈要走了。”她们三人迅速地拥抱了一下，像朋友一样告别，而她们的妈妈却怒气冲冲地离开。

莉娜坐在后座上，车向家驶去，一种从未有过的忧伤向她袭来，但同时一种难以名状的希望又涌上心头。从某种程度上来说，她希望妈妈们能记得她们对女儿的爱，记得她们彼此之间的爱，从而能忘记前嫌，重拾旧日友情。

现在，莉娜似乎懂得了卡门在父母离婚后会是什么感受。人总是希望自己所爱的人能彼此相爱。

莉娜从后视镜里可以看到妈妈一直板着脸。艾菲疑惑地望了莉娜一眼。爸爸显然浑然不觉，他从罗林斯家拿了一块西瓜出来，刚刚把它吃完。还好，莉娜这次至少没吐。

卡卡：

别担心我，好吗？虽然你昨天在电话里没有明说，但我听得出来。所以别担心了。我很好。我只是必须待在这里，很快我就会明白待在这里的意义。我和你提过比利吗？哦，我想我说过。大约提过15次了吧。

包裹里是裤子，你很快就会收到了。这次裤子似乎循环得比去年快，不是吗？或者是我寄得太快？我不能告诉你我穿这条裤子的情形。我要等到夏末再告诉你，到那时我会有大事宣布。我就知道会有大事。

嘿，希望你们在罗林斯家的豪宅里玩得开心。替我挠尼奇和凯瑟琳的痒痒，我就喜欢折磨那两个小家伙。告诉莉娜西瓜不可怕。

想你，想你，想你。我一直都在想你，卡卡。

布布

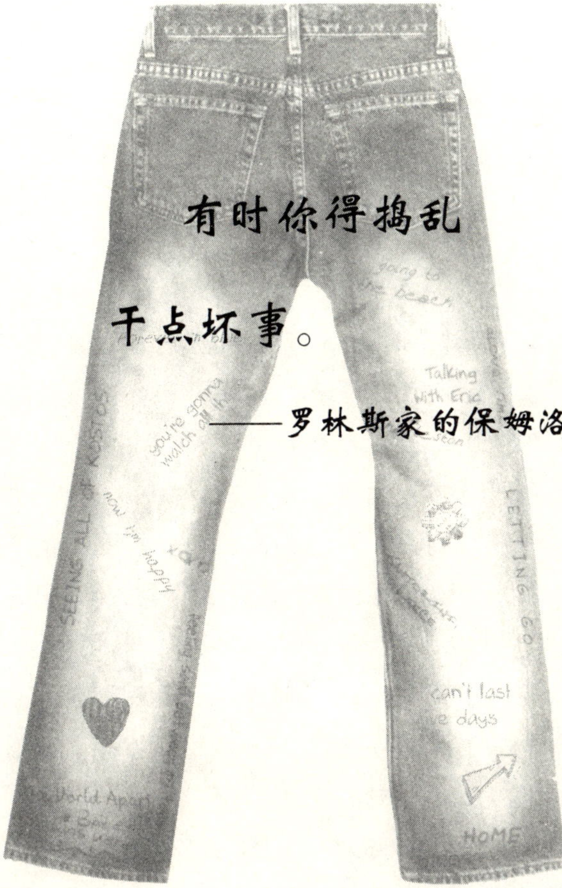

有时你得捣乱

干点坏事。

——罗林斯家的保姆洛蕾塔

亚历克斯凑过来时，蒂比可以感觉到他的体温。他的下巴离她的肩很可能不到 15 厘米。

“我爱死了这个。”他说。

不，是我爱死了这个。蒂比暗暗对自己说。

这是一个快速剪辑系列，主题是蒂比的妈妈总是太忙。这其实是一个圈套，真的。蒂比跟妈妈说她要做个采访，爱丽丝大半个周末都在躲着她。开始的时候，她用毛巾包着头等脚指甲油风干。“亲爱的，能不能等会儿再采访？”后来，她从浴室里探出半个脑袋，“宝贝，我现在没时间。”再后来，她又忙着做野餐会的汉堡，手肘上沾满了粉红色的碎牛肉，一脸的不耐烦，“你能不能等我把汉堡做完？”

剪辑的时候，蒂比快放短片。她慢慢加快录像的播放速度，视频中妈妈的声音越来越尖，动作越来越可笑。

“你为什么不把这一段放进去？”他问道。这是一个特写，一支红色的冰棒融化了，果汁流得尼奇的前臂上到处都是。

“为什么？”她问。

“因为这个镜头很酷，而且，你不想让这部片子平淡无奇吧。”

蒂比微微别过脸，她可以更清楚地看到他的表情。她的心中充满敬畏，不禁对他佩服得五体投地。他在这方面真专业。是的，她的想法平淡无奇得很。

他巧妙地将她的片子从刚开始的纯闹剧式幽默风格转变成了阴暗的混乱画面。蒂比知道这更尖刻，但这更具挑战性。

家里后院的草地其实是一片翠绿的，虽然其中有几块枯草。为了让片子更完美，蒂比还在片子里随意加了一些枯草地的镜头。

"完美之极。"他点头赞许。

他是个好老师。蒂比是个一点就通的好学生。想不到亚历克斯这么喜欢她的影片，而莫拉几乎还没开拍呢。一想到此，蒂比便不厚道地得意起来。

蒂比迈着轻快的脚步回宿舍，一路上都在回味着"完美之极"这四个字。

她走进宿舍，布莱恩居然在那里。

"嘿。"她大吃一惊。

"我回来了。我可以待在这里吗？"

她不情不愿地点了点头。

"我想看看你的片子拍得怎么样了。"

"谢谢。"她说。蒂比知道布莱恩上次来的时候，附近一家电脑网络老出故障的复印店就离不开他了——他又找到了新工作。

她打量着布莱恩不修边幅的模样。他的家到底是什么样的？为什么他有家不归呢？她百思不得其解，但她又不想问他。几年以来，他生活的重心一直都是 7-11 店里的游戏机。而现在，他的重心似乎变成了蒂比。

"我得忙一会儿了。"她说，"星期天我得交第一部剪辑，家长日那天我们要展示作品。"她解释道。

"没问题，我也有事要做。"布莱恩一屁股坐在地上，晃了一下手中的笔记本和铅笔。

蒂比将电脑放在桌上。今晚她得做背景音乐。她想了很多自己知道的音乐，不过后来听了亚历克斯的一席话之后，她开始担心自己的片子会流俗，太……平淡无奇了。她想起了所有亚历克斯亲自打印的 CD 盒。他很可能对所有歌手都很熟悉，这让她觉得自己就像个只会去山姆·古迪店淘 CD 的脑残歌迷。

她决定从非主流乐队中找出一些小众音乐。她可以编辑成拼盘的形式，再把音速变换一下，这样改头换面一番，就差不多没人能听出原曲了。

她开始播放她和亚历克斯选择的一些音乐。她放了一遍又一遍。她把她挑选的音乐安排好顺序，然后快放成尖厉刺耳的声音。她太入迷了，过了好久才发现布莱恩正站在身后盯着自己。她扭头试图挡住屏幕。"怎么了？"

"就是这个吗？"

"只是一部分。"她起了一丝戒心。

布莱恩不解地看着她："你怎么能把你妈妈在浴室里用毛巾包着头的样子拍出来给人看呢？她可能会生气的，你不觉得吗？"他只是在提问而已，语气中并无指责之意。

她呆呆地望着他，似乎觉得这问题很白痴："这是影片。她的感觉无关紧要，因为影片是……你知道的，是艺术。"

布莱恩才不管什么艺术不艺术，他没有就此罢休："不过如果她看到了，她可能会伤心。"他的道理很简单。

"首先，她不会看到这部影片。你真以为我妈妈会在家长日那天来吗？她都没时间看我的成绩单。"

"影片的主角是她，可你居然不让她看，你不觉得这有失公允吗？"

"我没说我不让她看！"蒂比抢白道，"她完全可以看，没有任何问题。我不在乎。我只是说，她那天根本就不会来，所以这无关紧要。"

布莱恩什么也不再说了，他也没有再看蒂比的影片。蒂比继续变换音速一遍又一遍地放着刺耳的音乐，他一言不发地画画。这一晚他没有吹口哨。

“我猜她还在生气，不过我也不清楚，她完全不理我。”莉娜用肩夹住电话说话，两只手正忙着挂衬衫。

店里总是有这么多的衣服要放回原位。一般的顾客每试完二十多件衣服才会买一件。如果莉娜帮顾客试衣服的话，顾客一件都不会买。莉娜对销售一窍不通。

“那次烧烤聚会太诡异了。不过我获得了一些影片的素材。”蒂比说。

莉娜听到蒂比那边传来乱七八糟的音乐。蒂比太前卫了，她不可能喜欢正常的音乐。

“你把她们吵架的画面拍下来了吗？”莉娜憋了好久才问出这个问题。自从妈妈们上次吵过架之后，她一直深感不安，她也不知道自己为什么这样。嗯，也许是她觉得这全是自己的错吧。实情就是这样了。

“只拍了一点。不过我不小心把最后一点给删了。我摄像的时候，我妈妈正忙得不可开交，脚后跟粘了一张婴儿擦屁屁用的湿纸巾都不知道。”

莉娜生硬地笑了起来：“哦。”

“我妈妈是个怪物。我离开的时候，她还在没完没了地说你妈妈应该对你坦诚。可她自己呢，她和我聊天的时间还不到十秒钟。”

莉娜把一大把衣架夹在腋下，心不在焉地应着：“是啊。”

电话那头没有了声音。

莉娜突然意识到自己违反了一条基本原则。你可以说你妈妈的坏话。如果朋友说她妈妈的坏话，你可以耐心地听着。但是，你决不能帮着她一起骂。甚至，即使她抱怨她妈妈，你也决不能表示认同。

莉娜并不是故意的，但现在为时已晚。

"她并不是唯一的怪物。"蒂比小声嘀咕着。

"是,不。哦,我的意思是,不。"莉娜正在将滑下来的衬衫往衣架上挂。她从来都不会一心两用。

"就算你想知道那个男人的事,你也不应该套我妈妈的话呀!"

"蒂比,我没套她的话。"莉娜说完就后悔了,事实上,她是套话了,"我的意思是,如果我欺骗了她,我很抱歉。不过,她也没必要——"莉娜的脸不小心碰到一个数字按钮,电话里响起了"哔——"的一声。

"她没必要什么?"蒂比凶巴巴地抢白道,"没必要告诉你你想套的话吧?"

"不,我的意思是……"

"打扰一下,呃,你好?"一个女人在试衣间里对莉娜挥手。莉娜可以听见她的声音,也可以看见她的手势。

慌乱之中,莉娜的手一松,衬衫"嗖"的一声掉落在地。她腾出一只手去捡。"蒂比,我——我不能——"

"我妈妈真傻,她居然还把你当朋友。"

莉娜沮丧之极,一下子爆发了。

"蒂比!批评你妈妈的人不是我!是你!你在电影里故意拍她粘着湿纸巾满屋子跑!"

蒂比沉默不语。莉娜顿时慌了神。"蒂比,对不起。"她柔声说道。

"我得挂了。再见。"蒂比说完便挂断了电话。

她们四个人有过约定,谁都不许挂对方的电话,无论当时有多生气。蒂比已经把莉娜逼到了极限。

"打扰一下?"那位顾客又喊她了。

莉娜欲哭无泪。她只得强迫自己向更衣室走去:"你好,需要我帮忙吗?"

"这条裤子有没有大一码的?"这个女人从帘子里递出一条裤子。

莉娜抓过裤子向衣架那边走去。唉,这些女人们,她们似乎总喜欢把小一号的衣服拿到更衣室去试，也不看看自己的实际尺码。莉娜挑了一条 12 码的裤子。

“给你。”她说。

片刻这后，那个女人穿着 12 码的裤子出来了。她肤色苍白，染的一头红发都快褪色了。“你觉得怎么样？”她问莉娜，眼神里充满期待。

莉娜正在走神。她仍然盯着电话，好像电话刚才把她的脸压痛了似的。“呃，我觉得有点紧。”莉娜一向都是实话实说，虚假的安慰那一套她做不来。

“哦，也许你说得对。”那女人立刻便从镜子前走开了。

“我觉得你也许应该穿 14 号。”莉娜建议道。

那女人似乎觉得没有考虑的余地。几分钟后，她走了，什么也没有买。这种人明明应该穿 14 号，却总以为自己可以穿 10 号。她们最好什么都别买，不然怎么能继续自恋呢？

莉娜眼睁睁地看着她唯一的顾客夺门而出，手里仍然拿着电话。莉娜总是挣不到佣金，也许原因就在于此吧。

卡门在手机上按下妈妈的手机号码，她把手机放在耳边。咖啡馆里太吵了，卡门只得用一根手指堵住另一只耳朵。

电话没接通。克里斯蒂娜关机了。这太难以置信了！万一卡门出事了怎么办？万一她倒在路边血流满地怎么办？她真希望自己现在就倒在路边，血流了一地。

“你没事吧？”波特问。

卡门发现自己无意间摆出了一副倒在路边、血流成河的表情。

“没事，”她连忙收回表情，“我只是找不到我妈妈。”

“有急事吗？我们……”

不，没急事。卡门真想对他大声吼出来。我没什么话要对她说，我就是想骚扰她，让她约会不得安宁。

波特的嘴唇翕动着，他也许在建议今晚应该去哪里玩，但卡门一个字都没听进去。

她摆摆手："没事，我很好。"然后便开始冷冰冰地盯着粉红色的奶昔。

"好的，呃……"波特把他的奶昔杯推到一旁。他很有教养，决不会"呼哧呼哧"地猛吸吸管，把杯子里的奶昔吸到一滴不剩。波特掏出钱包："电影 15 分钟后开始。我们现在就得走了。"

卡门茫然地点点头。她仍在出神地想别的问题。妈妈今天在家里忙活了一整天，手脚麻利之极，活像服了兴奋剂的家政女王玛莎•斯图尔特。她把橱柜重新用纸裱了一下，又在客厅的壁炉架旁摆了郁金香。卡门以为克里斯蒂娜只是向全世界晒幸福、晒美丽而已，可现在她起了疑心。如果克里斯蒂娜同意卡门去看 10 点 20 分的电影会怎么样？这是不是意味着她早就暗暗准备好了把大卫往家里带？万一他们会……

没事，别想这个，卡门没必要想这个。

但老实说，妈妈是不是觉得可以把男人往家里带？那也是卡门的家，他们怎么能——

卡门几乎要疯了。这样不行。

她用手捂住头："你知道吗，波特？"

波特一脸茫然地看着她，手里还拿着账单："什么？"

"我的鼻窦炎发作了，"她本可以说头疼，但这样说足以以假乱真，"我想今晚我可能不能去看电影了。"

"噢，太不幸了。"他一脸的失望。突然之间，他似乎第一次明白了卡门在耍他。

"对不起。"卡门说。她真的很抱歉，她并不是存心要耍他的。"我开车送你回家。"他起身含糊地说。

"我可以走回去。"卡门小声抗议。

“你生病了，我不能让你走回去。”他说道。波特的眼神充满质疑，他看透了她的心思。

几分钟后，卡门回到了家，她故意弄出很大的动静。她本想静悄悄地进门，可如果不提醒他们，天知道等下会看到什么？她“嘭”的一声甩上门，把钥匙串摇晃着发出“哗啦哗啦”的响声。卡门走进客厅，又开始晃钥匙串。

一片死寂。

他们不在厨房，也不在客厅。那很可能就在克里斯蒂娜的卧室了，这种情况最恶心了。卡门屏住呼吸，小心地朝妈妈的卧室走去，脑中一片空白，她不知道等会儿该怎么办。

她的心“怦怦”狂跳。她走进了短短的走道，马上就要到卧室了。一步，两步。

卡门停住了。门是开的，她现在可以看得一清二楚。克里斯蒂娜的床没有动过，和她走的时候一模一样。她约会前试了一大堆衣服，没穿的那些衣服仍堆在床上。

“嗨？”卡门在屋子里四处叫唤。她可怜巴巴地喊着，嗓子都要喊哑了。

到处都没有人。她本应感到高兴，可现在却更难过。

卡门呆坐在厨房里。良久之后，她才意识到自己仍抓着手袋和钥匙。

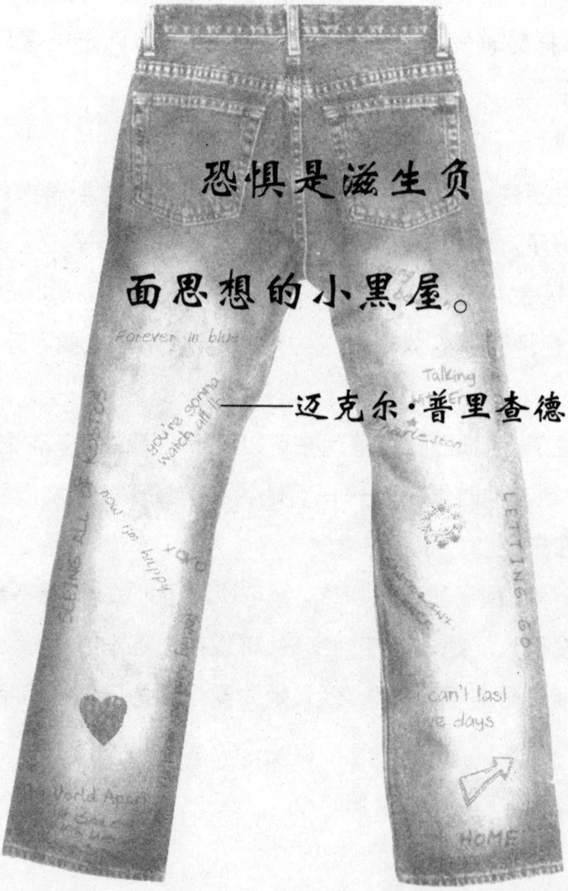

恐惧是滋生负
面思想的小黑屋。

——迈克尔·普里查德

厨房的钟差不多停了。它坏了。对，肯定是坏了。它停在了 12 点 42 分，或者是 12 点 43 分。

现在太晚了，给别人打电话不好。卡门不想给保罗写电子邮件。她不想用手指敲出愤怒的文字。如果她把心里的想法付诸文字并真的敲出来的话，保罗肯定会用无声的方式评判她。他很可能会把回信保存到硬盘上，也许有一天他还会不小心把回信转发给地址簿里的所有人。

她有一个主意了。她可以把牛仔裤包好寄给蒂比。这可是一件功德无量的好事。她做了一天的坏事，所以现在需要包好牛仔裤，往里面塞一封信，然后再在包裹上写上地址。

卡门恍恍惚惚地回到自己的房间。她在成堆的衣物中漫无目标地翻动着。她忘了自己要找什么，后来好不容易才想起。她拼命地找，命令自己要牢牢地记住任务——找魔法牛仔裤。对，牛仔裤。那可是件圣物，弄丢了可就死定了。

她机械地在抽屉里乱翻一通。抽屉里没有。床下一大堆的衣物中也没有。突然，她想到了厨房。是的，她今晚约会前把裤子拿到厨房了。她有气无力地回到厨房继续搜。

厨房里也没有。

卡门既担心妈妈，又担心牛仔裤会弄丢了，双重忧虑交织在一起。她甚至连洗衣机都找过了，她怕她或者妈妈会不小心把裤子放到洗衣机里，那可是重大灾难。她全身的肌肉和骨头高速运转起来。她在浴室篮里翻着继续找。现在，她满脑子里想的只是裤子，至于妈妈嘛，她已经忘得一干二净了。

正当卡门绝望地冲向放床上用品的衣柜时，大门开了，她的双重忧虑顿时一扫而空。

一看到妈妈，卡门便像卡通人物一样立刻刹住了脚步。她张大了嘴，仿佛被雷劈过一般。

“嗨，宝贝，你怎么还没睡觉？”妈妈似乎有些心虚，她不敢直视卡门。

卡门大口大口地喘着气，像鱼一般。卡门的肺活量不够用了。她指着妈妈。

“什么？”克里斯蒂娜的脸永远都是红扑扑的。有时是因为兴奋，有时是因为羞愧。此时此刻，她脸红是因为羞愧。

卡门的手指停在空中，气得说不出话来，她不知道该如何表达她的愤怒：“你——你……还有那个……”

克里斯蒂娜一头雾水。她仍然沉浸在约会的快乐中，一颗心留在了车上和大卫在一起，还没收回来。她还没有意识到卡门马上就会成为她回家之后的噩梦。

“我的裤子！”卡门像野兽一般咆哮起来，“你偷了我的裤子！”克里斯蒂娜低头看了看裤子，她完全不知所措：“我没有偷。你把它放在厨房里……我以为——”

“你以为什么？”卡门怒吼道。

克里斯蒂娜缩成一团。她似乎被吓傻了。她指了指裤子，可怜巴巴地望着卡门：“我以为你也许想让我穿，也许你……”

卡门冷冰冰地瞪着她。

“也许……”克里斯蒂娜艰难地说着，“你想向我道歉，我是这么猜的。”她的声音越来越弱。

如果卡门有那么好心，她现在就不会发怒了。这个小小的错误现在很可能会酿成大祸。

“你以为我希望你穿这条魔法牛仔裤？你真这么以为？”卡门的怒火越烧越旺，最后连她自己都被吓着了，“你开玩笑吗？我放在这里是准备寄给蒂比的。我决不会，决不，绝不可能——”

“卡门，够了！”克里斯蒂娜举起双手，“我理解你。我错了。”“现在就给我脱下来！快脱，快快快！！”

克里斯蒂娜转过身。她的脸红到了耳根，眼里隐约有泪光闪动。

卡门惭愧得无以复加。

最可恨的是，克里斯蒂娜穿这条裤子漂亮极了，衬得她苗条又年轻。这条裤子爱她、信任她，就如同去年夏天爱卡门一样，那时这条牛仔裤很衬卡门。可这个夏天，魔法牛仔裤抛弃了卡门，它的新欢是卡门的妈妈。几分钟以前，克里斯蒂娜出现在门口时，她还是一副神采飞扬、喜不自胜的模样，卡门从没见她这么快乐过。她似乎被施了魔法一般，卡门不知道她为什么会这么迷人。就在那时，卡门恨透了妈妈。

克里斯蒂娜伸出一只手，卡门偏不和她握手。克里斯蒂娜只好左手握右手。“亲爱的，我知道你很生气，但是……但是……”她双手互握，泪水终于夺眶而出，“我……虽然和大卫恋爱了，但我对你的爱没有一丝改变。”卡门咬紧牙关。这话她早就听腻了。当父母准备毁掉你的生活时，他们就会说这句话。

妈妈说得那么情真意切，恐怕连她自己都深信不疑。但这是不可能的。她对卡门的爱肯定会变的，而且已经变了。

蒂儿：

你比我幸运。我比你倒霉多了，真的。等你回来后，我们一起摆脱霉运，好吗？

包裹里是牛仔裤。本来这条裤子应该轮到莉娜的，但我们两人都觉得应该给你，你可以穿着它看影片试映。等你出尽了风头再把它给莉娜吧，亲爱的。

快乐或美好的事物已经不再属于我了，但我还是像以前那样爱你。

卡门

在步行去格蕾塔家之前，布丽奇特对着桌上的镜子照了又照。还好，她仍然不像以前的布丽奇特，她不禁松了一口气。她凑近镜子仔细检查头发，发根长出来了几厘米，显得颇为刺眼。就算是以前染过的头发也有几块地方褪了色，现在的发色看起来很怪异，和臭鼬的毛色一样丑。

她不想再染一遍头发，但也不想去冒露馅的风险，所以她只得从一堆脏衣服中翻出一顶棒球帽往头上一扣。大功告成！戴帽子可不是为了赶时髦。"原谅我，卡门。"她心底默念着，随即走出大门。

阁楼开始变得像模像样了。布丽奇特苦干了好些天，好不容易才把一大堆的书、外套，还有杂志整理好，她把所有的东西都搬到了地下室——除了最后两箱玛丽的私人物品。现在东西都搬得差不多了，空间显得大多了。这是一间古色古香的老式阁楼，屋顶呈"人"字形，狭窄逼仄，但别有一番浪漫的风情。天花板的中间高高拱起，然后向下倾斜，离窗户的距离有一米左右。不过这里有很多窗户，房间有四面墙，每一面都有三扇窗，明媚的阳光可以肆无忌惮地洒进来。

布丽奇特环视四周，她觉得这里必须得粉刷一下。

现在布丽奇特准备看另一箱玛丽的物品，她估计在那里可以找到爸爸的痕迹。箱子里有两份玛丽上爸爸的课写的论文（成绩分别是 A- 和

B+。爸爸在第二份论文上写了评语——“见解独到，望再接再厉”)。有无数张她和她朋友的合影，快乐青春的男男女女一起笑逐颜开。这里没有她窝在床上的照片，也没有她在薛柏斯山的照片。

接下来就是结婚的照片，大多数都是在镇上浸礼会教堂的楼梯上拍的。布丽奇特拿着它们看了又看，这场婚礼太隐秘了，她简直没法相信。爸爸似乎被爱冲昏了头脑，但他老是缩在照片的角落里，姿势颇为僵硬。照片里没有爸爸的家人，布丽奇特估计他也没有亲密的同事或朋友。当然，这是一场婚礼，但大美人——如果参加选美，她肯定可以夺得“亚拉巴马小姐”的桂冠——玛丽·鲁道夫的婚礼不应该是这样的。

布丽奇特可以肯定，当时妈妈没有怀孕，但她很可能让她的新郎蒙羞了。她害得他名誉扫地。爸爸为了和她结婚牺牲了一切，但布丽奇特怀疑玛丽还会因此而瞧不起爸爸。也许爸爸对她来说只是一个战利品而已，一旦到手便会弃之如敝屣。

纸箱的最底层是一件婚纱。布丽奇特缓缓将它抽出，顷刻间，全身的血液似乎都一齐涌向大脑和心脏。婚纱已经褪色，皱得不成样子，早已不复当初的华丽。布丽奇特把脸伏在婚纱上，上面是否还残留着妈妈的气息呢？

现在，她准备下楼了。虽然现在热得没法戴帽子，但她还是把棒球帽扣在头上。她可以想象格蕾塔正在准备午餐，这让她深感安慰。

“真高兴看到你提前下楼。”格蕾塔兴冲冲地说。

布丽奇特一屁股坐在餐椅上：“我明天准备粉刷，这样可以吗？”

“你准备粉刷阁楼吗？你自己刷？你以前做过没有？”

布丽奇特摇摇头：“但我可以试试。别担心，这能有多难？”

格蕾塔笑眯眯地望着她：“你是个勤劳的好孩子。”

布丽奇特险些张口就说“谢谢外婆”，她被自己吓坏了。

她只是安安静静地看格蕾塔摆午饭。桌上的食物在这个夏天越来越对她的胃口了。现在每天都有胡萝卜，有时还有酸味切达奶酪或火鸡，红肠再也没有出现过。布丽奇特知道格蕾塔仔细地观察过她，甚至还在心底琢磨过她的饮食偏好和情绪变化。虽然菜式变了，但午饭的时间还是没变，盘子也没变，摆的还是黄色的餐巾纸。布丽奇特估计这也是格蕾塔一贯的生活方式，也许多年以前这间房子里的人都是这样生活的。

"我的玛丽有两个孩子，你知道吗？"格蕾塔看布丽奇特吃完了三明治便又开口说话了。

布丽奇特使劲地吞咽了一下："你以前说过，你有一个孙女。""是啊，玛丽的女儿。玛丽生了对双胞胎，一个女孩和一个男孩。"

布丽奇特拉扯着短裤的拉绳，她不想装作吃惊的样子。

"我想他们是在结婚大约两年半后才生的孩子。"

布丽奇特点点头，仍然低头不语。

"玛丽怀孕的过程很顺利。那时的她很快乐。可是，我的老天，等孩子出生时，"格蕾塔一边回忆，一边摇头叹息，"是双胞胎啊。你想得出来吗？一个孩子吵着要吃，另一个却吵着要睡。一个要在家里待着，另一个又要出去玩。孩子出生后，我搬到玛丽家和他们住了半年。"

布丽奇特终于抬头了："真的吗？"

"当然。"格蕾塔说道。她似乎陷入了沉思，"只是回忆过去时，我真希望我当时能够授人以渔，而不是授人以鱼。在我走后，玛丽几乎快累疯了。"

无论之后如何，布丽奇特都不在乎，她只觉得格蕾塔能在她初到人世的前半年陪着她是一件很美好的事。

"我爱死了那两个孩子。"格蕾塔说完又摇头叹息起来。她的眼中有泪光闪烁，布丽奇特真怕自己也会流泪，"尤其是那个女孩，你要知道，她一出生就很有主见。"

布丽奇特深感内疚，她觉得坐在这里听外婆讲自己是一种欺骗。但就在这一刹那，她很想听下去。这种感觉太美妙了。

“她的小脸会让你爱得要命，”格蕾塔说道，然后她似乎觉得这样形容不太妥当，“她精力充沛，就像充了电似的。她倔强独立，无论什么东西一学就会。我的老天，她外公说地球整日都围着她转，每天的日出日落都是为了她。”

布丽奇特只是默默听着，没有点头，甚至也没有抬起眼睛，她暗暗希望外婆不会起疑心。这正是她想听的话，她来这里的目的也正在于此——远远地从旁观者的角度认识自己。不过现在的感觉却似乎太过亲密。“我想那个男孩有时可能会不好受。他安静谨慎，和样样都出色的布布在一起，他可能会不知所措。”

布丽奇特一听到自己的名字不由得有些心虚。她为佩里感到难过。她知道佩里和她在一起压力很大。

格蕾塔的目光四处游移，她无意中瞥见了厨房墙壁上的挂钟：“哦，老天，我只顾着没完没了地唠叨了。你很可能想上楼干活了，是吧？”

布丽奇特根本不想上楼，她还想坐在这里听格蕾塔继续说下去。但她强迫自己站起来：“是，老天，现在都好晚了。”

布丽奇特在走道里停住了。她现在不想回到楼上。“我想去买油漆。”她说。

格蕾塔的眼睛一亮：“好啊！我开车送你去沃尔玛怎么样？”布丽奇特求之不得。“正合我意。”她说。

蒂比看见宿舍门房的邮件格里有一张黄色便条，上面说她有两个包裹在宿舍管理员那里。蒂比不喜欢找凡妮莎，不想看她脸上的痣和满屋子的毛绒玩具。莫拉最喜欢嘲笑凡妮莎的房间。不过，作为一名电影制片人，好奇心在所难免，蒂比倒很想亲自见识一下她的房间。

“进来。”蒂比敲门时凡妮莎应道。

蒂比慢慢地打开门。凡妮莎从书桌椅上起身走到门前。

"嗨，呃……你叫蒂比吧？你是来拿包裹的吧？"

"是的。"蒂比说，她的目光在凡妮莎身上扫来扫去。

凡妮莎似乎明白她的心思。"为什么不进来呢？"她彬彬有礼地问。

凡妮莎身穿一件威廉斯顿大学的T恤和一条过时的高腰牛仔裤。蒂比进她的房间时，她似乎很紧张。蒂比真不明白，这样一个不善交际的人怎么能做宿舍管理员。

凡妮莎埋头找包裹，蒂比四处打量房间。房间的光线不太亮，所以看得不是很清楚。这里的确有一大堆的毛绒玩具，架子上、床上到处都是。不过蒂比仔细看了看之后，发现这些不是傻乎乎的普通泰迪熊和豆豆娃。它们和她以前见过的毛绒娃娃大不相同。蒂比情不自禁地走到书架旁，那里有一只犰狳。

"我可以看看这个吗？"蒂比问。

"当然。"凡妮莎说。

"我的天。居然……这么复杂。"蒂比惊叹道，这只犰狳光是壳就得用好几层厚厚的粗纹布料。

"是的，我费了好长时间才做好。"

蒂比转过头，疑惑地盯着她："你做的？"

凡妮莎点了点头。她的脸腾地红了，她把包裹递给蒂比。

蒂比傻呆呆地接过包裹，把它们放在床上。"你会缝这个？"凡妮莎又点点头。

蒂比环视着房间里所有其他的玩具——色彩艳丽的巨嘴鸟、考拉熊、挂在衣柜门上的两只树懒。"这些全是你做的？"她猛吸一口气。

凡妮莎点了点头。

"真的吗？"

凡妮莎耸耸肩，她似乎被弄糊涂了，她不知道蒂比是喜欢她做的玩具还是觉得她有神经病。

“哦，这真是……不可思议，”蒂比诚恳地说道，“我的意思是，它们很可爱，漂亮得要命。”

虽然凡妮莎仍然双臂抱胸，心存戒备，但她终于笑了。

蒂比抱起一只带有黑点的鲜黄色青蛙，她大脑一片空白，只听见自己说：“天哪，我弟弟喜欢死了这种玩具，他要看见会爱疯的。”

凡妮莎松开双臂大笑起来：“真的吗？他多大了？”

“他快三岁半了。”蒂比答道，突然她猛然想起自己到这里是来拿包裹的。她马上把犰狳和青蛙放回原位，然后从床上拿起包裹。

“谢谢。”她一边说一边向门口走去，这时胃里突然一阵翻江倒海，她感觉很难受。

“哦，不用客气。”凡妮莎说，蒂比的称赞让她完全放下了戒备。

“呃，蒂比。”凡妮莎对着蒂比的背影喊道。

蒂比扭头看着她：“什么？”

“我一直没进过你的房间，也没帮你做过什么，真对不起。我……不是个称职的宿舍管理员，真的。”

蒂比转过身来，她望着凡妮莎真诚的脸和身上那件忠心耿耿的T恤，突然有一种想哭的冲动。她不想让凡妮莎觉得自己是个糟糕的宿舍管理员——虽然她觉得凡妮莎的确糟糕。“不，你一点都不糟糕。老实说，你其实挺不错的。”蒂比撒谎了，“如果我有任何问题，我会到这里来找你。”她又无力地加了一句。

凡妮莎从蒂比的表情可以看出她言不由衷，但她很感激蒂比的好意。“你付了学费我就该提供服务嘛。”凡妮莎解释道。

“我非常喜欢你的玩具，真的。”蒂比走到门口时说道。

莫拉最喜欢嘲笑凡妮莎的玩具，她的那些话和玩笑太刻薄了。蒂比走在大厅里回忆起了莫拉的每一句话，她的肋骨下方隐隐作痛。莫拉这个创新艺术家现在连剧本都没写完，可没用的废物凡妮莎已经做好了满世界的毛绒娃娃。蒂比啊蒂比，你真的要死皮赖脸地缠着莫拉和她交朋友吗？

回到房间后蒂比才想起她的包裹。一个包裹里是魔法牛仔裤。蒂比觉得羞愧难当，她此时不想打开。另一个是家里寄来的。她打开后看见了一大包用锡纸包的布朗尼和三张画，都是画在美术纸上的。第一张是凯瑟琳的涂鸦画，第二张是尼奇的，第三张是妈妈用蜡笔画的自画像，她画得很幼稚，画上的妈妈皱着眉头哭，眼泪还是蓝色的。“我们都很想你！”画上这样写道。

我也想你们。蒂比在心里默默念道。她的嘴唇颤抖着，一滴眼泪流下来，正好和画上的人一模一样。

保罗曾经跟卡门讲过正常人和酒鬼的区别——正常人懂得适可而止，酒鬼不懂。

卡门是个酒鬼。她本可以收手，但愤怒让她选择了自毁。正常人知道适可而止，可她停不下来。

昨晚她的怒火烧得太旺，差点没把她自己给烧死。早上她醒来后悔不已，头还是晕晕乎乎的。她躺在床上听到了妈妈煮咖啡的声音，妈妈星期天的早上照例是要煮咖啡的。她听见妈妈轻手轻脚地出门了。克里斯蒂娜要去走道的角落里拿《纽约时报》。她一直都这样。

门“喀哒”一声关上后，电话响了。卡门穿着T恤和内裤摇摇晃晃地往厨房走。电话铃响第二声时答录机就自动接通了。卡门本来准备拿听筒的，可是一听到答录机里传来的声音便呆住了。

“亲爱的……如果你在家请快接电话……”

卡门吓得后退了几步。

“亲爱的？看来你不在家。听着，我准备一点钟来接你去麦克和金穆的家。如果你想远足的话，我们稍后也许还可以去看大瀑布。有空给我打电话好吗？回家后请立刻给我打电话。”

大卫停顿了一会儿。他搞怪发出哼哼唧唧的声音，然后突然低沉着嗓门说话了。

“我爱你。我昨晚爱死你了。亲爱的，我无时无刻不在想你。”他自嘲似的大笑起来，“哈，我有几个小时没说过我爱你了，”他清了清喉咙，“给我打电话，再见。”

卡门感觉肋骨下方似乎被抽空了一般，这种感觉太奇怪了，好像她心中仅存的一点善意正在被一点一点地抽走，取而代之的是憎恨和恐惧。这条留言拉响了她心中的警报，她心惊胆战，但又不知如何是好。

麦克和金穆？似乎是一对夫妻。物以类聚，快乐的情侣也要找幸福的夫妻做朋友。妈妈以前从来不和什么夫妻做朋友。她只有姐妹、亲戚、母亲，还有一两个单身母亲朋友。大多数的时候她只有卡门。

卡门以前从不认为妈妈寂寞的生活对她来说是种安慰，可突然之间，她却这么想了。现在，她有了男朋友，还和别的夫妻做了朋友。她时来运转了！

一直以来，卡门都以为妈妈心甘情愿地选择她的生活。这本来就是她想要的。难道她一直还希望有别的什么吗？难道她以前有缺憾吗？难道卡门在她的生活里只能屈居第二？

“我以为我们在一起是很快乐的。”卡门默默地在心里念道。如果她有兄弟姐妹，如果爸爸在她身边，也许她就不会这么痛苦了。但事实是，她和妈妈一直相依为命，这是不言而喻的。爱和忠诚使她们相互依靠，但在这背后却隐藏着恐惧和孤独，不是吗？卡门总是回家吃饭，这似乎是出于本能和习惯，但其实她只是不想让妈妈一个人吃饭。克里斯蒂娜真的也会这样对卡门吗？她有爱吗？有责任感吗？她和卡门在一起是不是就是一种没有其他选择的无奈之举？

卡门有朋友，她依赖她们，但她从来就没忘记过朋友们有她们真正的兄弟姐妹。在内心深处，卡门缺乏安全感，她常提醒自己，如果发生火灾，朋友们肯定会先救自己的兄弟姐妹。真正能冲入火海救自己的只有妈妈，反之亦然。卡门和妈妈虽然嘴上说这个世界无边无际，复杂多变，但她们都知道，世界其实很小，简单到只有她们两个人。

卡门的思绪回到了今年6月下旬的一个晚上，就是一个月以前。从那时起，一切都变了。那天晚上她第一次约会，和波特在一起。卡门喜欢虚张声势，结果自作自受。她只是假装要破坏她和妈妈之间的约定（她以前不知道她们之间有这种约定），其实她从来就不想破坏。

卡门不喜欢变化，她当然也不喜欢结束。她总把花放到枯萎，甚至直到花瓶里的水长出青苔来。

“我不要男朋友，”她很想大声喊出来，“我只要一切重来。”

现在，留言机不断地闪烁着，卡门站在旁边用拇指按下了“播放”键。大卫的感情固然率真，但重放留言时，这种率真便不再有生气，卡门开始恨透了大卫。他难道忘记了克里斯蒂娜和她女儿住在一起吗？他难道不知道卡门万一听了这种肉麻、几乎是限制级的留言会恶心难堪吗？是不是卡门无关紧要，所以大卫完全忘记了她的存在？难道克里斯蒂娜也忘记她了吗？

她东倒西歪地走回房间扑倒在床上，她把脸深深地埋在一片狼藉中。电话又响了。她一动也不动。答录机“喀哒”一声自动接通。“呃……克里斯蒂娜？我是布鲁斯·布拉托。我今天在办公室遇到了一个小麻烦。如果方便的话，请给我回电。”之后停顿了很长时间，然后电话便挂断了。

几分钟后，她听见妈妈开门的声音。克里斯蒂娜径直走到答录机前按下“播放”键。答录机播放的是布鲁斯·布拉托的留言，只有这一条。卡门的心怦怦直跳。其实本来还有救，只要她告诉妈妈实情，但她没有，她又沉沉睡去。

不久之后，卡门做了一个阴暗的梦，其实这并不神秘。在梦里，她们家失火了，火光冲天。大卫不顾一切地救出了克里斯蒂娜，而卡门则被火烧焦，成了一块烤薯片。

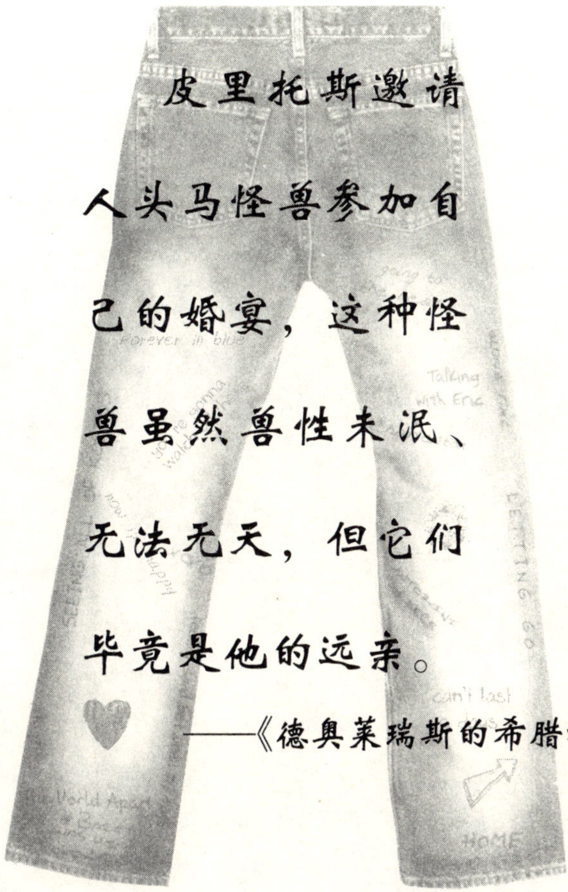

皮里托斯邀请人头马怪兽参加自己的婚宴，这种怪兽虽然兽性未泯、无法无天，但它们毕竟是他的远亲。

——《德奥莱瑞斯的希腊神话》

星期六的下午，蒂比换上了魔法牛仔裤，然后步行到艺术中心的礼堂。布莱恩不在那里，她不禁松了一口气。她打算试映结束后和莫拉、亚历克斯一起出去庆祝一下。本来她还纠结是要请布莱恩一起庆祝，还是找借口甩掉他，现在正好解决了。

她看了看身上的牛仔裤，强作镇定。毕竟，这是魔法牛仔裤呢。今天是她第一次公开展示自己的电影，能穿上这条牛仔裤真幸运，非常的幸运。如果沾上一点幸运的荣光，她的好运便会纷至沓来。她站在长长的镜子前自恋不已，裤子非常服帖，她故意不去看裤子上的题字。更神奇的是，她穿上这条裤子后头发都变得柔顺有光泽了，甚至连胸都变大了一点——至少不再像飞机场。

当她看到礼堂的人群时，心不禁狂跳起来。大多数的孩子都和父母坐在一起。蒂比在后排找了一个位置，旁边还有两个空位。等她看到亚历克斯和莫拉从走道里走过来时，她招手示意他们过来。不过她还是有一点内疚——她没给布莱恩留位子。之后她一直把头低着，也许这样布莱恩就看不到她了。

首先是摄影课的负责人格雷夫斯教授向所有人致欢迎辞，然后试映会便隆重开始了。最开始的六部影片包括两部家庭短剧、一部采访长片(采访的是制片人的祖母)、一部历险故事(外景地明显是在学校,却装模作样地折腾得像森林似的)和一部傻头傻脑的爱情片。

亚历克斯看得不耐烦，一边看一边骂。蒂比开始还和他一起嬉笑怒骂,可后来她发现坐在另一边的莫拉也在讥笑,突然意识到莫拉就是个唯唯诺诺的女孩。无论她戴不戴那副粉红色的眼镜,她都只会盲目跟风,根本就是没脑子。蒂比觉得自己的言行和莫拉没什么区别。

这次的电影一共分为三轮,蒂比的电影排在了第二轮。灯亮了,蒂比知道轮到她那一轮了。

"蒂比!"她听见有人压低声音喊她。

这个声音让她毛骨悚然,她立即四处张望。

"蒂比!"

声音源自礼堂左边的中间一排,没错,这是妈妈的声音。

仿佛胸口被人打了一闷棍,蒂比连呼吸都忘记了。

妈妈正热烈地向她招手,脸上笑成了一朵花。显而易见,她来这里激动得无以复加,她太高兴了,所以故意要给蒂比一个惊喜。

这是一种什么样的惊喜啊!蒂比挤出一丝笑容,她也向妈妈招手。"这是我的……"她木然地说着,可是说着说着就没声了。她觉得她应该走到妈妈旁边坐下,于是她站起身来,可妈妈旁边已经没有了空位。灯光暗了下来,下一轮电影开播了。

此时此刻,蒂比的目光也落到了布莱恩身上,他坐在礼堂的右边,和蒂比的妈妈距离她一样远。他淡然地看着蒂比,好像早就知道她坐在那里似的。他是不是也知道蒂比的妈妈也来了?

她以前跟布莱恩说她不怕妈妈看到这部电影,她才不在乎。但在内心的最深处,她似乎还是非常在乎的。

妈妈大老远过来想给她一个惊喜。世界末日仿佛就要来了,蒂比默默地等待着，下一个惊喜会更彪悍。

蒂比的影片前面有两部影片，但这两部影片她一点都没看进去。

她的影片慢慢开始了，开头是一支可爱的樱桃红棒棒糖特写。然后音乐陡然响起，棒棒糖变成了魔鬼。镜头拉宽，它一直都在跟着一个后脑勺，后脑勺上的头发是棕色的，梳理得油光水滑，一丝不乱。观众一下子爆笑起来，这正是蒂比以前想要的效果。但在这一刻，笑声就像碎玻璃渣劈头盖脸地砸过来一样让她生疼。

片断一个接着一个，每一个都让观众深深着迷，这正是任何一个制片人所梦寐以求的。等到镜头跟着一双高雅的浅口高跟鞋时，观众们看着高跟鞋满屋子走来走去，脚后跟上始终都粘着一片婴儿擦屁股用的湿纸巾，他们的肠子都快笑断了。

蒂比不敢转头朝妈妈的方向看，等到电影终了，在放其他电影时她还是不敢。蒂比暗暗祈祷，希望观众们能忘掉她的电影。蒂比只敢盯着前方的屏幕，她觉得自己真是个彻头彻尾的胆小鬼。

她可以移开目光，但她没法堵住自己的耳朵。她听到左边有人冷哼了一声。她希望这只是幻觉。蒂比紧闭双眼。如果她会移形大法，能从一个时空穿越到另一个时空的话，她早就闪人了。

她将脑袋微微地朝左边转过去，眯缝着眼睛看了一眼。她必须偷偷看一眼妈妈，但她不敢面对妈妈，即使在黑暗中也不敢。她努力地睁大眼睛，终于看清楚了——妈妈正低着头。

蒂比不禁捂住了脸——自己到底做了什么啊？

亚历克斯盯着屏幕冷笑起来。蒂比仿佛丢了魂似的，恍如隔世。她不敢再抬头，直到灯亮了一半，观众都离开时她才抬起头来。

“蒂比？”亚历克斯望着她。

“什么？”

“你来吗？”她面对着亚历克斯的脸，但眼前一片模糊。

她转头看了看右边，布莱恩正站在她这一排的走道旁等她。然后她又看了看左边，妈妈已经走了。

克里斯蒂娜几乎寸步不离地守着电话。事实上，她上厕所还随时带着。等到下午两点时，她的自尊心终于消耗殆尽，她问卡门她早上出门的时候有没有人来过电话。

卡门耸耸肩，不敢直视妈妈的眼睛。“答录机不都自动接了嘛。”她说道。这话倒不假。

“就是那条布拉托先生的留言吗？”克里斯蒂娜问。

卡门又耸耸肩。

克里斯蒂娜点点头，她脆弱的希望顿时灰飞烟灭。

卡门看到妈妈这种可怜巴巴的怨妇样，满腔怒火又熊熊燃烧起来。“你是在等某人的电话吗？”卡门问道。

克里斯蒂娜把脸转过去。“呃，我以为大卫会……”她的声音软弱无力，话还没说完就没了声音。

恶毒的话一下子涌向卡门的嘴边。理智告诉她此时应该回房间关门冷静，但她还是开口了。

“你是不是一天没有大卫就活不下去？”

克里斯蒂娜的脸红了：“当然不是，这只是——”

“你树立了一个极坏的榜样，你知道。你把一整颗心都扑在男人身上，整天都守在电话旁，等他给你打电话。”

“卡门，这样说不公平。我没有——”

“你就是这样！”卡门一口咬定。她刚刚喝了酒，现在已经完全失控，“你每晚都出去。你穿得像十七八岁的小姑娘似的。你还穿我的衣服！你在餐厅里调情！你把我的脸都丢尽了。你这是在丢人现眼，知道吗？”

几天以来，克里斯蒂娜被快乐冲昏了头脑，她一直没把卡门的愤怒当一回事，以为只是使小性子罢了。现在，卡门可以感觉到妈妈终于清醒了过来，这正如她所愿。

克里斯蒂娜双颊上的红晕不再甜蜜，它涨成了斑驳的猪肝色，嘴角的法令纹也更深了。“你这样说太恶毒了，卡门。而且全都不是真的。”

“是真的！梅兰妮·福斯特看见你在红宝石烧烤屋调情！她把这事到处宣扬！你知道这让我多丢脸吗？”

“我们没有调情。”克里斯蒂娜怒不可遏地辩解道。

“你们调情了！你以为我不知道你和他睡过觉？教堂里的人有没有教过你不能有婚前性行为？你不是总这样教我吗？”

本来这只是猜测而已，可一看克里斯蒂娜痛苦的脸，卡门就知道猜对了。她没想到这一切居然是真的，这无异于扔下了一颗氢弹，她猝不及防。她盯着克里斯蒂娜几乎要吐出来。她多希望妈妈能断然否定，可她没有。

克里斯蒂娜低头看着地板，揉搓着双手。“这不关你的事。”她低声粗暴地说。

“怎么不关我的事？你应该是我妈妈吧？”卡门不依不饶。现在妈妈既生她的气，也生自己的气。

“我本来就是你妈。”克里斯蒂娜还击道。

卡门的眼中溢满泪水。她还没准备好在妈妈面前流露出自己的脆弱。所以，她捧着支离破碎的心躲进房间关上门，她得好好想想自己为什么会这么生气。

“嗨。”布莱恩说，他站在不远处的走道里，一脸的伤感。他盯着蒂比的眼睛，似乎在揣测她的心思。

蒂比低下头。她不想让他瞧出任何蛛丝马迹。

布莱恩站在那里，他当然是在等她过来。亚历克斯和莫拉齐齐盯着他，很明显，他们是在疑惑这个穿星球大战T恤、戴着廉价眼镜的垃圾是谁。

蒂比深吸了一口气。她得说点什么。

“呃，这是布莱恩。”她轻描淡写地介绍道。她的声音变得很遥远，仿佛来自另一个星球。

她指了指亚历克斯，“这是亚历克斯。”她又指了指莫拉，“这是莫拉。”

布莱恩似乎对亚历克斯和莫拉没什么兴趣。他仍然瞪着深褐色的眼睛一本正经地望着蒂比。蒂比真希望他能就此离开。

“很好。”亚历克斯对布莱恩哼了一声，话音还没落就以迅雷不及掩耳之势背转身去。他面对着蒂比说：“我们走。”

蒂比木然地点点头，她开始跟着亚历克斯和莫拉走出礼堂。不用说，布莱恩肯定跟在她身后。

他们四个人最后走进了两个街区之外的一家墨西哥餐厅。亚历克斯一脸的不悦，他想不通布莱恩怎么还没被甩掉。莫拉则肆无忌惮地翻着白眼。

此时蒂比本可以和他们解释布莱恩其实不是跟踪她的神经病，他是她最好的朋友之一，他不仅总往她家里跑，而且现在住在她的宿舍里。此时解释是个很好的时机。可是她什么也没说。她连看都不敢看布莱恩一眼，更不用说提他的名字了。

他们尴尬地站在闹哄哄的酒吧里。亚历克斯用假身份证明成功地点了三瓶墨西哥啤酒。他靠近蒂比和她碰了碰酒瓶。

“拍得好，汤可。今天你出尽风头了。”

蒂比知道他是想祝贺她，而不是想让她难过。

“影片很正点。”莫拉也附和道。

“不，”布莱恩在蒂比身边说道，“她妈妈在观众席里。”布莱恩似乎觉得他们身为蒂比的朋友有必要知道这一点。他用手碰了碰蒂比的手肘，他对她深表同情。

可亚历克斯刚灌下一大瓶啤酒，压根就懒得管什么蒂比的妈妈：“你说她的电影不好？她的电影太欢乐了，我们都乐疯了。”

布莱恩摇摇头："不好。"不管怎样他都会实话实说。

亚历克斯白了他一眼："你觉得哪里不好？"

布莱恩望着蒂比："我担心蒂比。"

"你担心蒂比？"空气中嘲笑的味道浓得化不开，蒂比差不多都可以闻得出来，"老天，你算什么东西？你有什么资格担心她？"

布莱恩看着蒂比。他的表情仿佛在说："快，蒂比，回到我身边来。我们是朋友，不是吗？"

可蒂比只是张目结舌地站着，好像有人拿刀架在她的脖子上似的。

亚历克斯走近几步。他怒气冲冲地摆好了打架的架势："她是在叫你滚，你明白吗？"

布莱恩痛苦地看了蒂比最后一眼，然后转身走了。

眼泪模糊了蒂比的双眼。自己做了什么啊？她把手扣在大腿上，手指无意中碰到了魔法牛仔裤的纹理，去年夏末时她在上面小心翼翼地绣了图案。她低着头，用食指缓缓地摩挲那颗她曾经用红线绣的心。她的眼睛瞪得太大，反而看不清红心下面绣的字。她记得去年夏末酷热难耐，她坐在门廊背后不停地绣花，一绣就是几个小时，坐得腰酸背疼腿发麻。她的手指虽然笨拙，但依然顽固地绣着——针头扎进去，抽出来，千针万线，密密麻麻。千辛万苦之后，她终于绣出来一颗针脚拙劣的红心和五个歪歪扭扭的小字——"贝莉在这里"。

贝莉一直在这里吗？她在吗？有什么证据可以证明她在？

此时此刻，蒂比心如刀割。

她用双手捧住脸。她得固定住自己的脑袋。

亚历克斯仍对着布莱恩的背影高声叫骂着。他余怒未消，回头看了蒂比一眼。

"呃，蒂比。"他的声音尖酸刻薄，"你怎么穿这种裤子？"

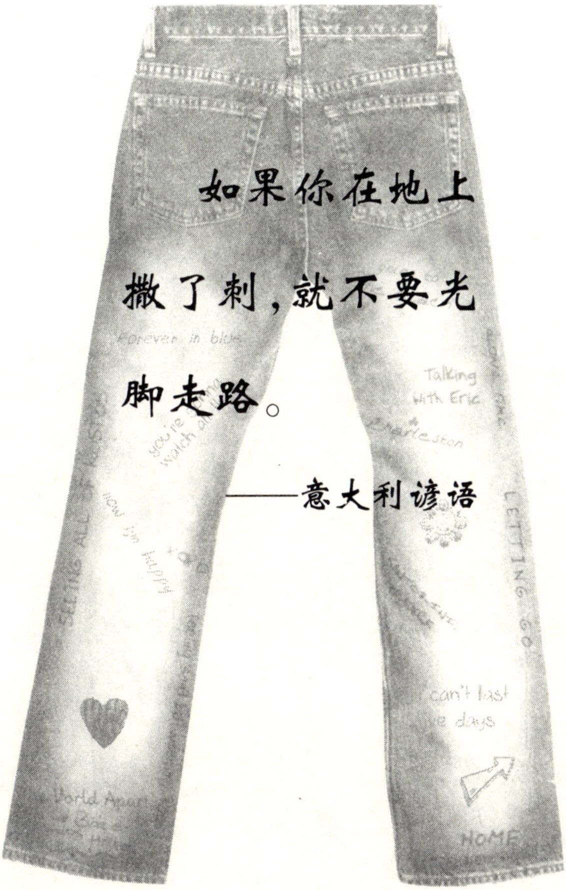

如果你在地上

撒了刺，就不要光

脚走路。

——意大利谚语

蒂比开着“伯爵”——她最爱的庞蒂克车——向北边驶去。路过弗莱特罗亚尔加油时，她掏出了地址簿。她从未去过布莱恩的家，虽然这很奇怪，不过她真的有他的地址。尼奇三岁生日时，他硬要给布莱恩寄一张牛仔派对的邀请函。

等到了贝塞斯达时，已经差不多 22 点 30 分了。布莱恩住的小区离她家差不多一公里，这边的房子虽然很新，但都比较小。她转悠了一会儿之后才找到布莱恩的家。这是一栋一层楼的红砖房。蒂比以前一直都很讨厌她家修剪得一丝不苟的矮树丛和窗户上花里胡哨的鲜花，但这栋朴素简陋的房子似乎也不能让她满意。屋子里黑漆漆的，只有旁边卧室里的电视发出一丝蓝光。

蒂比战战兢兢地敲着门。现在太晚了，而且对于这个家庭来说，她还是个陌生人。她等了几分钟，接着继续敲门。

一个男人打开了门。他是个身材魁梧的秃子，似乎才刚刚睡醒。“你找谁？”

“呃，布莱恩在吗？”

男人不耐烦了：“不在。”

“你知道他在哪里吗？”

“不知道，布莱恩几天都没回家了。”

蒂比估计这男人是布莱恩的继父。“你估计……他妈妈知道他的去向吗？”她小心地问道。

男人终于失去了耐心：“他妈妈怎么知道？她也不住这里。”“好的，”蒂比说道，“对不起，打扰您了。”

她坐在车里颓然地伏在方向盘上。千头万绪一齐涌上心头，她心如刀割。

她慢慢地把车开到老地方——罗杰大道上的7-11店。店里快关门了，布莱恩不在这里。她又驶过一个街区，来到一个小公园。以前他们玩了一下午的《龙圣》后，有时会到这里来坐坐。

她看到野餐桌上坐着一个黑影子，正是布莱恩。他身边还放着背包和睡袋。

她小心翼翼地驶近。可不幸的是，“伯爵”今晚的噪音太大，布莱恩抬头看到了车和坐在车里的她。他拿起背包和睡袋转身便走。

蒂比没法回家。她没脸见妈妈。现在这么晚，她不好意思去打扰莉娜或卡门。而且，她也没脸见她们。

牛仔裤上绣的红心似乎在斥责她，她一时泪如泉涌。她甚至都没脸见这条裤子了。她脱下牛仔裤开车到莉娜家。很好，莉娜的家一片黑暗，悄无声息。她把裤子折叠好塞进邮箱，然后她转身上车，只穿一条内裤，惭愧万分地回到了威廉斯顿大学。

莉娜躺在房间的木地板上自怨自怜，她痛恨这世间的一切事和所有人。

如果她能强迫自己画画，她早起来画画了。画画一般总能让她的心安定下来。不过有时人虽然心情坏，但还是想好起来的；还有的时候，人的心情坏到极点，于是干脆破罐子破摔情愿一直坏下去。总之，这世界一点都不美好。

天气太热了，好像只有七月末的华盛顿才会这么热。莉娜的爸爸不信任中央空调，因为他是希腊人。她妈妈讨厌开窗，她觉得外面太吵了。莉娜只好把衣服脱得只剩一件魔术文胸——卡门给她的，卡门总是嫌新买的文胸尺码太小——和一条白色短裤。她把落地扇调好方向，直接对着脑袋猛吹。

莉娜喜欢激怒妈妈，看妈妈生气发火她反倒高兴得很，可等到真正吵架了她又会害怕。她恨自己惹恼了蒂比。她恨自己害得妈妈、克里斯蒂娜和爱丽丝三人之间关系紧张。她恨卡斯托斯和他的新女友。她恨艾菲把卡斯托斯有新女友的事告诉她（不过她还是挺喜欢奶奶的，因为奶奶不喜欢卡斯托斯的新女友）。

莉娜不喜欢吵架。她不喜欢大吼大叫摔电话。她情愿冷处理，但现在过了三天还处于冷战状态，这样就很不妙了。

莉娜是个循规蹈矩的人。在过去的307天里，她天天都吃涂了花生酱的全麦面包。她可不喜欢找刺激。

莉娜听见了门铃声，她懒得去开门，艾菲会去的。

她竖起耳朵听着。当然，艾菲跑去开门了。艾菲喜欢门铃声和电话铃声。然后莉娜听见艾菲兴奋地尖叫起来。莉娜屏声静气地听着，她很想知道到底是谁来了。艾菲见到快递员一般不会这么兴奋，但谁知道呢？也许是她的朋友做了新发型或什么的，艾菲见到这种情况也许是会尖叫的。

莉娜聚精会神地听着。她努力地听着，可还是猜不出来是谁来了。何况艾菲说话的声音比正常人大五倍，就更没法听出来了。现在传来了他们上楼的声音。艾菲和她的好友走路的声音像放连珠炮似的，这个声音不像。客人的脚步声缓慢沉重。是个男孩吗？艾菲怎么能大中午把男孩子往楼上带呢？

她听到了说话的声音。是个男孩！艾菲好像要把这个男孩往她的卧室带，他们很可能还会调情！

突然间，莉娜意识到脚步声并没有像她想象的那样朝艾菲的房间走去。他们正朝着自己的卧室走来。莉娜一下子慌了神，她现在差不多赤身裸体，一个男孩子马上就要到她的房间来了，而房门还是开的！哦，这种事可是谁也想不到的。她用一只手就可以数完男孩子上这层楼的次数，爸爸妈妈在这方面管得很严。

莉娜躺在地上呆若木鸡。脚步声越来越近了。如果她此时跳起来甩上门，他们会看见她。如果她还躺在原地，他们也会看到她。如果她起身抓件浴袍……

"莉娜？"

一听见妹妹的声音（她的声音好像兴奋得不可抑止），莉娜一下子跳了起来。

"莉娜！"

艾菲站在门口。是的，她身边有个男孩——他身材高大，英俊潇洒，莉娜对他并不陌生。

艾菲看到半裸的莉娜，惊得用手掩住了嘴。

男孩魂不守舍地站在原地，他似乎很想笑。但他并没有立刻移开目光。

莉娜的头脑顿时一片空白。她的心就像迷你玩具汽车那样呜呜乱转着。她太过激动，口干得几乎要冒烟了。一时间，全身上下汗如泉涌。

"卡斯托斯。"她有气无力地惊叫道，然后当着他的面"砰"的一声甩上门。

布丽奇特摸熟了格蕾塔的规律。星期一晚上，她去教堂玩宾果游戏。星期三，她和街对面的邻居打桥牌。今天是星期四，格蕾塔照例要去西夫韦超市采购一周的食物，她每次都要买一份腰脊牛排。每月的第三个星期四，她儿子佩维斯会从汉茨维尔回来吃饭，这时格蕾塔便会买两份腰脊牛排。布丽奇特主动陪格蕾塔一起去超市。其实她想去的真正原因是肉类食品区有冷气。她已经变成了一个容易知足的女孩。

“你儿子性格怎样？”布丽奇特问道，她懒洋洋地望着州际公路上一闪而过的招牌。

“内向，不太喜欢交际。”格蕾塔说。

“他在汉茨维尔做什么工作呢？”

“在美国太空火箭中心做保管，”她神神秘秘地看了布丽奇特一眼，“这是看门人的委婉说法。他还要负责清洗地面打蜡。”

“哦。”她记得佩维斯舅舅总是待在卧室里用望远镜看窗外。后来她长大了一点，有一次舅舅还去华盛顿，在他们家住了一晚。她记得舅舅只来过这么一次。他当时把望远镜放好，将焦距调整好之后，还请她过去看。佩维斯可以看到天空中有成千上万幅熟悉的画面，可布丽奇特看到的只是一片混沌。

“他父亲和我存了一些钱，在他 9 岁那年的夏天我们把他送到太空夏令营。他后来都舍不得离开，他很喜欢那里。”

“他结过婚吗？”布丽奇特问。

“没有。他在女孩子面前总是很害羞。我看他是结不了婚了。他有一些喜欢研究无线电的好友，他的社交圈子差不多就只有这么一点。”

布丽奇特点点头。佩维斯实现了在太空中心工作的梦想，不过他的工作是研究地面。

佩维斯让她想起了弟弟佩里，弟弟和佩维斯在很多方面都很相像，除了对无线电没什么兴趣之外。布丽奇特昨晚好不容易在电话里找到了佩里，他们聊了几分钟。弟弟对格蕾塔颇为好奇，但还是有戒心。他不想听到有关玛丽的任何事情。

在西夫韦超市，格蕾塔一边看优惠券一边推着车四处转悠，布丽奇特则在生鲜冷冻区闲逛，她的头脑需要冷静。

她想到了佩里，继而想到了爸爸。有些家庭发生悲剧后家人之间会更亲密，也许是这样的吧，可她家并非如此。爸爸从来不谈他和妈妈之间的事，甚至尽量避免引发这类话题。家里不能谈的事太多了，所以他们差不多无话可谈。

她开始回忆，爸爸在家的时候老是坐在书房里，戴着耳机听美国国家公共电台的节目。他从来都不会让电台的声音响遍整个房间，就算一个人在家也要戴耳机。

至于佩里嘛，他总是待在电脑前。他喜欢挂在网上玩复杂的梦幻篮球游戏。他情愿和陌生人长聊也不愿意和身边的亲人多说一句话。有时布丽奇特都觉得自己和佩里不是一家人，更不觉得他们是双胞胎。

这真让人难过。她心里很清楚。她扪心自问："我是不是对佩里和爸爸不够关心呢？"如果她肯多付出一些精力，也许佩里和爸爸就不会这么痛苦了，也许这个家会充满温情。可看看现在，他们似乎从屋子里慢慢飘出屋顶，飞入大气层，漫无目标，越飞越远。

莉娜在房间里踱来踱去，脸红得发烫。卡斯托斯来了。卡斯托斯现在就在她家。实实在在、立体的卡斯托斯。活生生、会呼吸的卡斯托斯。

这是真的吗？也许是她想疯了产生幻觉了吧，不是吗？天气也没那么热啊。

日思夜想的他终于来了。梦中情人就在这里。她的膝盖颤抖着，唯恐这一切都是幻觉。老天，她多希望这一切都是真的。

他一点没变，甚至比以前更帅。

他看到了她半裸的身体！哦，老天。

在这世上除了妈妈、妹妹和三个密友之外，还没人看过她的裸体。她一向保守。真的！她甚至连更衣室都讨厌，如果门上没有锁她是绝对不会进去的。可卡斯托斯见到了她的身体，两次！

卡斯托斯就在楼下，就在她家！艾菲带他下楼了。他们现在在厨房。也就是说，如果他真的来了，如果这一切都不是幻觉，他们应该在厨房。

他来看她了！漂洋过海来看她！这意味着什么？

可是等等！他有女朋友了！这又意味着什么？

莉娜绕着圆圈飞快地踱着步子，她的头都快转晕了。最后她终于摆脱圆圈，走到房门口。

哦！还没穿衣服呢。老天，真是的。

魔法牛仔裤正耐心地躺在书桌椅上等她。它知道这一切吗？它有没有看到卡斯托斯？莉娜疑惑地注视着这条裤子，但还是穿上了它。这条裤子到底想怎样？它是想先给她一巴掌再赏她一颗糖吗？哦，拜托，不要这样。

莉娜套了一件白色T恤。她对着镜子飞快地瞥了一眼。她的脸汗涔涔的，头发油腻得惨不忍睹，眼睛里还有一颗麦粒肿。见鬼。

在卡斯托斯的记忆里，莉娜是个绝色美女。现在看到她这个样子，他也许会想，老天，真是活见鬼了，这就是我不远万里要找的美女？莉娜的脸以前可以发动至少一艘战舰[①]，可现在，连这艘战舰都准备弃她而去了。

如果他根本就懒得在厨房等她，那怎么办？如果他感叹"哇哦，真是幻灭啊"，然后便忙不迭地落荒而逃，那怎么办？他现在很可能在友谊长途汽车站等车呢。

莉娜一时万念俱灰，她勾了一下唇线。唇线笔是橘黄色的，可她的手不住地颤抖，唇线勾得一塌糊涂。她跑到浴室把它们洗得一干二净。她的脸油汪汪的，于是她又把整张脸都洗了。头发油腻就没办法了，莉娜只好全部往后梳扎个马尾。

好了。如果卡斯托斯觉得她色衰了，没事。可是如果他在乎的只是这

①希腊神话中的美女海伦倾国倾城，为斯巴达王后，后被特洛伊王子帕里斯拐去特洛伊。斯巴达王大怒，他向哥哥迈锡尼国王阿加门农求助，希腊联军组织1000艘战舰出征，而引发著名的特洛伊战争。后世有人形容这场战争为"使千艘战舰齐发的容貌，海伦的美引发了特洛伊战争"。如今，用战舰的数量比喻美女的美貌程度。

张脸，那就太恶心了。不管怎么说，他已经有了新欢！

莉娜垂头丧气地照了照镜子。奶奶说她比卡斯托斯的新女友漂亮。奶奶懂什么？她还认为索菲娅·罗兰风情万种、颠倒众生呢，所以她的话都不算数——自己肯定没有卡斯托斯的新女友漂亮！

莉娜放慢脚步。她强迫自己深呼吸，在过去的十分钟里，她紧张得几乎无法正常呼吸。

一个声音说“冷静，冷静”。她得让自己冷静下来。“闭嘴！”另一个声音又在她头脑里怒斥道。

哦，好了，没事了。

卡斯托斯就在楼下。她得走下楼和他打声招呼，这是起码的礼节。

深呼吸。好，就这样，冷静。

莉娜东倒西歪地走下楼，她得紧紧抓住扶手，不然一不小心就会从楼梯上滚下来。再深呼吸。她走进了厨房。

卡斯托斯坐在桌旁。他抬头望着她。他真迷人……而且魅力更甚从前。“嗨。”他招呼道。他微微笑着，眼神中充满疑惑。

自己的整个身子都在颤抖吗？他是不是看出来了？她打着赤脚，脚不停地流汗，快流成一条河了。如果自己脚一滑摔倒了怎么办？

他怔怔地盯着她。她也傻呆呆地望着他。她真希望有一片神奇的云彩降临在她的头顶，令她举手投足间散发出高贵的气质，光彩照人；还能使她能言善道，口吐莲花。快出现奇迹吧。

快说点什么吧！他是个男孩，她是个女孩。可不管怎么说，他已经另有所爱了。真是命运无常，造化弄人啊。

她站着一动不动，仍是直勾勾地望着他。

艾菲都快被急死了。

“坐下。”她命令莉娜。

莉娜乖乖坐下。坐下来会安全些。

艾菲给她递过来一杯水。卡斯托斯已经有一杯水了。

莉娜不敢碰杯子，她怕自己的手会不住颤抖。

“卡斯托斯这个夏天会在纽约打一个月的工。很神奇吧？”艾菲说道。

莉娜这才注意到妹妹。有时艾菲很会关照她。

莉娜点点头，她的脑子艰难地旋转着。她不相信自己的声带，因为它肯定无法胜任说话的任务。

“我爸爸以前的一个老同学在这里开了一家广告公司。”卡斯托斯说话了。他是在和艾菲说话，但眼睛却停留在莉娜脸上，“几个月以前，他要我过来实习。爷爷的身体现在好多了，所以我想我可以试一试。”

莉娜心乱如麻，千头万绪一团糟。她真希望自己能多长几个脑袋来慢慢梳理。首先，有卡斯托斯的爸爸。卡斯托斯以前从来没提过他爸爸。这次他能主动提起，这足以说明他是多么的坦率和勇敢了。莉娜甚至都有点心疼他。

然后就是纽约的工作。他以前怎么不跟我说呢？他是不是在我们分手之前就已经在计划这件事了？他在计划里考虑过我没有？

“我一直都想到华盛顿看看，”他继续说道，“我从小到大一直都喜欢看《史密斯博物馆》杂志[①]。”他不好意思地笑了，“爷爷认为这样可以多了解美国的历史。”

明白了，他来美国不是为了看她的。莉娜大失所望。他来华盛顿不是为了看她，但他毕竟来到她家了。至少他已经这么做了，不是吗？要不就是他去坐地铁正好路过她家门口吧？要不就是他连女朋友都带来了，那女人马上就会从备餐间或其他地方冒出来。

“不好意思，这次我太冒失了，事先连招呼都没打一声。”他说，“我才发现，你们家离我住的地方很近。”

① 史密斯博物馆位于美国首都华盛顿，由英国科学家詹姆斯·史密斯捐赠50.8万美元的捐款，根据美国国会法令于1846年创建。除圣诞节外，全年对公众免费开放。

原来如此，莉娜痛苦地想道。

“我来得真不是……时候，真对不起。”他狡黠地望着莉娜说。她知道他已不再爱她，所以他狡黠的笑亦不再性感。

“你住在什么地方？”艾菲问他。

“我和另一个熟人住一起。你知道我们是希腊人嘛，总是会抱团在一起的。你知道切维柴斯的塞提斯家吗？”

“当然知道喽，他们也是我父母的朋友。”艾菲答道。

“他们觉得他们有责任带我参观华盛顿，他们还准备把我介绍给华盛顿、马里兰以及弗吉尼亚的每一个希腊家庭。”

艾菲点了点头：“你准备在这里待多久？”

“就只待到星期天。”他说。

莉娜真想把盘子砸到他头上，她恨不得大哭起来。为什么卡斯托斯要装出一副不认识自己的样子呢？难道现在连朋友都不是了吗？他怎么来之前都不给自己打个电话呢？难道在他心中，自己已经什么都不是了吗？

莉娜的眼中涌满泪水，涨得她生疼。他们曾经吻过。卡斯托斯说他爱她。她从来没有像爱卡斯托斯那样爱过任何一个男孩。

“是你要和他分手的。”莉娜的耳边又回荡着艾菲和卡门的声音。

“但这并不意味着你就应该忘了我呀。”莉娜几乎要脱口而出。难道卡斯托斯一下子就忘得一干二净了吗？

她恨不得冲上楼把鞋袋里的所有信都拿出来，狠狠甩在他脸上。这样她就可以大吼一声：“看吧，我是不是曾存在过！”卡斯托斯站起身：“我得走了。我得去国家艺术馆，去晚了会关门。”

莉娜这才意识到她一个字也没说。

“好的，那你还是去吧。”艾菲一面应着，一面恨铁不成钢地瞪着莉娜，似乎在说：“你看看你，真是一点用都没有！”

两个女孩把卡斯托斯送到前门。“保重。”他说，眼睛只盯着莉娜。

莉娜哀怨地望着卡斯托斯。在内心的最深处，最隐蔽的角落，她似乎看到自己正在对他眨着眼睛。在分离的那几个月里，他们一直刻骨铭心地思念着对方，一封信、一通电话，甚至一张照片就能让彼此激动得发狂。现在，他就在眼前，帅气得让她心碎，只要走近一步，就可以吻到他。可他要走了，也许此生再无相见之日。

他转身走出大门，径直朝人行道走去。他真的走了。他回头看了她一眼。

莉娜追上去，拉住他的手，眼泪终于倾泻而下，就算他看到她的眼泪又如何？她已经不在乎了。“别走，”她哀求道，“求你了。”

事实上，她没有这样做。她只是冲到楼上的房间放声大哭。

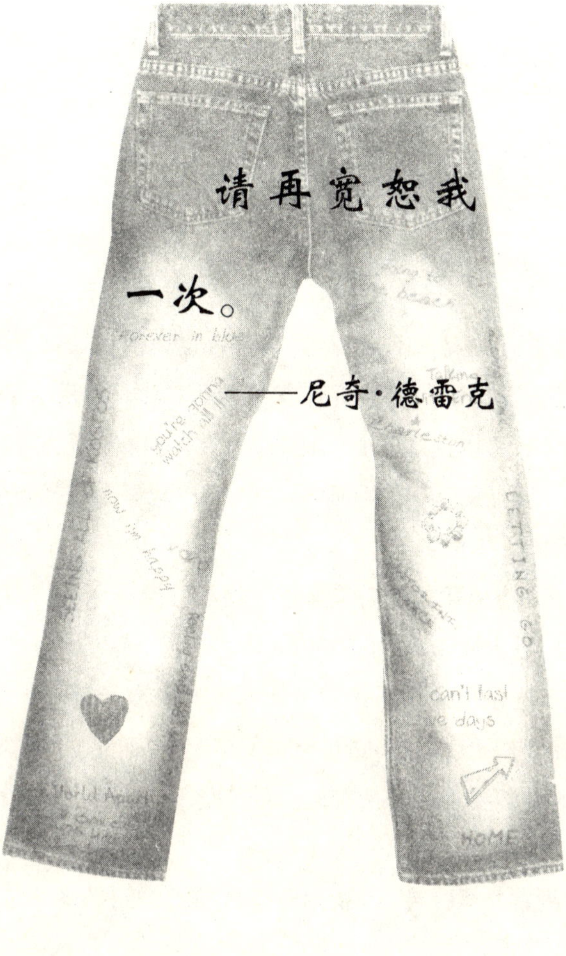

请再宽恕我

一次。

——尼奇·德雷克

蒂比在房间里一刻也待不下去了。昨晚半夜从华盛顿回来后，每一个小时都那么难熬。她痛恨自己以前在这间房里有过的所有念头，为自己曾在这里做过的所有事而后悔万分。她无法强迫自己上床。这世上没有一块可以让她安心的地方，她的大脑永远无法平静。良心颠覆了她的整个世界。良心对着她咆哮不休，无论她怎么恶狠狠地威胁良心闭嘴，它都不会停止指责。

绝望之下，她又开车驶向华盛顿。她不知道该何去何从，车到了麦克阿瑟大道上的巨人超市时，她莫名其妙地停了下来。

她发现自己手里拿着一把快要凋谢的黄色康乃馨，大半夜鬼使神差地站在收银台前。但良心又立即否决了这个念头。花儿很快就会枯萎，不管怎么说，她没必要买这束花。然后，她心念一动。有一件事良心肯定不会反对。

蒂比走到谷类食品专区，找到了一盒“嘎吱船长”牌嘎吱莓麦圈，盒子是嫩黄色的，很鲜艳。

她把车停在公墓的尽头，抱着硕大的袋子吃力地向上走着，路过了无数个墓碑。地面很软，鞋子踩在上面一踩一个脚印，这让蒂比很不安。她停下来脱掉鞋子。最好还是赤脚走吧，她不想惊扰小草。

自她上次来过之后，这里就已经有了贝莉的墓碑，它宁静肃穆地立在这里。

蒂比将黄色的麦圈盒靠在灰色的大理石上。不，这样的颜色搭配太不和谐了，不适合墓地的氛围。她打开盒子，将里面的包装袋取出。嗯，这样就好看多了。她把空盒子塞进手中的塑料袋。

蒂比打量着墓碑，觉得似乎少了点什么。她从包中取出记号笔在墓碑的背面写了两个四四方方的小字——“咪咪”。她不想贝莉在这里太孤独，也不想咪咪无影无痕地长眠于此。

她躺在草地上，露水浸湿了她的衣服，她全然不在乎。草地刚刚修剪过，她的赤脚湿漉漉的，上面沾满了新剪下的草叶。蒂比侧身将脸伏在地面上。“嗨。”她低语道。

泪水一滴一滴没入土里。她恨不得和泪水一起没入土中，长眠于地下。“还有比这更好的地方吗？”她问自己。

自己是不是走得太远？看看自己，都走到哪里去了？自贝莉去世后，蒂比似乎患上了失忆症，她越飘越远，把过去忘得一干二净，生活逐渐陷入混乱。

她伸手，用三个指尖爱抚着冷冰冰的墓碑。

“记得提醒我，”她必须恳求贝莉，“我似乎会迷失方向。”

她把脸和耳朵都伏在地面上，聚精会神地听着。

“莉娜，你和他分手了。”布丽奇特耐心听完莉娜没完没了的一通抱怨之后，她轻轻说道，好像现在是深夜怕吵醒别人似的。

“可我没有忘记他呀。”莉娜仍对着电话呜咽不已。

布丽奇特想了一会儿。“莉娜，”她轻言细语地劝慰她，“分手差不多等于忘记，它意味着你不想再和他一起。”

“可是，也许这不是我的本意。”莉娜眼泪汪汪地说。

“可也许他觉得就是这个意思。”布丽奇特说道。

“但他不应该转身就走，马上就找个新女朋友呀？”莉娜愤愤不平。

布丽奇特很想叹气，但她忍住了。“是你和他分手的。我看过你的信。分手后他有女朋友是合情合理的。这很公平。”她的声音又变得温柔起来，“我知道你很难过，我也很同情你，可你得从他的角度来看问题。”

“我凭什么就应该了？”莉娜问道。她得做点什么才好。她万念俱灰，浑身颤抖，几乎站立不稳。她情愿拿厚厚的家谱猛砸自己的脑袋，也不愿意像这样痛苦。

这就是她和卡斯托斯分手的原因，她害怕痛苦，害怕患得患失。可是，分手了为什么还是会痛苦？

“莉娜？”

“什么？”

“你还在听吗？”

“当然。”

“你知道你该怎么做吗？”

“不知道。”她撒谎了。

“先想一分钟。”

莉娜想了，其实她知道。但她不愿意承认，因为承认就等于甘心接受。

“我不能。”她纠结地说道。

“好吧。”布丽奇特叹了一口气。

“妈妈，”蒂比摩挲着妈妈的肩膀，“妈妈？”

爱丽丝睁开双眼。她还没有睡醒，现在是凌晨3点。她从床上坐起来。

望着蒂比迷离的眼神，爱丽丝本能地捧着女儿哀伤的脸。她忧心忡忡地望着女儿，蒂比怎么突然回家了呢？此时的爱丽丝只记得对蒂比的爱，她忘了蒂比那天带给她的羞辱。

蒂比猛地搂住妈妈。她呜咽着，泣不成声。“原谅我吧，”她在心底默默念道，“让我再做你的女儿吧。”

大吵过后的那天晚上，卡门关着灯在房间里呆坐了几个小时。在发呆的时候，她无意中听到妈妈的房间里传来低语声，声音很压抑。卡门知道是克里斯蒂娜在和大卫通电话。妈妈的这段感情本来就很脆弱，可卡门偏偏还要在上面泼汽油，最后扔下一根火柴——那条删掉的电话留言。大卫一头雾水，他强烈反对分手，可心力憔悴的克里斯蒂娜已死心，他们终于分手了。听到这里，卡门深感内疚，可与此同时，心底却暗暗享受着一丝卑鄙的快感。她虽然没有听清楚每个字，但那种感觉她摸得一清二楚。

夜深时，卡门出房门拿橙汁，她忍不住朝妈妈的房间瞥了一眼。虽然她很快就移开了视线，但还是看到了满面泪痕、眼睛肿得如桃子一般的克里斯蒂娜。

第二天是星期一，妈妈下班后就直接回家了，她还做了烤鸡。卡门和妈妈一言不发地吃完了这顿饭。

星期二晚上，克里斯蒂娜一直待在房间里，她说她头疼。卡门蹑手蹑脚地进厨房拿冰淇淋，她发现一份“本杰瑞”冰淇淋不见了。

星期三晚上，卡门去了蒂比家，可她觉得把妈妈一个人扔在家里有些内疚。回家后，卡门听见妈妈的房里又传来了电视剧《老友记》中的笑声。

大卫没有再打电话，好像克里斯蒂娜也没有给他打电话。卡门可以肯定，他们是真的分手了。

卡门早就希望他们分手。现在她终于如愿以偿了。

布布：

记得去年夏天吗？那时我恨透了爸爸和莉迪娅，我怒火中烧，恨不得和这个世界同归于尽。你还记得吗？

我要说的是，你知不知道这个世界上的人可以分为两类？一类是好人，他们会吸取教训，改过自新；还有一类人是坏人，他们只会一错再错。你猜我是哪一类？

我知道你一直都在想方设法地爱我，无论我犯了多大的错你还是会爱我。我真希望我还没有耗尽你对我的爱。

爱你的卡门

星期六的早上，布丽奇特跑步去看足球赛。她跑了六千多米。虽然跑得很慢，但起码坚持下来了。当她到达足球场时，她全身汗涔涔、黏糊糊的，不过她感觉神清气爽，只有跑步才能让她这么开心。

她待在场外的老地方。比利正在找她，看到她时，比利松了一口气。比赛踢到第一个回合时，她看到比利向她跑过来，似乎想聆听她的指导。可她只是挥了挥手。

上半场结束时，布吉斯落后一分。比利缓缓走过来，“你觉得我们踢得如何？”他问。

布丽奇特很享受这种感觉。“我认为你们的中场简直就是灾难。”她说。比利似乎吓了一跳：“真的吗？”

“是，千真万确。”

“为什么？”

“如果科瑞传不好球，就叫他打网球去吧。”

比利听完便走，过了一会儿他把科瑞带了过来。他把科瑞往布丽奇特面前一推。“听她说。”比利命令道。

“科瑞。”

“是。”

“听着，传球。你是会传，可是你的脚太臭了，传的位置没法射门。”

科瑞的脸上一阵红一阵白。

比利神色凝重。“她说得对。”他深表赞同。

哨声响起，比利把科瑞拖回赛场。布丽奇特一下子就发现科瑞又开始会传球了。

男孩子们不会把侮辱放在心底。她爱死了他们的这一点。

布吉斯 2 比 1 获胜，终场哨响过后，赛场上的队员们如往常一样欢呼起来。布丽奇特和他们一起欢呼尖叫。所有的高中生围成一团，他们过会儿准备出去庆祝。科瑞都和站在门柱旁的女友吻上了。比利走到布丽奇特身边：“和我们一起出去庆祝吗？”

布丽奇特想了想。他约她出去固然很好，但这并不是她要的邀请。他约她只是因为感激，感激和喜欢是两码事。“不，不过还是要谢谢你。”她说道。

布丽奇特情愿徒步，她独自一人走在 65 号州际公路上。一群高中生从她身边呼啸而过，他们都挤在一辆敞篷车里，而布丽奇特则独自漫步在路边。她知道他们会怎么看她，不过她不在乎。有些女孩害怕孤独，可布丽奇特不同。她可以一个人去看电影，一个人去餐厅吃饭，甚至还可以一个人参加派对。在这世上，她最爱的是她的三个朋友，不过她情愿一个人待着，也不愿意去搭理那些无关紧要的人。

她走到沃尔玛买了一些东西，包括一只足球——这是最重要的。在回来的路上，她拦了一辆顺风车，车开到法院时她跳了下来。她发现走过球场时，脚又情不自禁地飞奔起来。此时天已黑，但却有几道强烈的光线照过来，将三块草坪照得一览无余。

布丽奇特刹那间豪情万丈，她将足球从盒子里拿出来，熟悉的味道扑鼻而来。一时间，她泪流满面。她把足球放在地上，她喜欢干净光亮的足球，但布满尘土的足球更是让她怦然心动。

去年 11 月,她退出了足球队,因为她不希望队友们老指望她。她只是想睡觉。整个秋天和冬天,她只看别人踢球,在学校的过道里遇到体育健将时,他们差不多无一例外诧异地瞪着她,好像她的腿截肢了似的。

但她热爱足球。她浑身上下每一块肌肉都迷恋它。她想它想得几乎发疯。布丽奇特的身体必须得运动起来。她本来就是个运动狂人。

她一直都渴望重新踢球。于是,她踢了第一脚。足球轻轻地滚了一下。她又踢了一脚,地上的尘土扬了起来。布丽奇特的心狂跳不止,她轻轻一跃,追上了足球。踢——跑——踢。足球飞速旋转,上面的六边形、五边形花纹越来越模糊,布丽奇特如着了魔一般。这样真好。她不需要任何比赛,更不需要教练、拉拉队员或大学球探。在这一刻,她只要踢球。

"她已经三天没下床了,"卡门一边说,一边呷着拿铁,"我很难过。我想在家里陪她,可她连看都不看我一眼。"

蒂比耐心地听着,但卡门不喜欢她倾听的方式。她没有点头,也没有说话。她只是一言不发地坐着用手指撕扯羊角面包。终于,她抬起了头:"卡卡?"

"嗯?"

"你和你妈说了没有?"

卡门揭下咖啡杯的盖子:"和她说什么?"

"和她说大卫星期天来过电话。"

卡门吓了一跳。她已经把这件事忘了:"我没说。"

"你不觉得……你应该说吗?"

"跟她说?"

"是啊。"

卡门把目光投在硕大的菜单牌上,她想转移话题。

蒂比仍然直视她:"嘿,卡卡?"

“呃——哼。”

卡门正在比较小杯、中杯和大杯拿铁的价格。她真不明白，为什么这里小杯的咖啡不叫“小杯”，偏偏叫“高杯”。如果你要点拿铁，你要收银员给你“小杯”拿铁，她会当你是白痴似的望着你：“你指的是‘高杯’吗？”那种傲慢的语气恶心死了。卡门真想对着那张菜单牌大吼一声：“小杯”才是正常的叫法！

“卡卡？”

“呃——哼。”

蒂比一脸的真诚，卡门知道她要训话了：“也许你应该告诉她。虽然于事无补，但也许她心里会好过点。”

“谁心里会好过点？”卡门不解地插了一句。

“她，你。你们两个都会好过点。”蒂比小心翼翼地说。

卡门顿时张口结舌，久久都没合上。“好像你是处理母女关系方面的专家似的。”她反唇相讥。

蒂比低头望着她撕的一堆面包屑，脸上的五官似乎都缩成了一团：“我不是。在这方面我差劲得很，这是谁都知道的。”

“对不起，蒂儿。”卡门捂着脸后悔不已。蒂比的心情本来就不好。她的神情很脆弱，五官在雀斑的衬托下更显生硬。卡门恨自己口不择言，雪上加霜。

“没什么，”蒂比站起身来，“你说得对。”她把桌上的面包屑清理了一下，“我得走了。我答应过妈妈要去游泳池接尼奇的。”

卡门也站了起来。她想换一个话题：“你什么时候回威廉斯顿大学？”

蒂比耸耸肩：“就这几天。”

“记得给我打电话，好吗？”

蒂比点了点头。

“请不要生我的气。”卡门恳求道。

“我没有。”蒂比微微一笑，她的笑容很浅，但绝不虚伪，“我真的没生气。”

卡门点点头，终于如释重负。

“但是卡卡？”

“呃——哼？”

“你应该对你妈妈说。”

卡门看着蒂比走出大门，穿过停车场，顿时百感交集。她知道只有好朋友才会直言不讳。

权力使污垢
丛生，绝对的权力
则是一种简洁。

——约翰·雷曼

卡门是个灾难。蒂比是个灾难。莉娜甚至是个更大的灾难。卡门一边向威斯康星大道上的“汉堡王”走去，一边暗自思忖。唯一不是灾难的居然是以往的第一灾星布丽奇特。这个夏天真是太诡异了，真不知道为什么会这样。

今天卡门休息，她不用上班。所以她在莉娜午休时去看她了，她和莉娜一起汗流浃背地坐在商店后面的停车场上。嗯，大多数时候都是卡门坐着，而莉娜则心烦意乱地踱来踱去。

卡门推开“汉堡王”的门，一股惬意的冷气扑面而来，她很受用。她环视四周，最后目光停留在柜台边的一个金发女孩身上。也许是知道卡斯托斯也在这里吧，卡门走在人行道上，在她家公寓楼的大厅里，在莉娜工作的服装店之外只要看见觉得和自己有关的人，她都会忍不住多看几眼。

卡门走近柜台，打量着那个金发女孩的背影。她穿着牛仔毛边热裤，头发烫成了波浪卷。她正在数零钱。不可能，卡门对自己说。这绝不可能。

可是，卡门在点薯条时还是忍不住打量该女孩。不可能是她，卡门认识的那个女孩不会烫头，她也绝不可能穿这么短的热裤。而且，她住在南卡罗来纳。

不过，卡门还是急不可耐地等着女孩回头。女孩数零钱数了好长时间,也许真的是她。卡门有一点把握了。

最后,女孩终于回头了,她一眼就看到了卡门。她起先大吃一惊,之后便欣喜若狂了。

“哦,我的老天。”卡门喃喃自语。

女孩把野营袋往肩上一甩,拿着苏打水就奔了过来:“卡门！”卡门站在原地几乎石化。很显然,卡斯托斯不是去年夏天唯一阴魂不散的噩梦。“克里丝塔？”

兴奋和羞涩交织在克里丝塔的脸上:“真想不到我居然遇见你了！”

“你来这里干什么？”

“我想找你呀。”克里丝塔答道。她从热裤的前口袋摸了半天,最后扯出一张皱巴巴的纸片来,“几分钟以前我打过你家的电话,但没人接。”

纸上是克里丝塔写的卡门的地址和电话号码。

“哇……真的？呃……”卡门很想问“为什么”,但又怕听起来不礼貌,“你是和……呃……朋友一起来这里的吗？”看着克里丝塔的眼线、热裤和大红色的性感小背心,卡门不由得怔住了。这当然是克里丝塔,但卡门还是不敢相信是她。

“不,只有我一个人。”

“噢。”卡门应了一声。克里丝塔只有一点没有改变,就是因为这一点——她戴的纯金串珠项链，卡门才确信这个女孩是如假包换的克里丝塔。

卡门立刻把薯条的钱给付了。“你要不要……坐一会儿？”她一边问,一边朝餐桌走去。

克里丝塔虽然流落异乡,但她仍然严谨守礼,决不会斯文扫地。她一直站在椅子边,等卡门坐下了她才落座。

“呃,你妈妈在这里吗？”卡门问。如果莉迪娅,甚至爸爸都来这边了,那他们居然不给卡门打电话，这事就太说不过去了。

克里丝塔的眼神暗淡了少许。“不在，”她清了清嗓子，“我来这里就是为了躲她。”

卡门扬起眉毛：“真的？为什么？”

克里丝塔看了看四周，她不想让别人听到：“她快把我逼疯了。”

卡门顿时傻眼了，她没打算掩饰心情。

“她知道你在这里吗？”卡门问她，她慢声细气的样子活像是在盘问杰西·莫根似的。

“不知道。”克里丝塔的表情既害怕又骄傲。

“克里丝塔，”卡门盯着她正色道，“你没事吧？你似乎……脱胎换骨了。”

克里丝塔不安地揉着装吸管的纸袋：“在这一年里，我一直都想做我自己，可妈妈总看我不顺眼。”

卡门无语，她只能点点头。

“我记得去年夏天你一声不响地就一个人跑到了华盛顿。我就是学着你的。”

卡门把手放在膝盖上，她不想让克里丝塔看到她又在拔拇指上的倒刺：“可我的家就在华盛顿呀。”

克里丝塔点点头，她似乎在思考着什么：“所以我才来这里呀。我想我也许可以在你家住一段时间。”

卡门顿时听得头都要大了：“你想和我妈妈，还有我住一起？”她怀疑克里丝塔是不是不知道克里斯蒂娜是她继父的前妻。

克里丝塔又点了点头，“这样可以吗？真不好意思，我事先没打电话。”她惭愧地低下头，“我一开始就应该告诉你的。”

“不，不，没问题。别担心。”卡门温柔地拍着克里丝塔的手腕，她都想不明白自己为什么会这么好心，“你可以在我家住几天。”

克里丝塔指了指自己红肿的耳垂：“我穿了两次耳洞，妈妈大发雷霆。

我来这里有一部分原因是这个。”

卡门自己的耳垂上也有两个耳洞，不过她意识不到。“克里丝塔，你来之前和保罗说过了吗？”卡门盯着她问道。

克里丝塔的蓝眼睛瞪得滚圆。她摇了摇头。

“有没有人知道你来这里了？”

“没人。你能不能不告诉他们？求你了？”她正色道。克里丝塔还是喜欢用询问的方式说话，这实在有损她叛逆少女的形象。

卡门吞咽了一下。她怎么会瞒着保罗呢？卡门站起身来。“我们得走了。”她说道，说完便拿起了满满一袋薯条——这是送给妈妈的，克里丝塔乖乖地跟在她身后。

走过两个街区就到了卡门家的公寓楼。卡门和克里丝塔一起上了电梯。卡门真不知道失恋的妈妈见到了前夫的继女会说什么，更雷人的是，前夫的继女还要在她家住几天，妈妈肯定会听傻了。

傻卡卡：

你永远、永远、永远都不会耗尽我对你的爱。你难道还不明白吗？

你是对的，这世上的确有两种人。一种人会把所有人分为两种人，另外一种人则不会。

无论发生什么都会永远爱你的布布

布丽奇特的母亲自杀那年，蒂比才 11 岁，她那时暗暗希望父母能收养布丽奇特。虽然她只有 11 岁，但她看得出来维尔兰先生越来越孤僻冷漠，根本无心照顾女儿。布丽奇特的弟弟佩里差不多总宅在房间里玩电脑游戏。布丽奇特很苦恼，她想找人交流，但她的家总是空荡荡的，死一般的沉寂。蒂比为朋友感到心疼。

在蒂比11岁的幼小心灵里，她知道自己和莉娜、卡门和布丽奇特情同姐妹，但她渴望能有一个真正的妹妹。她对自己说，卡门是单亲家庭的，莉娜已有了一个妹妹，所以父母应该收养布丽奇特。蒂比曾经还辛辛苦苦地画了一幅她想象中的房间，在这个房间里，有两张床、两张梳妆台和两张书桌。

蒂比记得她曾天马行空般地幻想过。她曾打算把零用钱给布丽奇特花，还慷慨地决定要布丽奇特第一年不用做任何家务，在那之后她们可以换着做家务。她想象父母亲——尤其是爸爸——在足球场边为布丽奇特欢呼的样子。小小的蒂比满脑子都是疑问：布丽奇特会把自己的姓改为"罗林斯"吗？如果父母带着自己和布丽奇特去餐厅吃饭，陌生人会不会以为她们长得很像呢？

蒂比13岁那年，妈妈怀孕了，她有了一个真正的妹妹。等到她15岁那年，她又有了一个真正的弟弟。蒂比一直都觉得这肯定是上帝听见了她的祷告，只是他老人家太喜欢抠字眼了。

来威廉斯顿大学时，蒂比鬼使神差地把那幅旧画带了过来。事实上，她一打开6B4的房门，第一件事就是准备把画拿出来，挂在梳妆台的镜子上。她瞥了一眼画上的小方框，那是咪咪的笼子。她记得当时画这个小方框时，她故意把它放在两张床的中点位置，这样布丽奇特也可以和她一起看咪咪，她用不着吃醋。

如果亚历克斯看到这幅画，他会怎么想呢？如果她告诉亚历克斯她从7岁起开始养一只豚鼠，一直养到差不多16岁，直到这只豚鼠去世，他会怎么想呢？

贝莉会怎么看亚历克斯？

她知道贝莉会怎么看亚历克斯。如果她愿意，她可以透过贝莉的眼睛看亚历克斯，这就像拿着一面镜子看世界。贝莉会知道亚历克斯是个装深沉的混蛋，她会根本看不起他。这世上还有很多真诚的人，在贝莉看来，他们更值得尊重。

这让蒂比想起了凡妮莎。她从包里拿出了一些从家里带来的小玩意。这是一个透明的袋子，里面装满了各种动物图案的QQ糖——有蛇、猴子、火蜥蜴、乌龟、鱼。这袋糖是尼奇给她的。莫拉说了那么多凡妮莎的坏话，蒂比虽然觉得不好笑，但她却尽职尽责地跟着哄笑。现在，蒂比怀疑莫拉说的每句话差不多都是反的。

蒂比用一根绿色丝带系住袋口。她用桌上的剪刀紧压丝带，使丝带的两端卷成花形，然后她在袋子上贴了一张小纸条："你是一位优秀的宿舍管理员，谢谢你！"蒂比的字龙飞凤舞，利落干净。她把袋子放在凡妮莎房间的门口，敲了一下门后便迅速地躲了起来。蒂比不想凡妮莎看见她。

干这种事太傻了，但干这种傻事至少可以让蒂比的心情好起来。

"保罗，快接电话。"卡门把卧室关得严严实实的，她站在门背后低声吼道。她很不应该这样对着答录机吼，毕竟她打的不是保罗家——她爸爸和继母在查尔斯顿的家——的电话。保罗这个夏天大多数时候都待在宾夕法尼亚大学忙着补习和踢足球。"嘿，保罗的室友。嘿，说你呢。快接电话好吗？"

没人接电话。为什么大学生都不待在宿舍里呢？

她挂上电话，在电脑上敲下一行字。

嗨，保罗！马上给我打电话。快！

卡门敲下"发送"按钮。

她蹑手蹑脚地走到门边，小心翼翼地打开门。克里丝塔仍在酣睡。

看来克里丝塔干离家出走这活挺有天分的。要换了卡门，哪里睡得着呢？她不仅睡几分钟就会惊醒，而且连胃都会不断地疼了又疼。克里丝塔的胃口好得很。卡门把本来准备送给妈妈的薯条给了克里丝塔，她连连感谢，然后把一整袋一下子就吃得一根不剩了。之后她碰到沙发床，不到五分钟就熟睡了过去。两个小时过去了，她连动都没动一下。

等到电话终于响起时，卡门差不多把一本《时尚女孩》翻了一半。她以迅雷不及掩耳之势接起电话。

"喂？"

"卡门？"即使碰到紧急情况，保罗的声音还是那么慢条斯理。

"保罗。保罗！"她低声说，"你知不知道此时此刻，睡在我家沙发床上的人是谁？"

保罗沉默不语。卡门显然找错人了，保罗实在不会玩猜谜。"不知道。"他最后吐出三个字。

这可是猛料啊，不卖点关子就太浪费了，可卡门还能有什么选择呢："克里丝塔！"

"她离家出走了！"

"为什么？"保罗似乎并不怎么惊讶。

"她和你妈妈一直有矛盾。她们吵架了。具体我也不是很清楚。是因为克里丝塔穿了耳洞或什么的吧。"卡门停顿了一会儿，"你最近有没有……见过你妹妹？"

"4 月见过。"

"她和去年夏天相比……真是大不一样了。你怎么看呢？"

"哪里不一样？"

"哦，我也说不上来……化妆、烫头发、穿暴露的衣服。你知道的。"

"她这是在学你。"

卡门的肺一阵收缩。她大脑缺氧，一下子说不出话来。

就让保罗说话吧。卡门每说 1000 个字，他才说 1 个字，他真是惜字如金，不过倒真是字字如金。

卡门实在不知道保罗是什么意思。等到肺里攒了点氧气，她就把话挑明了："你的意思是我穿得像放荡的女人吗？"

“不。”每次只要被卡门误解，保罗似乎都很郁闷。

“哦——呃。”她吞吞吐吐，也许应该换个策略，“为什么你觉得她想学我？”

“她崇拜你。”

“不可能！这怎么可能？”卡门的声音不小心一下子就提高了八度。她听到客厅里有动静了。

“是真的。”

“为什么？”虽然卡门知道保罗是个三棍子打不出一个屁的家伙，但她还是忍不住问道。

他停顿了一会儿说：“我不知道。”

“很好，谢谢。呃，那我该怎么办呢？”卡门低声问道。她听到脚步声了，此时必须马上挂电话。卡门不能让克里丝塔知道自己一找准机会就把她出卖了。

“我不能跟她说我给你打过电话！”卡门接着说道，“我答应过她不对任何人说的。”

“让她和你住几天吧，”保罗说，“我马上就会来。”

“她醒了。我得挂电话了，拜拜。”卡门刚一挂上电话，就听到了克里丝塔的敲门声。

“嗨。”克里丝塔迷迷糊糊地说，她脸上爬满了毯子的印痕。她虽然一气之下离家出走来到了这里，不过现在那股劲正在慢慢消失。

突然间，卡门的心变得柔软起来，也许这只是因为她太渴望被人崇拜了。

现在，她可以仔细打量克里丝塔。卡门发现克里丝塔的新发型真的和自己的大波浪卷发有些形似，但颜色差得太远了。卡门是一头浓密的深色头发，而克里丝塔则是一头稀疏的金发。克里丝塔的头发虽然乱得像鸡窝，但还是不够蓬松。克里丝塔的牛仔毛边热裤和卡门去年夏天在查尔斯顿穿的那条很相似,但克里丝塔的腿细得像棍子,而且她的腿惨白得能看见血管,这种裤子穿在她身上的效果正好适得其反。卡门经常涂的是黑色眼线,和她的深色睫毛正好相映成趣,可克里丝塔涂这种眼线却只能是灾难,她看起来像个吸毒少女。

"我可以进来吗?"克里丝塔指着门小心地问。

这是一位彬彬有礼的"吸毒少女"。

"当然,请进。"卡门在门里向她招手,"你睡得好吗?"

克里丝塔点点头。"谢谢,你知道现在几点了吗?"她问。

卡门扭头看了看闹钟收音机:"五点半。我妈妈过会儿就会回家。"

克里丝塔点了点头。她睡眼蒙眬的脸上似乎多了几分迟疑:"你觉得你妈妈会有意见吗?"

"你指的是对你有意见?"

克里丝塔点点头。她瞪大了眼睛,去年夏天只要卡门诅咒她,她就是这副表情。

"不会的,别担心。"卡门把她带到厨房,倒了两杯橙汁,然后递给她一杯,"呃——嘿,你想不想……给你妈妈打电话?"

"不想,"克里丝塔摇摇头,"她会骂死我的。"

"也许她的气已经消了,现在很可能正担心呢。你明白我的意思吗?你应该告诉她你很安全,不要让她担心。"

克里丝塔半信半疑,卡门知道她是个乖乖女。"我……明天再给她打电话,好吗?"

卡门点点头,深表理解。如果你要反抗,你必须至少坚持 24 小时。

克里丝塔喝着橙汁,好长时间都默不作声。

"你和你妈妈大吵了一架,是吗?"卡门柔声问道。

克里丝塔点头:"我们最近经常吵。她说我没礼貌。我不管穿什么她都看不顺眼。我说话声音大一点她就受不了。"克里丝塔狠狠地把一缕散落下来的金发拂到耳后，她的声音里居然会有一丝愤怒，卡门觉得这太不可思议了。“她总是希望家里的一切都安静完美，可我不想再安静完美。”

卡门知道她去年夏天已经在莉迪娅完美无缺的小世界里撒下了毒药，可她没料到服下这毒药的人居然是克里丝塔。“我不怪你。”卡门说。

克里丝塔抚摸着杯子的边缘。很显然，她早就想向卡门吐露心声了。“如果我事事顺从她，我就会成为隐形人。”她的声音一下子伤感起来，“可如果按我自己的方式行事，她又会说我毁了她的生活。”

克里丝塔眼巴巴地盯着卡门，似乎是想寻找某种智慧：“换作是你，你会怎么做？”

卡门得考虑她的责任和立场。

她会怎么做？她——卡门——会怎么做？

发牢骚，故意作对，抱怨。往爸爸和继母的房子里扔石头。像懦夫一样逃跑。和妈妈吵架。自私任性胡闹。一手毁掉克里斯蒂娜的幸福。

卡门刚想张嘴准备提供一些建议，可随即又闭上了嘴。

有一个词可以形容自己。这个词的第一个字是“伪”。它不仅表示你是个人渣，而且有时似乎还能表明你是个猪头。

什么词呢？

哦，是的。“伪君子”。

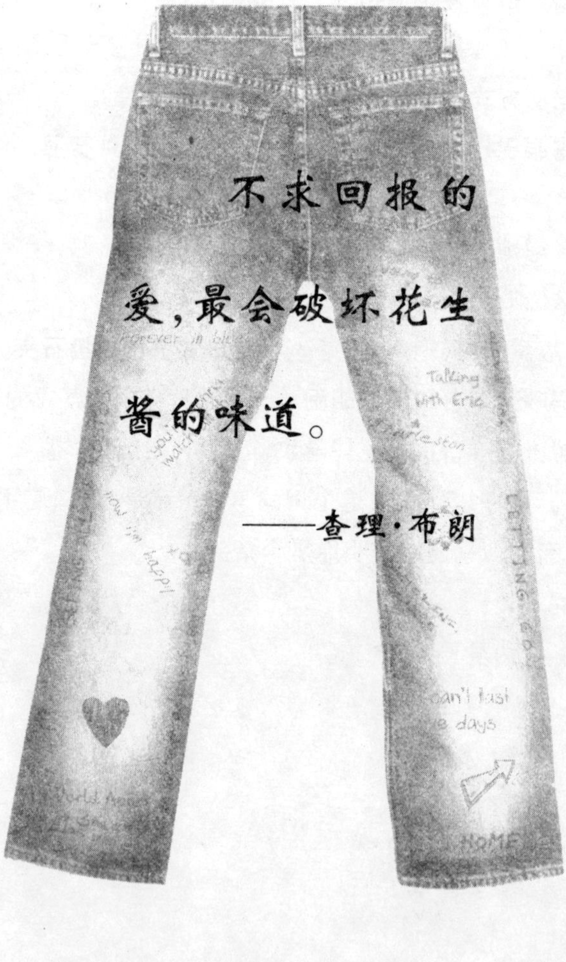

不求回报的

爱，最会破坏花生

酱的味道。

——查理·布朗

第二个夏天

蒂比把一堆 CD 放在柜台上。"这些都不是的,"她说,"我要找的曲子不是纯钢琴曲,里面还应该有其他的乐器。"

男人点了点头。她猜这个男人有四十多岁。他穿暇步士鞋,发型丑得要命,不过他似乎并不在乎自己的发型。

"钢琴和其他的乐器?"他问她。

"是的。"

"那就是协奏曲了。"

蒂比的眼睛一亮:"是的,我想你是对的。"

"你肯定是贝多芬的?"

"我想是的。"

"你想是的啊。"他不耐烦,似乎准备喝咖啡了。

"我肯定,100% 肯定。"她飞快地补上一句。

"好吧,呃,贝多芬的协奏曲有五首。最有名的那首叫《'皇帝'协奏曲》。"他耐心地解释道。

蒂比感激涕零。这个男人已经花了不少时间帮她找 CD。所幸现在是上午 10 点 45 分,古典音乐区没什么客人。

“我可以听听吗？”

“我这里有试听 CD，我不知道放哪里了。我得找一会儿。你等会儿再来好吗？”他似乎很有把握。

她不想等会儿再来，她现在就要：“我可以等吗？我真的真的需要这首曲子。”她只有九天时间了，可是事情还多得做不完。男人找 CD 动作太慢了，蒂比忍不住问：“我可以帮你找吗？”男人这才勉强同意让她去柜台后面的盒子里找。

“找到了！”男人终于喊了一声，他把一张 CD 骄傲地高高举起。

“太好了！”蒂比大声叫道。她一把夺过 CD 直奔试听区。

才听了几秒钟她就知道找对了。“就是这首！”她几乎对着他大吼起来。

“好了！”他兴奋地说，其激动程度居然不亚于蒂比。

蒂比真恨不得拥抱他：“谢谢，谢谢，太感谢了！”

“别客气，”他轻快地说，“很少有人像你这样十万火急地找 CD。”

回到宿舍后，蒂比坐在电脑前。她一只手拿着一张 DVD，里面有她从家里拷贝过来的所有最宝贵的录像。另外一只手则拿着钢琴协奏曲。

蒂比将 CD 放入光驱，她直勾勾地盯着空白的屏幕。协奏曲放了一遍又一遍，她一动也不动。事实上，她也没法动。她把手放在 DVD 上，但最终还是放弃了。

这太难了。自去年夏天以来，她一直都没看过其中的任何一段录像。她知道自己还没准备好，不过话说回来，也许她一辈子都不可能准备好。也许她只能强迫自己去看。

蒂比把 DVD 从塑料盒中取出放在桌上。音乐时而低沉，时而激扬，蒂比的心越跳越快。

有人敲门。她猛地抬起头。蒂比把音量调小，她清了清嗓子：“谁？”声音仍然嘶哑。

门开了，是亚历克斯。

“嗨。”他问候道。亚历克斯一脸的犹疑，全没了往日的淡定，“你回来了呀，你去哪里了？”

蒂比的脚在桌下踢着墙面：“我只是回家了一会儿，家里有点事。”

他点点头。然后，他又指了指电脑：“你在制作影片吗？”

蒂比想了想说：“不是你以为的那部。它不是讲我妈妈的那部。”

“真的吗？”

“我再也不做那部片子了。”她真恨不得把那部电影扔进下水道，但她要强迫自己留着，这是一种惩罚。

“那你该怎么交作业呢？”

“我要制作一部新电影。”

“你要从头开始？现在吗？”

“是的。”

“呃，只有几天了，你做得完吗？”

“看运气喽。”

亚历克斯一直都是一副满不在乎的样子，可他对她的新电影却很重视。蒂比开始看透了他的虚伪。亚历克斯虽然喜欢嘲笑挖苦他喜欢的一切，但他也想上布朗大学[①]。在目空一切的外表下，他只不过是个软蛋而已，一个装腔作势的叛逆少年。他们都是同一类人，也难怪蒂比会看穿他。

“片子拍的是什么？”

她警惕地看了一下自己的 DVD，她不能让亚历克斯看见它。这比对着妈妈拍卑鄙恶毒的镜头更难，也更危险。

“我还没想好。”

她回到书桌旁，亚历克斯也准备离开了。

“你听的什么音乐？”

---

①美国名校，世界闻名的美国“常春藤联盟”中的一员，1764 年创建之初名为罗得岛学院，其入学竞争极为激烈，本科生入学率仅为 9.5%。

就在这一刹那，她真的很想否认她知道这音乐，她实在不想让他知道这正是她找了一个多小时才找到的曲子。也许她可以假装自己不小心调错了电台。

“是贝多芬的音乐，”她还是实言相告，“《‘皇帝’协奏曲》。”

他诧异地看了她一眼，然后又准备走了。蒂比的心怦怦直跳。“嘿，亚历克斯！”她说。

“什么？”

“你知道布莱恩吗？就是那个不喜欢我拍的电影的那个男孩？”

亚历克斯点了点头。

“他是我在这个世界上最好的朋友之一。他差不多相当于住在我家。”

亚历克斯听蒙了，他不知道该说什么才好。“你以前也许应该告诉我。”他生硬地说。

蒂比点点头：“是啊，我应该说的。”一股冲动从她的肋骨下直扑上来，好像爬楼梯一般，一下子便涌到了喉咙。蒂比什么都不管了，“我还有话要对你说，你想听吗？”

亚历克斯微微摇了摇头。他不想知道。

“我拍的电影烂透了，它不仅卑鄙恶毒，而且浅薄愚蠢。”

亚历克斯此时只想逃离房间。他不想招惹是非。

“我还有话要说！”

亚历克斯已经走到了门口。在他看来，蒂比简直就是个神经病。

“宿舍管理员凡妮莎是个真正的艺术家，比莫拉、你，还有我优秀多了！”她对着亚历克斯的背影吼出了这句话。她不知道亚历克斯是否听见了，不过她才不在乎。她又不是说给他听的。

莉娜四处乱走，她感觉手指像一直卡在电插座上抽不出来似的。她不停地颤抖着，几乎站立不稳，她觉得自己像在干衣机里摇晃似的，之后全身沾满衣服上的绒毛。他在这里，他在这里！如果再也见不到他了该怎么办？

早餐时，她想得出神，不知不觉之间把妈妈盘子里的吐司拿过来涂上了黄油，她完全忘了自发现尤金之后她和妈妈之间的冷战。

上班时，她时不时地望着窗外。卡斯托斯就住在附近。他随时都有可能路过这里。在华盛顿都会区的任何地方他们都有可能相遇。也许 5 分钟之后就可以看到他了。也许他们再也不会相见。她既想见他，又绝望地害怕见到他。

莉娜魂不守舍地从服装店一路走回家，在路上她想象卡斯托斯坐在公共汽车上望着窗外的她，也许经过的每一辆公共汽车中都可能有卡斯托斯。

走进家门时，莉娜嗅到了一丝不寻常的气息。艾菲正在收拾餐桌，餐桌上的餐具居然有很多套。

艾菲一看见莉娜，便兴冲冲地迎下来。"卡斯托斯今晚会来吃晚饭。"她迫不及待地说，几乎都上气不接下气了。

莉娜浑身颤抖，又开始像干衣机一般摇晃，她捂着脑袋，脖子仿佛已经不听使唤了："什么？"

"是的，妈妈请他来的。"

"怎么找到他的？为什么要请？"

"妈妈和塞提斯夫人聊天。塞提斯夫人说卡斯托斯住在他家。妈妈觉得卡斯托斯几乎相当于爷爷奶奶的孙子，他和我们亲如家人。妈妈认为我们应该见面，更应该请他吃饭。"

莉娜傻呆呆地站在原地，她眨了眨眼睛。没有人在乎她，她快变成了隐形人。卡斯托斯现在成了所有人的朋友——除了她。

莉娜不仅憎恨嫉妒卡斯托斯的新女朋友，同时痛恨卡利加瑞家的所有人，还有塞提斯家的所有人，甚至连带着不认识的人她也恨上了。

“你觉得妈妈是不是在故意折磨我？”莉娜问妹妹。

“你要听实话？我觉得她根本就没想到你。”

好吧，实话真让人伤心。

艾菲发现莉娜板起脸孔：“我的意思是，她知道你和卡斯托斯去年相爱，她知道你们通信。她也很可能猜得出来你们分手了。可是你有没有和她讲过这些呢？”

“没有。”

“这就是了。”艾菲说道。

莉娜火冒三丈。她难道非得把所有的秘密都告诉妈妈吗？凭什么？

“他什么时候来？”莉娜问。

“7点半。”艾菲无限同情地说。她觉得莉娜真可怜。

连妹妹都同情自己，莉娜就觉得更难过了。她看了看手表，还有50分钟。她得回房间洗澡梳妆打扮，她要容光焕发地下楼。

也许她也可以倒在床上一直睡到大天亮，很可能没人会理会吧。

卡门晚上看到妈妈站在门口，忍不住难过起来。她活像12点之后的灰姑娘。魔法消失了。三个星期以前，克里斯蒂娜穿着魔法牛仔裤站在这里。那个晚上，她温柔可人，艳光四射，活像恋爱中的小女人。

今晚的她神采尽失，头发、鞋子和表情无一不落寞，整个身体似乎要瘫倒在地。

“嗨，妈妈。”卡门从厨房里走了出来，克里丝塔跟在她身后。她示意克里丝塔走过来。睡过一觉后，克里丝塔的眼线糊成一团，更显怪异。“这是克里丝塔。事实上，她是，呃，是爸爸的继女。”卡门尽量轻描淡写。

克里斯蒂娜猛地抬起了头，她震惊了。几个星期以前，她快乐得忘乎所以。可现在，她失魂落魄。所以她只能点点头：“你好，克里丝塔。”她盯着卡门，一脸的迷惑。

“克里丝塔，呃，离开家出来玩一段时间，我希望她能在这里住几天。”她可怜巴巴地望着妈妈，似乎在说她知道这很唐突，但现在不是谈这个问题的时候。她指着客厅里乱糟糟的沙发床，“你知道的，她睡沙发床，可以吗？”

“噢，我看这没问题，”克里斯蒂娜虽然一头雾水，但她的判断力并没受到丝毫影响，“如果她妈妈没意见，她可以住这里。”

“谢谢，”克里丝塔咕哝着，“非常感谢您，夫人，呃……请问您贵姓？”她的声音越来越弱。她无助地望着卡门，似乎想寻求帮助。

“叫我洛威尔夫人好了。”洛威尔夫人答道。

克里丝塔终于觉得尴尬了。她妈妈也是洛威尔夫人。克里丝塔的整个上半身从肩膀到头皮，一下子全涨得通红：“对不起。”

晚餐是一场灾难，卡门觉得这是她一生中最难堪的晚餐之一。克里丝塔想讨好地找一些轻松的话题，可无论谈什么，最后总会谈到阿尔伯特。克里斯蒂娜虽然很有风度，但从她的表情来看，她只想上床睡觉。

“你和我们一起出去吃冰淇淋吗？”洗碗的时候卡门问妈妈，“我们准备去吃哈根达斯。”

克里斯蒂娜长叹一声：“你们两个去吧。我太累了。”她一脸的歉意，卡门看了更觉内疚。几天以来，克里斯蒂娜除了上班之外一步也没离开过家。但她并不生卡门的气，她只是难过而已。她已经屈服于命运了，她似乎认定自己这辈子都得不到快乐了。

难道你就让我毁掉这一切吗？为什么？卡门很想问妈妈。这就是她亲手种下的恶果，她固执地希望几个小时以后，这一切便会自动解决。卡通人物的脑袋被煎锅砸成纸片后转眼间便能复原，卡门希望被自己伤害的人也能这样神奇地恢复原状。可事实是，伤害将一直继续，她的愤怒消失了，伤害依然存在。克里丝塔在野营包里摸索着什么。她走到门边时，卡门发现她穿着一双蓝色的塑料凉拖——和卡门衣柜里的那双几乎一模一样。克里丝塔讨好地望着卡门。她的耳尖从一头乱发中钻了出来。卡门觉得自己真是个丧门星。

你为什么要学我呢？卡门真想这样问克里丝塔。

一直以来，卡门都想受人关注、被人重视。可在这一刻，她渴望被人遗忘。

莉娜洗了澡。她还洗了头发，身上的味道很好闻。

当卡斯托斯进门时，她命令自己不要低头。

卡斯托斯问候爸爸时，她恍恍惚惚地望着他，这真像一个梦。她望着卡斯托斯拥抱艾菲。她望着卡斯托斯和自己握手——他没有拥抱她。握手的时候，她觉得自己的手冰冷如铁，体温一下子便降到了零下几百度。

她望着卡斯托斯和爸爸妈妈说希腊话，也许他讲了一个笑话，因为爸爸妈妈都大笑起来，他们对他微笑，好像他是超级英雄和喜剧演员的完美化身。

莉娜真希望自己也能说希腊语。突然之间，她觉得自己简直就像一只不会游泳的海豚。

他们坐在客厅里。爸爸给卡斯托斯倒了酒。卡斯托斯快变成大男人了。他英俊潇洒，风度翩翩。这是任何一位家长都梦寐以求的孩子。

爸爸给莉娜倒了苹果汁。相比之下，她觉得自己活像一个乳臭未干的五年级学生，连青春期都没到。她配不上卡斯托斯，所以分手是件好事，省却了自卑的痛苦。可事实上，她并没有逃离痛苦，不是吗？

莉娜搜肠刮肚地想着自己的优点。卡斯托斯喜欢过她，这足以证明她还是有优点的，不是吗？可她一条都想不出来。也许她应该直接上楼。

开饭了，莉娜坐在卡斯托斯旁边。

他讲了卡利加瑞爷爷的一件趣事。爷爷总喜欢穿白颜色的皮鞋，有一天，奶奶要他穿新买的海鳗皮鞋。“我的白鞋忠厚诚实！”卡斯托斯故作怒吼状，他的语气像足了爷爷，“你想把我变成花花公子吗？”莉娜的爸爸开怀大笑，但同时卡斯托斯也勾起了他的思乡之情，莉娜觉得他的眼泪差点就要夺眶而出了。

眼前的卡斯托斯仍然和她记忆中的一模一样。为什么她就是不相信他呢？居然连自己的记忆也不相信？为什么她总是这么的烦躁？

吃羊排时，莉娜突然感觉到一只鞋正摩挲着自己的光脚丫。她吓得差点就被噎住了。一阵麻酥从腿部一直冲到她的头顶。刹那间，她全身都处于警戒状态。所有的神经末梢纠结在一起，千丝万缕，乱成一团。

他是故意的吗？莉娜心乱如麻。他是不是想暗示什么？这是他的讯号吗？

她不敢转头看他。她甚至不敢把嘴里的食物咀嚼完。卡斯托斯到底知不知道她很绝望？他这样做是给她一点点小小的希望吗？

是你和他分手的。卡门、艾菲和布丽奇特的声音交织在一起，再次回荡在耳边。

可我依然爱他！

好了。

终于说出来了。最后她终于不打自招。她下定决心，终于选择了计划B。莉娜又开始咀嚼食物了。她仍然爱他，一直未变，可他已不再爱她。现实就是这样残酷而冰冷。她真应该逃到阿拉斯加去，可现在话已说出，再无回旋余地。这太可怕了，不过诚实的感觉还是挺好的。

莉娜的脚仿佛还可以感觉到他的余温。虽然只是这么轻轻一碰，但对她来说却惊天动地。那种感觉又来了，他的脚温柔地掠过。莉娜向下看。

那只脚不是卡斯托斯的。那是艾菲的脚。

人生有两大悲剧，一种是得不到你要的，另一种是得到了。

——萧伯纳

莉娜辗转反侧，折腾了几个小时才睡着。可睡着后，她又被怪梦惊醒了。

在梦里，她看到了一部古老的科学幻灯片，画面颇为模糊。她听到胶片在投影仪中呼呼作响，还有散热风扇的呜呜声。屏幕上有一张人体草图，中间有两个放大的细胞在四处游走。一个正离开大脑，另一个则缓缓离开心脏。它们在锁骨附近相遇了。两个细胞亲热地撞在一起，它们撞啊撞，最后把核膜撞破了——它们终于融为一体。

在梦里，莉娜举手问布里格斯先生——九年级的生物老师："这不可能发生，是吗？"

然后她醒了。

醒来后她去了洗手间，因为她内急。从洗手间出来后，她突然开始讨厌自己了。她讨厌自己的懦弱，既不敢说出自己的心里话，也不敢听从自己的内心行事，甚至连想要的东西都不敢想。她很累，但怎么也睡不着。她在飘窗上坐了很久，天空中挂着一轮凸月。布丽奇特、卡门、蒂比、卡斯托斯和爷爷，所有她爱的人，无论近在咫尺或远在天涯海角，此时此刻，他们都沐浴在同一片月光下。

不,今晚她不想睡觉。她懒得脱睡裙,直接套上魔法牛仔裤,在外面披上一件牛仔夹克。在恢复理智之前,莉娜下楼走出了大门。她小心翼翼地关上门。

这里离塞提斯家只有几百米,莉娜不顾一切地朝塞提斯家走去。她已经做好了最坏的打算。所以,结局还能坏到哪里去呢?不过,正所谓否极泰来,孤注一掷说不定还能咸鱼翻身,谁知道呢?

莉娜是塞提斯家的常客,她知道客房的位置。不过,当她鬼鬼祟祟地摸到房子的侧边时,她突然害怕起来,她怕塞提斯家安装了防盗器,万一叫了起来可不是好玩的。刹那间,她脑子里便浮现出防盗器鬼哭狼嚎、恶狗狂吠的画面,她的睡衣袖口被铐上手铐,卡斯托斯眼睁睁地看着她被警察拖走。哦,也许她还没准备好这种结局。

幸运的是,客房就在一楼,莉娜对爬墙这种事不太擅长,她根本不知道手脚该往哪里放。

屋子里黑漆漆的。这也是很正常的,现在都差不多凌晨三点了。莉娜穿过房屋侧面的灌木丛。干这种事真是太傻了。她轻轻地敲着窗,敲了又敲。万一她把塞提斯家的所有人都吵醒了,那该怎么办?她该怎么解释呢?到那时,整个希腊人社区都会在指指点点说她是花痴。

她感觉卡斯托斯动了一下,再定睛一看,他已经走到了窗边。这一刻,莉娜的一颗心就像一把失控的 AK-47 突击步枪,这把枪在她的胸腔里疯狂跳动,对着射程内的一切目标狂炸滥射。卡斯托斯看到她了,他打开了窗。

凌晨三点看见穿着睡裙和牛仔外套的莉娜敲他的窗,卡斯托斯觉得有些不可思议,但他却未露声色。不过,他还是有点讶异。

"你可以出来吗?"自卡斯托斯到华盛顿后,他终于第一次听到莉娜开口说话了。莉娜总算调匀呼吸成功地说了句话,她也为自己感到自豪。

卡斯托斯点了点头。"请稍等,我马上就出来。"他说。

莉娜走出灌木丛,她不小心把睡裙撕破了。

卡斯托斯走了过来,月光下,他身上的白T恤蒙上了一层蓝光。他在短裤外面套了一条牛仔裤。“跟我来。”他说。

莉娜跟着他走到后院,他们在一片挺拔高大的老树下停住了。卡斯托斯席地而坐,莉娜也坐下了。莉娜走出一身的汗,穿着牛仔外套太热了。她脱下外套。她先双膝着地,然后一屁股跌在沾满露水的草地上盘腿而坐。

夏日的天空似乎有着某种魔力,莉娜看了一眼天空,便不再害怕,她的顾虑消失了。

卡斯托斯疑惑地凝视着莉娜,他在等她说话。莉娜大半夜跑到这里把他拖下床,肯定有话要说。

“我只是想和你说话。”莉娜开口了,她的声音只比蚊子大一点。

“嗯。”他说。

提高声音说话需要时间。“我想你。”她终于说道。莉娜只是想对他诚实。

卡斯托斯直勾勾地望着她,他的目光没有躲闪。

“我真希望我没有写那些分手信,”她说,“其实和你分手是因为我怕自己太想你,太思念你。我想你想得筋疲力尽,我只是想恢复以前正常的生活。”

他点点头。“我可以理解。”他说。

“我知道你不爱我了,”莉娜鼓起勇气,“我知道你现在有女朋友,还有所有的事情。”她从地上扯下一根草,用手指揉搓着,“我不敢指望你回心转意。我只是想对你诚实,因为我以前老是骗人骗己。”

“哦,莉娜。”卡斯托斯的表情有些牵强。他瘫坐在草地上用手捂住脸。

莉娜看不到他的眼睛,她只能盯着他的手。所以她只好低头看着草地,也许卡斯托斯不想再理她了。

卡斯托斯终于放开手。“你知道吗?”他说。他的声音轻得像一声叹息。

莉娜顷刻间面红耳赤，喉间一阵酸楚。卡斯托斯爱她也好，不爱也好，她只希望他能可怜可怜她。现在，她的勇气正在渐渐消失。“我不知道。”她低头柔声说。莉娜可以听到自己声音中的泪水。

卡斯托斯站起身来望着她。他的身体与她相对，现在他就近在咫尺。让她惊讶的是，卡斯托斯握住了她的一只手，他似乎被她脸上的伤悲感染了。“莉娜，不要难过，求你了。不要以为我不爱你就难过。”他气定神闲地望着她。

莉娜泪如雨下，她不知道她的泪要流向何方。

“我从来就没有停止过爱你，”他说，“你难道不知道吗？”

“可你没给我写信了。你有了新的女朋友。”

卡斯托斯松开她的手。莉娜很有些不舍。“你说什么？我没有找新女友！你伤透了我的心之后，我只和一个女孩约会了几次。”

“可你居然一声不响地漂洋过海从希腊来这里了，你甚至不告诉我。”

他的脸上挂着一丝自嘲的笑：“那你觉得我为什么要来这里？”

莉娜不敢回答。她的泪滑过眼角，大滴大滴地滚落下来：“我不知道。”

卡斯托斯走到她身边，他把一根手指搭在莉娜的手腕上。手指向上游移，碰到了一滴眼泪。“这并不是因为我想从事广告业。”他说。

莉娜的大脑一下子高速运转起来，她强作镇定，强迫自己一定要冷静。她勉强挤出一丝牵强的笑容：“那就是因为史密斯博物馆喽？”

卡斯托斯大笑起来。她渴望他的爱抚。任何地方都可以。她的头发、耳朵、脚趾甲，无论哪里都好。

“当然也不是因为这个。”他说。

“那你为什么什么都不说？”她问道。

“我应该说什么呢？”

“你见到我的时候应该很开心，或者你也可以告诉我你仍然爱我。”她建议道。

他又自嘲地笑了起来："莉娜，我太了解你了。"

莉娜真希望她能了解自己："那你说我是什么样的人？"

"我一靠近你，你就会逃开。如果我保持不动，你反倒可能会慢慢靠近我。"

自己真的是这样的人吗?

"莉娜？"

"什么？"

"我看到你真的很开心，而且我仍然爱你。"他说。

他似乎是在取笑她，不过莉娜却默默记在心里。"你让我失去了一切希望。"她说。

卡斯托斯抓起她的双手按在自己的胸口上。"决不要失去希望。"他说。

莉娜站起身来慢慢地靠近卡斯托斯，她发现卡斯托斯的唇吻上了她的唇。她温柔地吻着他。卡斯托斯呻吟着，声音很轻很轻。他搂住莉娜，深深吻下去。卡斯托斯向后倒在草地上，莉娜顺势压在他身上。

莉娜吃吃笑着，他们又长吻起来。他们在草地上翻滚，亲吻，还是亲吻，没完没了地热吻，直到一个骑自行车的男孩把报纸扔到走道上，他们才吓得松开嘴。

太阳从地平线上缓缓升起，照亮了天空，卡斯托斯拉着莉娜从草地上站起来。"我送你回家。"他说。

他光着脚，T恤上到处都是草的碎叶，头发高高竖起一撮。莉娜可以想象自己的样子，肯定也是狼狈不堪。在路上她差不多一直都在傻笑。卡斯托斯牵着她的手。

快到家了，卡斯托斯停下来又和她深情拥吻。然后，他松开了她，可莉娜舍不得走。

"美丽的莉娜，"他爱抚着她的锁骨说道，"我明天会来看你。""我爱你。"莉娜终于鼓起勇气说出了这三个字。

“我爱你，”他说，“至死不渝。”

他轻轻把她推到门口。

莉娜仍然不想走，她不想去任何没有卡斯托斯的地方。她恋恋不舍，怎么也不愿意转身进门。

她回头又看了他一眼。

“我永远都不会停止爱你。”卡斯托斯对她发誓。

布丽奇特后退几步，满足地欣赏着阁楼。她涂了两层奶油色的油漆。天花板涂的是哑光白漆和半哑光装饰漆，宽木地板上涂的是极为漂亮的绿漆，这种绿让她想起了去年夏天艳阳高照下的加州湾。

为了给格蕾塔一个意外的惊喜，布丽奇特还把储藏室里的一张白色铁床架搭起来了，阁楼顿时亮了起来。她找了一床还算配套的床垫。布丽奇特把古董式书桌打磨了一下，然后用同色的奶油装饰漆涂了一遍。她在沃尔玛买了一套白色的纯棉钩花寝具，虽然便宜，但质量还不赖。此外，她还买了样式简单的白色蕾丝窗帘。

最后压轴的便是一大把紫色的绣球花了。趁格蕾塔出门的时候，布丽奇特在后院里摘了这些花。她找到一只硕大的玻璃罐来插花，花瓶放在书桌上，下面垫一块蓝色的布就大功告成了。

除了角落里藏起来的一只纸箱之外，一切都完美之极。

她风风火火地冲下楼：“格蕾塔！嗨！”

格蕾塔正在用吸尘器吸尘土。她用脚关掉电源：“怎么了，亲爱的？”

“准备好了吗？”布丽奇特没法掩饰她的兴奋。

“准备好什么了？”格蕾塔满脸疑惑。

“想看看你的阁楼吗？”

“你做完了？”格蕾塔问道，她好像不相信布丽奇特是世界上最能干的女孩似的。

“我带您上楼。”布丽奇特命令道。

外婆慢吞吞地向楼上走去。布丽奇特发现外婆的皮肤粗糙不平，活像农家干酪，小腿上的青筋鼓起，清晰可见。

“嗒——嗒！”布丽奇特咯咯笑着，她侧身越过格雷塔，得意洋洋地冲到楼顶的尽头打开门。

外婆喘着粗气。她用手掩住张得大开的嘴，仿佛不敢相信自己的眼睛。格蕾塔在房间里看了很长时间，每一个细节都没放过。“噢，亲爱的。”她感叹道。当她转过身时，布丽奇特看到她的眼中有泪，“简直太美了。”

布丽奇特好久都没这么自豪了，她甚至已记不清自豪的感觉：“看起来还不错，不是吗？”

“你把这里打扮得像一个家。”

布丽奇特点了点头。这还用说吗？这里的确像一个家。

格蕾塔露出了慈祥的笑容：“我没想到你这么会做家务，真是太意外了。”

“我也想不到啊！”布丽奇特答道，她的眉毛都要扬到脑门上去了，“您真应该去我家看看我的房间。”说完她便闭嘴了。她并不是真的想谈和家有关的任何事。

外婆一笑置之：“亲爱的，你工作很卖力，也很用心。我真不知道该怎么感谢你。”

“我心里其实已经有了房客的人选。”

布丽奇特的脸顿时垮了下来，她并不想掩饰。她真没想到马上就有人要搬进来，然后她滚蛋。格蕾塔不再需要她了吗？难道再没有其他的活可做了吗？一切就这样结束了？

“真的？”她忍住泪水问道。

“是的。就是你。”

“我？”

外婆大笑起来:“当然,这里肯定比皇家大街的破房子好,不是吗?”

“是啊。”布丽奇特说道,心情又一下子轻松起来。

“就这样说定了。去拿你的行李吧。”

第二天早上卡门走进厨房时,眼前出现了一幕诡异的画面。妈妈和爸爸的继女分别坐在小圆桌的两端,一起慢条斯理地吃着荷包蛋。

“早上好。”卡门迷迷糊糊地说。她昨晚梦到了克里丝塔,梦做到一半就醒了。

“要吃荷包蛋吗?”克里斯蒂娜问道。

卡门摇头:“我讨厌荷包蛋。”

克里丝塔一下子便停止了咀嚼嘴里的荷包蛋。她的脸上充满了渴望,似乎在暗暗希望自己一开始就讨厌荷包蛋。

卡门立刻就后悔了:“我不讨厌它们,真的。我其实很喜欢的,这是健脑食品嘛。我只是没心情吃。”做人家的榜样真不容易,难免会有压力,尤其是这一大早的。

“你今天要去莫根家照顾孩子吗?”克里斯蒂娜问她。

卡门拿着麦片和碗:“不,莫根一家昨天下午去雷霍博斯了。在星期二以前,我是不用上班的。”

妈妈恍惚地点点头。克里斯蒂娜似乎懒得理会自己的问题,所以卡门的回答她就更懒得听了。

克里斯蒂娜起身去倒咖啡,卡门这才注意到妈妈穿的裙子。这是一条灰白相间的百褶裙,这条裙子的历史要追溯到卡门上托儿所的时候。衣服有适合穿着去高级餐厅的,有适合穿着去上班的,不过这条裙子只配打入冷宫,而且期限是一万年。

“你上班穿这条裙子吗?”卡门不解地问道。她们有多久没洗过衣服了?

妈妈这几天动不动就摆出一副受伤的表情,她一言不发地走进她的房间，卡门一点也不奇怪。

几分钟以后，卡门放下麦片抬头时，她发现克里丝塔正面无表情地盯着吃了一半的荷包蛋，克里斯蒂娜换上了昨天穿过的裤子。

真是可悲又可气啊！卡门恨死了自己，可她们居然把自己的话当回事，这一点更可恨。

“嘿，我有一个提议，”卡门对妈妈和克里丝塔大声说道，“从现在开始，我说的话你们就当放屁好了。”

莉娜躺在床上一直到第二天中午，这张床上只有她和她那颗狂跳不止的心。她在回味发生过的点点滴滴。她总喜欢一个人待着，今天也一样。不过，她也想找人分享她的快乐，所以电话铃响起时她的精神为之一振，是布丽奇特。

“你猜怎么着？”莉娜迫不及待地脱口而出。

“怎么了？”

“我终于知道了。”

“你知道什么了？”

“我知道我应该做什么了？”

“和卡斯托斯有关吗？”

“是的。还有一件事你知道吗？”

“什么？”

“我做了我应该做的事。”

布丽奇特尖叫起来：“真的？”

“是的。”

“快告诉我。”

莉娜把一切都招了。将内心隐秘的感受付诸语言虽然很难，但她觉得打开心门可以让她的心沉淀下来。

听完莉娜的故事,布丽奇特又禁不住尖叫起来。

“莉娜,我真为你感到骄傲!”

莉娜笑了:“我也为自己感到骄傲。”

Tibberon:卡卡,你最近和莉娜聊过天吗?她居然会吃吃地笑,我还以为是艾菲呢。我真为她感到高兴,虽然她着实吓了我一大跳。我希望她仍然还是那个莉娜。有一个艾菲就够了。

Carmabelle:我和她聊过,真是太神奇了。魔法牛仔裤又一次给她带来了爱情。不过对我不起作用。我是不是哪里有毛病,蒂比?我的意思是,除了所有的正常特质之外,我有没有不对劲的地方?

你眼中秋波

流转，那是什么？

我说不出来，只恨

平生读书少。

——沃尔特·惠特曼

有时你得面对它。你必须昂首步入丑恶的现实，蒂比暗暗告诉自己。否则你终将无路可走，只能惊恐万分地挣扎在生活的边缘。

这就是她告诉自己的话，说话要算数。于是她把磁盘塞进电脑。

她专注地看着文件。她已经记不清每个文件里的内容了。她对贴标签这事很在行，可贝莉不会。贝莉一直是她的私人助理，她本应具备一定的组织管理能力。可是，但可是，贝莉只有 12 岁。蒂比选了一个文件双击打开。她总得想办法开始。

屏幕上出现了一个图像。那是她在 7–11 便利店准备拍摄的画面。那是她们去年夏天第一次拍摄的场景——蒂比记得很清楚。就是在那一天，她认识了布莱恩。

镜头从柜台上展示的腊肠移到了在收银台工作的男人。记忆刹那间复苏了，那个男人立刻用手遮住脸大叫："不许拍摄！不许拍摄！"蒂比的脸上浮现出一丝笑容。

然后镜头转换了，蒂比开始呼吸困难。这一刻终于到了。蒂比觉得全身的血液都停止了流动。这是贝莉的脸，一张大特写。她的心一阵剧痛，仿佛被沙袋狠狠砸过一般。大滴大滴的泪水顿时从眼眶中汹涌而出。蒂比想都没想，手指就直接按了“暂停”键。屏幕上的画面一下变得模糊，但却更惊心动魄。蒂比凑上前去，鼻尖不小心碰到了屏幕。她吓得往后一缩。她害怕这张脸会消失，还好，它没有。

贝莉回头看着蒂比。她大笑起来。她就在那里，伸手可及。

上次见到贝莉时，正是她在这人世间的最后一夜。之后，蒂比便再也没见到她了。

自从贝莉离开后，她无数次地想象过贝莉的脸，可真正的贝莉已渐行渐远，她的脸越来越模糊。再次见到贝莉活生生的面孔，顾盼生姿的眼睛，蒂比感到由衷的高兴。

贝多芬的音乐深情响起。贝莉正在笑。

蒂比尽情释放感情。她可以坐在这里肆无忌惮地哭泣。她可以在桌下爬行，她可以在停车场狂奔，她可以好好生活。她可以迎接生活中的挑战。她可以。

这一次，蒂比终于想明白了，心中顿时豁然开朗。

妈妈在上班，克里丝塔在睡觉，莫根一家在海边度假，布丽奇特在亚拉巴马，莉娜在服装店，蒂比在弗吉尼亚。卡门在干什么呢？卡门正坐在衣柜里。

她的衣柜堆满了破烂。虽说这是步入式衣柜，但也不过是徒有其名罢了。卡门喜欢买衣服，但讨厌扔东西。她喜欢开始，但讨厌结束。她喜欢订购，但讨厌清理。

不过她最爱的还是洋娃娃。内疚的父母对这个独生女儿有求必应，所以她有一大堆的洋娃娃。

她爱洋娃娃，可是，当她从悬挂的衣服下面拖出三箱洋娃娃时，她不得不承认——她实在不会照顾这些娃娃。小时候，这些洋娃娃是她的心肝宝贝。当正常的女孩子对布娃娃失去了兴趣很久之后，她还在玩布娃娃。

她喜欢给她们洗澡梳妆打扮，让她们更漂亮，她乐此不疲地给她们化妆，最后这些布娃娃便被折磨得不成人样，如同经历过一场漫长而艰苦的战斗一般。

安吉莉卡，那个棕色头发、脸上有痣的娃娃自从卡门用卷发棒卷她的塑料头发后，变成了小平头。罗斯玛丽，那个红头发的娃娃，自从卡门用记号笔给她画眼线之后，她的眼睛就变成了两个黑墨团。罗格塔的发色是她最喜欢的，不过在卡门学着姨妈罗莎的样子剪裁衣服后，罗格塔的漂亮衣服就变成了丑得令人发指的烂布头。是的，卡门爱她们，可她的爱是一种折磨，不然她们的下场不会这么惨。

“卡门？”

卡门吓得几乎跳起来。罗格塔失手跌落在地。她在黑漆漆的房间里眯起了眼睛。

“对不起，吓到你了。”

她捡起罗格塔站起身来：“哦，我的天。保罗，嗨。”

“嗨。”保罗的肩上背着硕大的户外包。

“你怎么进来的？”她问。

“克里丝塔让我进来的。”

卡门心中一震。她咬着拇指：“她醒了？她好吗？她有没有生我的气？”

“她正在吃糖霜麦片。”

这似乎是在回答她的三个问题。卡门仍然抱着罗格塔，她把罗格塔举了起来。“这是罗格塔。”她说。

“嗯。”

“我在清理衣柜。”

他点了点头。

“我现在可是社交忙人，你知道，有很多事要做，很多人要见。”他过了很长时间才发现卡门是在开玩笑。

“你和你妈说了吗？”卡门问道。

“她知道。”保罗说。

“这样安排好吗？你觉得克里丝塔没事吗？”

他点点头。他似乎一点都不担心。

“嗯，你在学校里好吗？”她问道。

“好。”

也许在大学里，保罗可以少些繁文缛节，心情会变得轻松起来。不过从他站在卡门房门口的样子来看，也许他在学校里过得并不轻松。卡门觉得保罗肯定是 DKE 兄弟会唯一的一个理智型预备会员。

“暑假在学校里待着好玩吗？踢足球有意思吗？”

他点点头。卡门不可能成为没嘴的葫芦，但保罗也不可能成为话痨。接下来便是沉默。

“你呢？”他问道。

卡门长叹一声。她吸了一大口气才开口说话：“噢，很糟糕。”她胡乱挥了挥手，“我毁了妈妈的生活。”

保罗看着卡门，他总是用这种眼神望着卡门。好像她是《探索》频道特别节目中的珍稀动物似的。

克里丝塔出现在保罗背后的门旁边。她手里拿着卡门的《时尚女孩》。这本杂志她翻着看过几次，看见保罗在这里，她面不改色一脸坦然：“我准备出去买奶昔。”

“好的，”卡门挥手叫她过来，“你需要钱吗？”

“不，我有。”

保罗似乎想笑出声来。克里丝塔像足了卡门的口气，她真是无师自通。卡门指着床：“坐下。”说完她便跳到书桌上坐下，两只脚悬在空中晃荡着。

保罗顺从地坐在床上。他尴尬地把一堆衣服扒到一边。保罗不像一些随便的男孩子，他不大习惯坐在女孩子的床上。他坐在那里，双脚踩地，背挺得直直的。保罗高大健壮，黑色的睫毛长长的，如扇子一般，下面掩映着一双湛蓝色的眼睛，他已经是个不折不扣的帅哥了。卡门真为他感到自豪。她以前怎么就没发现保罗居然这么帅呢？

卡门可不想等保罗开口说话，那恐怕要等到下个星期了："保罗，记得我在电子邮件里写的那个叫大卫的男人吗？就是那个喜欢我妈妈的男人？"

他点点头。

"嗯，他真的很喜欢我妈妈。不只是喜欢，他爱她。我妈妈也爱大卫。"她抬头看了看保罗，"很不可思议，不是吗？"

保罗耸耸肩。

"嗯，后来……"卡门把脚后跟抬到桌上，她双手抱膝，"这个故事讲的是邪恶的卡门，这只是一部分。"

保罗似乎很有耐心。这样的故事他已经知道了几个。

"我就是生气发疯。我也说不清是为什么。妈妈老出去约会。她穿得像 14 岁女孩似的。她甚至还借我的……算了，不谈这个。我觉得她拥有所有的快乐，而我却一无所有。"

保罗又点点头。

"后来，呃……我对她大吼大叫。我说我恨她。世上所有最难听的话我都说了。我毁了她的爱情。她和大卫分手了。"

保罗专注地听着。他眯着眼，全神贯注，好像卡门的行为不可思议，他需要绞尽脑汁才能理解似的。

有一个像保罗这样的朋友真好。去年夏天他亲眼目睹了卡门的疯狂行为，但他仍然没有嫌弃她。虽然他言语不多，但在过去的这一年里，他却成了卡门真正的知己。给他写电子邮件他从来不会不回，他也从来没有忘记过给她打电话。其实保罗的生活也有很多烦恼。他爸爸是个酒鬼，自保罗 8 岁那年起他爸爸就开始接受戒酒治疗了，但一直反反复复，直到现在都没戒掉。在卡门的爸爸和保罗的妈妈去年结婚以前，保罗得照顾妈妈和妹妹，他就像家里的顶梁柱。而且，不管卡门口不择言胡说什么，他总是聚精会神地听着。他从来都不会叹气或不耐烦，更不会叫她闭嘴。

“你这是嫉妒。”他最后说道。

“是的，我是嫉妒。我就是个自私的小人。”

大滴大滴的眼泪从卡门的眼中颤抖着滑落，滴在可怜的罗格塔的脸上，又滴到地面上。卡门不懂得爱，她的爱用力过猛。“我不要她没有我也能快乐。”卡门的声音都哆嗦了起来。

保罗悄无声息地走到桌旁，坐在她身边：“没有你，她永远都不会快乐。”

卡门本想说如果自己不快乐，她不希望妈妈快乐。但保罗的话让她为之一震，也许保罗懂的比她多。

她真的一直都在嫉妒妈妈吗？或者她只是嫉妒大卫？

保罗的手臂靠着她的手臂。卡门泪流满面。虽然这只是一个小小的动作，但它却意味着一切。

卡斯托斯真的来看她了，但来的时间不对。从早到晚，无论是吃早餐、中餐，还是晚餐，莉娜都在想他，眼巴巴地等他出现，可他偏偏不来，非要等到她上床睡觉了才来。莉娜听到有人用橡子砸她的窗户。

她走到窗前看见了卡斯托斯，一颗心几乎要从胸膛里跳出来。莉娜向他挥了挥手，然后以百米冲刺的速度飞跑下楼，冲出后门。她几乎是扑倒在他的怀里。卡斯托斯作势向后倒。他故意踉踉跄跄退了几大步，顺势也把莉娜拉倒在地。

“嘘——”他嘘了一声，莉娜吃吃笑起来。

他们在院子里找了一块最隐蔽的地方——房子侧边一棵枝繁叶茂的木兰树下。绝对不能被爸爸妈妈抓到，不然人见人爱的卡斯托斯也救不了她。

莉娜穿着睡衣。卡斯托斯穿得比她整齐。

"我一整天都在想你。"她说。

"我一整年都在想你。"他说。

他们开始了缠绵的吻。两人一起心无旁骛地吻了很久很久,直到莉娜把手伸进了卡斯托斯的衬衣。莉娜抚摸着他的胸膛、手臂,还有后背,他没有反抗,可到了后来他却突然躲开了。"我得走了。"他一脸痛苦地说。"为什么?"

他深深吻着她:"因为我是个绅士。如果和你这样亲热下去,我不敢保证我还能是个绅士。"

"也许我根本就不要你保证。"她鼓起勇气说道,就让荷尔蒙来决定这一切吧。

"哦,莉娜。"卡斯托斯像溺水的人一般拼命挣扎。他不敢看莉娜,他只敢做出要走的样子。

卡斯托斯又吻上了她的唇,然后他再次躲开:"我很想和你做一些事,想得快发疯了。"

莉娜点了点头。

"你以前……从没做过,是吗?"他问道。

莉娜摇头。这时她才突然意识到自己居然这么笨。

"更重要的是,"他说,"我们得放慢节奏,把最美好的一刻留到最后。"

莉娜被他的君子之风打动了。她知道他是对的:"我也想做那些事。有时想。"

卡斯托斯搂着莉娜,他用力地把她压在胸前,莉娜被压得生疼,不由得叫了一声。"来日方长,我们以后还有无穷无尽的时间,想做什么都行。我会成为世界上最幸福的人。"

他们疯狂地吻着,最后莉娜还是得恋恋不舍地放开他。她真想在这一夜把这一生的快乐都燃烧殆尽。

"我明天得走了。"卡斯托斯说。

莉娜的眼泪一下子便涌了出来。

"我还是会回来的。别担心，我怎么会离开你呢？下个周末我就回来。你没事吧？"

"真是太难熬了，我怕我等不及。"莉娜哽咽着。

卡斯托斯微笑着把她拥入怀中温存最后一分钟："无论何时何地，只要你想我了，你就应该知道我也在想你。"

布丽奇特准备去五金店买零件修格蕾塔家的冰箱门，在路上，比利找她搭话。现在格蕾塔一周付她 75 美元，所以她很忙，家里的每一样东西她都要精心维护——要清除杂草，修理摇摇晃晃的咖啡桌，房子后墙的油漆脱落了又要重新粉刷。布丽奇特穿着跑步衣，头发用丝巾随意一绾。她的心情很好，因为她一直在想着莉娜。

"你星期四没有来看我们练球。"他说。

布丽奇特瞪了他一眼："那又怎样？"

"你一般都来的。"

"我有其他的事要忙。"她说。

比利的表情很受伤："是什么事？"

她正准备作出受伤的表情以示还击，可比利却突然笑了。他笑得傻乎乎的，充满了感染力，和他 7 岁时的笑声一模一样。布丽奇特爱死了这种笑声。她也忍不住笑了。

"嘿，我可以给你买杯奶昔或别的什么饮料吗？"他问她。

他不是在调情，不过是想示好而已。"好的。"

他们一起过马路，坐在遮阳伞下的一张露天餐桌旁。他点了一杯薄荷片奶昔，布丽奇特点了一杯柠檬水。

"你知道吗？"

"知道什么？"她问。

"我觉得你很眼熟。"

"噢,真的吗?"

"是的,你从哪里来的?"

"华盛顿。"她答道。

"为什么你会大老远地跑到这里来呢?"

"我小时候来过这里。"她露了一点口风,就等着他继续问下去了。

可他没再追问。他甚至连布丽奇特说的后半截话都懒得听,因为此时此刻,有两个美女走在人行道上突然停住了。其中一个是黑头发的大波妹,另外一个则是金发小妹,穿着低腰裤,露出了一大截肉。布丽奇特想起来了,这两个姑娘在足球场边露过面。她们望着比利媚笑,一个劲地卖弄风骚,布丽奇特只好低头假装系鞋带。

"对不起,"她们走后比利说,"我以前喜欢那个姑娘,喜欢了一年。"

布丽奇特一阵心酸。想当年,她也是男孩子们迷恋的对象,男孩子们哪里敢跟她谈其他的女孩?"哪个姑娘?"她问道。

"丽莎,那个金发的,"他说,"我对金发女孩特别来电。"他又加了一句。布丽奇特本能地摸了摸自己臭鼬色的头发,还好,头发仍包在丝巾里。饮料来了。

"你对足球怎么这么专业呢?"比利问她。

"我以前经常踢。"她一边说,一边轻咬吸管。

"你踢得好吗?"他问。

"还行。"她含着吸管说话。

比利点点头:"星期六比赛时你会在那里,是吗?"

布丽奇特耸耸肩,她存心要急死他。

"你一定得在那里!"他急得狼狈不堪,"如果你不在,全队的人都会发疯。"

布丽奇特展颜一笑,捉弄比利的确好玩死了。他不喜欢她,不过这也没什么。“好吧，那我还是去吧。”

“克里丝塔和她妈妈去罗西餐厅吃饭去了。”卡门一边吃烤华夫饼，一边对妈妈说道。昨晚阿尔伯特和莉迪娅一起来到了华盛顿，他们想和克里丝塔握手言和并带她回家。

克里斯蒂娜微微一笑。笑容如鬼魅，真的，不过和她前几周的笑容相比，倒显得开朗了许多。罗西餐厅位于亚当斯·摩根街区边上，那里有很多伪娘型的顾客，十分雷人。克里丝塔上次听蒂比讲这家餐厅，眼睛瞪得大大的，似乎颇为向往。其实卡门挺喜欢她的这位粉丝的。克里丝塔是屈服了，但这并不意味着她就乖乖的了。

“阿尔伯特也去了吗？”

“不，这顿饭只属于妈妈和女儿。克里丝塔明天和他们回家。”妈妈若有所思地点了点头：“我喜欢克里丝塔。”

“她很可爱，是个好姑娘。”卡门撕下半块华夫饼塞进嘴里。“你今晚来吗？”她嚼了一块吞下去之后问妈妈。

妈妈的脸又恢复了冷冰冰的隐忍表情：“大概会来吧。”

每对夫妻都有他们的婚姻观，不过一旦离婚他们也会有他们的离婚观。卡门的父母选择了“友好离婚”。这意味着阿尔伯特和莉迪娅可以请卡门去餐厅吃饭，但在这种场合下，阿尔伯特也应该请克里斯蒂娜一起去，他还得介绍克里斯蒂娜认识他的新妻子。克里斯蒂娜也必须接受邀请。

“你和莉迪娅见面没问题吧？”

克里斯蒂娜正在想这个问题，她舔着光溜溜的叉子说：“没问题。”

“真的？”妈妈坚韧勇敢，也许卡门正是继承了妈妈的个性。克里斯蒂娜似乎还有话说，但她选择了三缄其口：“嗯。”

这几个星期她们维持着表面的友好。卡门虽然很想和妈妈重归于好，但她什么也不敢说。她活该落得如此下场。

她当然能吃得香睡得着，不过老是记不清楚什么时候睡过觉，也不记得吃饭吃的什么东西。

蒂比失去了时空感，她甚至忘记了上厕所。有太多的录像需要剪辑，她还给格拉芙曼夫人打电话，从她手里要了一些录像带，所以现在更是忙得不可开交。保存所有的母带时绝对不能有半点马虎，在叫剪辑的每一个步骤都必须专心致志。

她在工作的过程中，很快就发现她去年夏天拍的纪录片镜头超烂，毫无价值。美丽的画面总在灯火阑珊处。它们是拍摄花絮，是影片的边角料——是贝莉搭三脚架、拆三脚架、小心翼翼地调整支架的画面。

蒂比也欣赏贝莉拍的一些镜头。贝莉具有超乎寻常的耐心。她和蒂比不同，她虽然也会搭建故事的框架，但她并不急着把一切都塞进去。她不会急不可耐地引导话题诱使受访者说自己想听的话。

不过在蒂比有意拍摄的镜头中，有一段还是非常好的，就是她采访贝莉的那一段。贝莉坐在窗边的椅子上，如天使一般散发着柔和的光芒。魔法牛仔裤穿在她身上显得太大，都拖到脚上了。片子里甚至还有肥嘟嘟的咪咪在笼子里酣睡的镜头。无论看多少遍，贝莉勇敢真诚的脸、高贵张扬的灵魂永远都会令她着迷。

今天她在编辑背景音乐。这很容易，真的，因为她只需要反复播放贝多芬的协奏曲就行了。可听着听着，她发现这并不是她要的效果。

她颓然地倒在椅子上。问题到底在哪里呢？她已经熬了几天的夜。现在离夏末节只有不到四天了。

她要的音乐效果是有布莱恩吹口哨的那一种。蒂比严重缺乏睡眠，已接近疯狂，但她突然觉得布莱恩吹的口哨就是艺术。艺术不是卡夫卡，不是什么冲击力、必胜客。它是布莱恩悠扬低回的口哨声。

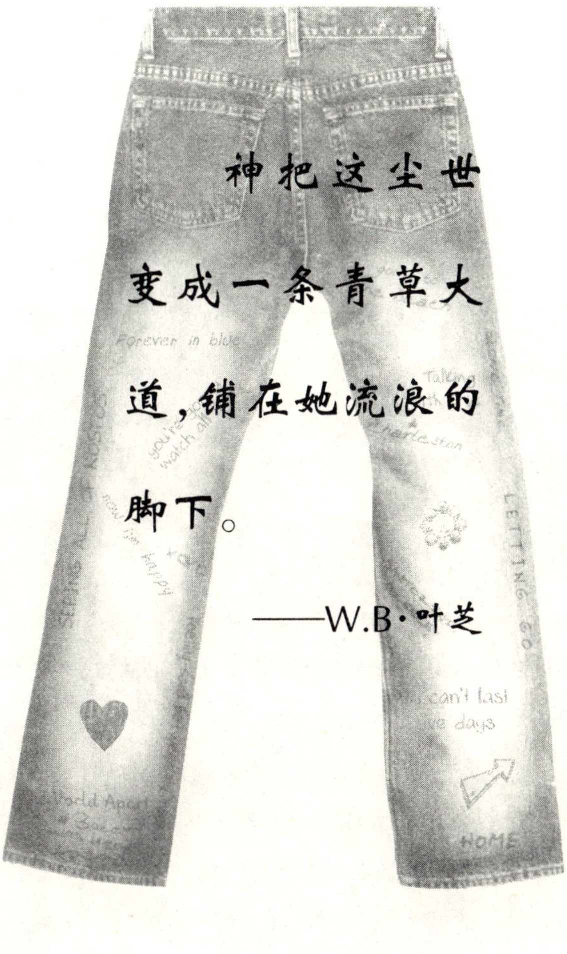

神把这尘世
变成一条青草大
道，铺在她流浪的
脚下。

——W.B·叶芝

这个夏天的饭局总是这么令人难堪，今天也不例外。卡门坐在莉迪娅和克里丝塔中间。克里斯蒂娜坐在阿尔伯特和保罗中间。

卡门最受不了又臭又长的沉默，她知道肯定又是这样，所以她提前准备了几个话题以免冷场。

暑期大片：

电影续集——值得一看还是大烂片呢？

爆米花电影——那个像黄油一样的恶心东西到底是什么？（给克里斯蒂娜留点机会，让她谈谈令人惊叹的卡路里减肥常识。）

防晒（让妈妈们有话题可谈）：

SPF——咦，这到底意味着什么？

最可怕的晒伤？（似乎是个好话题，阿尔伯特可以赢得发言机会，他可以谈在巴哈马扬帆远航的故事。）

臭氧（所有人都可以谈谈臭氧层的保护问题，没有人会喜欢臭氧层中间的破洞)：

坐飞机——坐飞机是不是不安全?(让大人没完没了地谈下去吧。)

如果以上话题都无效,就谈以色列/巴勒斯坦。

可奇怪的是,话题列表却一直待在她的口袋里。她只能静静地听着,因为话题已经破冰而出了：莉迪娅谈起了罗西餐厅,她不但不反感这里,而且还能打趣,卡门着实吃惊不已。莉迪娅大笑起来,克里斯蒂娜也跟着笑了。这真是个奇迹,虽然不起眼,但至少让人看到了希望。

然后克里丝塔说她在华盛顿的地铁里迷路了,奔波了 3 小时 22 分钟才找到方向。为了让克里丝塔增长见识,阿尔伯特很快便长篇大论地谈起了华盛顿轨道交通系统的颜色标志、路线和枢纽站。他甚至激动地拿出地图讲解了一大通。

然后不知怎么的,阿尔伯特和克里斯蒂娜谈起了他们有一天晚上把刚出生的卡门从医院抱回家,结果迷路的故事。这个故事卡门听了几百遍了,她恨死了这个故事,因为其中最搞笑的总不外是卡门哇哇大哭,卡门咳得吐了。不过今晚她却听得入了迷,爸爸妈妈你一言我一句地从不同的视角讲述这个故事,真的很有意思,很温馨。莉迪娅哈哈大笑,有时会可爱地做鬼脸。阿尔伯特在桌上紧紧握住莉迪娅的手,好像是在对她说,别担心,我现在爱的人是你。

点酒水的时候,阿尔伯特故意模仿意大利口音。克里丝塔一边拨弄着项链上的珠子,一边和她妈妈亲热地耳语。莉迪娅坚持要克里斯蒂娜尝尝玉米龙虾沙拉,据说那是人间美味。

卡门环视着这一张张快乐的脸,她心头一热,暖融融的,也不由得快乐起来。虽然这有点怪异,但他们都是她的家人。以前支离破碎的三口之家变成了温馨的六口之家。

保罗看了她一眼。他的眼神似乎在说,看,多好。

卡门报以微笑。最幸运的是，她有了保罗这个知心好友。保罗是她见过的最善良最有耐心的人。

她又想起了去年夏天，想起了第一次遇见莉迪娅、克里丝塔和保罗的情形。那时她恨死了爸爸，正在气头上。她以为以后永远都不会再和莉迪娅他们有任何交集，可万万没想到这只是一个开始。

她望着妈妈，她温文尔雅，落落大方。阿尔伯特和莉迪娅结婚了，克里斯蒂娜还是孤单一人。克里斯蒂娜总是这么优雅，虽然她是有一份全职工作的单身母亲，虽然她失恋心碎。

妈妈也应该有一个好的开始。

9 点 15 分，电话响了。莉娜一个箭步冲过去。电话那头可能是她最恨的敌人，也可能是她最爱的朋友，不过在接起电话之前，一切都只是未知数。

“喂？”她接起电话，声音怎么也掩饰不住渴望。

“嗨。”

是她最好的朋友。

“卡斯托斯。”她爱死了这个名字，它的发音很美，“你在哪里？”

“在地铁站。”

胃开始了剧烈地痉挛。莉娜强迫自己要冷静，不要紧张。“你在……哪……座城市？”

“在你的城市。”

“不。”哦，求求老天，但愿这是真的，“真的？”她的声音哆嗦了起来。

“是的，你可以出来接我吗？”

“可以，可以，我马上就来。呃，不过我得先……找个理由糊弄我父母。”

他哈哈大笑：“我在威斯康星大道那边。”

“再见。”

真好，魔法牛仔裤仍在她这里。莉娜穿上牛仔裤，匆匆忙忙地对妈妈撒了一个小谎，她佯称要和卡门一起出去吃冰淇淋。然后，她径直冲出大门跳进车。哦，但愿爸爸妈妈总能让她随时用车。

卡斯托斯潇洒地站在路边等她。这不是梦，也不是恶作剧。她摇下靠人行道这边的车窗，卡斯托斯看见她了。他一跳进车就捧住她的脑袋狠狠地吻下来。“我不会离开，”他喘着粗气说，“我把事情处理完就火速地搭火车回来了。”

他贪婪地吻着她，吻了很久很久，直到最后莉娜突然想起他们还在车上，而且这是一条主干道。她晕晕乎乎地抬起头来，好不容易才看清窗外流水一般的街灯：“我们去哪里？”

他神采飞扬，直视着她。他不在乎去哪里。

“你不觉得我们应该做点接吻之外的事吗？”她问道，“我的意思是，我们应该有点约会的样子吧？你饿不饿？或者我们去喝点什么也可以？”事实上，她的整个身体都渴望亲吻。

卡斯托斯笑了：“我快饿晕了。我真的想带你出去吃饭。可是不行啊，我没法去不能和你亲密接触的任何地方。”

爱让她灵光一闪：“我有一个好主意。”

她开车去了 A&P 超市。她在冷冻区买了曲奇生面团、一夸脱冰冷的半脱脂奶，又在麦片区买了一盒草莓味的粉红糖霜果塔饼干。他们发现有很多方式可以亲密接触——他的手搂着她的腰，他们的髋部相互碰撞，他的唇轻扫她的脖子——即使超市的灯光亮得刺眼，他们照样大秀恩爱。

一路上，卡斯托斯一会儿亲吻她的手肘，一会儿又爱抚她的秀发，她只能尽量小心地开车，车朝着石溪公园大道上的树林飞速驶去。车开到波托马克河边，四周一座座大理石纪念碑拔地而起，宛若置身于一座古城。这条路几乎空无一人，只有莉娜和卡斯托斯。波光粼粼的湖面，汉白玉色的拱桥，美轮美奂，他们被震住了，一下子便安静了下来。

在这里泊车不过是举手之劳，这可能是莉娜开车以来最爽的一次。他们把装满了食物的棕色纸袋放到宽阔的白石台阶上，一脸虔诚地凝视着大理石纪念堂中间的林肯先生雕像，他端坐在总统宝座上，脚下灯光通明。

“这个时候看纪念碑再好不过了，不过这里却空无一人。”莉娜一边说，一边指着空荡荡的林肯纪念堂。

有些人可能会想了，看，林肯总统如此严肃地盯着你，你还能有激情吗？可莉娜认为这无所谓。他们一边吃一边吻，越吻越投入。她撕扯着曲奇面团，他则深情地凝视着身穿绿背心的她。他的眼睛直勾勾地落在她的肩、脖子，还有嘴唇上，仿佛被下了蛊一般。看到卡斯托斯一脸惊艳的样子，莉娜十分受用，她以前从未这样得意过。

他和她一样快乐吗？有这种可能吗？如果他没这么快乐，她还能这么兴奋吗？

他们的注意力似乎从伟大的黑奴解放者转移到了他们自己身上，但这里的光线太刺眼了。所以他们沿着园林小道走到了一块隐秘的空地，这里很暗很安全。他们躺在地上，脚踝交叉在一起。整个世界只有他们在这里，老天真是太厚爱他们了。夜里的空气暖暖的，甜蜜如糖。夏日里的树叶葱郁浓密，甜蜜如糖。在这样的夜晚，就算垃圾堆得像山一般高的垃圾桶都甜蜜如糖。

有时，夜空的星星很远很远，冷冰冰地眨着眼睛，仿佛无情的嘲笑。有时，它们又似乎故意地躲在暗处，顽皮地催促你“快！快！”。今晚的星星是第二种。莉娜真庆幸现在是夏天，他们一起躺在星空下，没有天花板，快乐可以一直向上飘，向上飘。

开始的时候，他们的脚踝碰在了一起。然后，是手臂和手。再后来，越来越大胆。莉娜不知不觉间已压在卡斯托斯身上，她的手如流水，抚过他的每一寸身体。“我们是不是太快了？”她问他。

“不是。”他强烈反对，害怕莉娜会停下来，“是也不是，太快又太慢。”他大笑起来，胸膛微微颤抖，“但我不要你停下来。”她的手抚过他的小腹：“你今天还要做绅士吗？要不今晚不做绅士，明天再做好吗？”

他搂着她轻轻地翻身，然后把莉娜压在了身下，不过他还是用手支撑了身体大部分的重量。他把头埋在她的颈间。“也许这样很好。”他吻着她的耳垂说道。一阵兴奋袭来，莉娜的后背禁不住微微颤抖起来。

莉娜深深沉醉于这一刻，并满心期待下一刻，卡斯托斯俯在她的小腹上，吻她隐秘的肌肤。他将她的背心缓缓掀起，她的身体一点一点呈现在眼前，卡斯托斯贪婪地吻着她的肚脐，然后渐渐上移，一直吻到她的肋骨。甜蜜，温柔，不可思议，莉娜从不知道爱的感觉居然会这样美好。她感觉卡斯托斯的手正在解开她的胸罩，全棉背心从头顶轻轻掠过，飞了出去。他毕恭毕敬地望着她，去年在橄榄林看到她的身体时他也是这样如见天人一般。不过那时莉娜只属于她自己，当时她气鼓鼓地用手挡住了身体。今晚的莉娜则属于卡斯托斯，她只想一览无余地把自己呈现在他的眼前。

莉娜也毫不犹豫地脱下了卡斯托斯的T恤。他们终于赤诚相见，紧紧地拥在了一起。

记忆是一件很有趣的东西，它有时会撒谎。不过在今晚，月光下一丝不挂的卡斯托斯比圣托里尼水池中的卡斯托斯更性感。自那次之后，莉娜幻想了无数次他的身体。此刻，幸福溢满心间，从头到脚，连手指尖都幸福无比。莉娜不由得想起了一句她很喜欢的歌词：

穷尽一生，只为等待这一刻的自由。

卡门打算和杰西、乔一起烤曲奇。在上班的路上，她兴致勃勃地顺道去超市买了奶油糖条和彩虹碎糖粒，这似乎是尽职尽责的好保姆应该做的工作。

可现在，临到要上阵时，她的兴致似乎一下子全消失了。

“杰西宝宝，轻点，只用轻轻磕一下。”她可怜巴巴地求他。

杰西点点头，拿着鸡蛋对着金属碗的边缘狠狠撞了一下，顷刻间，无数块蛋壳碎片滑落下来。他还抬头望着她等着表扬呢。

“呃，也许应该再轻一点。下一个鸡蛋还是我来打吧——”

话音刚落，杰西已经拿着第二只鸡蛋撞上了碗的边缘。

“啊——”乔向彩虹碎糖粒扑过去，大嚎了一声。

“乔，我知道你想玩彩虹糖，不过你妈妈肯定不会——”

婴儿的动作大多数时候都不协调，做什么都不行，可有时他们却如有神助，让你看得目瞪口呆。乔向前凑过去，伸出他的小手，从半米之外的地方抓了一小把彩虹糖，用小手攥得紧紧的。然后，他把糖抛撒在台面上，彩虹糖纷纷扬扬，到处都是。卡门顿时傻眼了。

“哦，老天。”卡门低声叹道。

“现在搅拌，对吗？”杰西兴奋地问道，鸡蛋又一次被敲得稀烂，他很满意。

“呃，也许我们应该试试——”

卡门得把面团里的蛋壳碎片挑出来，她得先把乔抱到地上。可乔硬要站在厨房的板凳上，成百上千颗彩虹糖像滚珠一般在他脚下滴溜溜地到处滚。他撒糖的动作太快，声音也着实太吵。

“哦，乔。”卡门抱怨道，她把乔从地上抱起来，抱着他满屋子跳，卡门实在怕他再撒彩虹糖。“想玩我的手机吗？”她掏出手机。她什么也不在乎了，就算他把电话打到新加坡也由他好了。“坐好。”她把乔塞到高椅子里，然后便忙不迭地从钩子上取下一把扫帚开始清扫彩虹糖。

“搅拌，是吗？”站在厨房工作台边的杰西又问道。

“嗯……是的。”卡门筋疲力尽地答道。孩子很快就会耗尽你的精力。她在这里不过才待了 15 分钟而已。

卡门听见了莫根夫人下楼的声音，她向乔奔过去，乔的嘴上、手上全是彩虹糖，她得消灭证据。

莫根夫人出现在厨房门口，她身上的职业套裙优雅高贵，卡门的眼睛都看直了。“哇哦，”她赞叹道，“你今天真优雅。”

“谢谢，”莫根夫人说，“我要去银行办事。”

“妈咪！妈咪！”乔尖叫起来。他随手就把卡门的手机扔到了厨房对面，然后张开双臂要妈妈抱。

不要！卡门在心里警告道。但是，由于母性的力量，莫根夫人不可避免地扑向了她的宝宝。她把乔抱了起来。

“妈咪！ 看这里！ ”杰西喊道。

“你在做曲奇吗？”莫根夫人问道，看她那兴奋的神情活像杰西获得了诺贝尔奖似的。

“是的！ ”杰西兴高采烈地喊道，“尝尝！ 尝尝！ ”

莫根夫人对着碗看了看。

“求你了，妈咪？ 这是我做的。”

莫根夫人正在犹豫的时候，卡门看到乔把脑袋埋在妈妈的腋窝里。卡门亲眼目睹了整个过程。莫根夫人黑色套装的翻领上留下了一道长长的鼻涕印，就像鼻涕虫刚刚爬过似的。可莫根夫人毫不知情，卡门也不忍心告诉她。

卡门突然想到了妈妈的工作服——华达呢裙，卡门的鼻血流到上面了；斜纹软呢运动夹克，卡门把蓝色的指甲油洒到上面了。

“妈咪，曲奇很好吃的！ ”杰西把勺子塞到妈妈的嘴边。

莫根夫人望着蛋黄上颤动的蛋壳碎片，仍然面不改色地微笑着。“等烤好了会更好吃。”她说道。

“求你了？ ”杰西死磨硬缠，“这是我做的！ ”

莫根夫人凑上前去尝了一小口。她点头赞许：“噢，杰西，真是美味啊。快烤吧，我都等不及了！ ”

卡门疑惑地看着莫根夫人。卡门自己会愿意尝这种恶心的东西吗？克里斯蒂娜会愿意吗？这个问题一闪现在卡门的脑海里，答案随之就跳了出来。是的，克里斯蒂娜会愿意尝的。她不但会，而且她已经尝过了。

在这一刻，卡门明白了母亲们的心情。莫根夫人尝这些蛋壳并不是因为她想尝，这只是因为她爱杰西。一想到此，卡门便莫名其妙地感到欣慰。

Lennyk162：卡门！你在哪里？你的手机怎么了？我给你打了一整天的电话！我好想和你说话！

Carmabella：电话坏了。我马上回来。

蒂比打了布莱恩家里的电话，这真是破天荒的第一次。可接电话的是答录机，答录机的语音提示毫无个性可言，就是电脑自动生成的那种。这就好比从商店里买来一副相框，连自己的照片都懒得塞进去，就用它自带的图片。

她清了清嗓门："呃，我希望我没拨错号码……布莱恩，我是蒂比。你可以打我学校的电话吗？我很想和你聊聊。"

挂上电话后，她用拇指敲着桌子的边缘。她对布莱恩这么卑鄙，他凭什么会回电话呢？如果她是布莱恩，她肯定不会回。就算她回了，那也肯定只是为了回骂对方是个不要脸的混蛋。

她又拨通了电话，又听了一遍语音提示。"布莱恩？还是我，蒂比。呃……我还有一句话……嗯，其实是最主要的一句话——对不起，我真的很抱歉。我感到无地自容……"蒂比望着窗外，突然意识到自己正在对着一部毫无个性的答录机吐露心声。她真是有病。她这几天极度缺少睡眠。如果这个号码是错的怎么办？如果布莱恩的妈妈和继父听到这条留言怎么办？她迅速挂上了电话。

可是等等。她脑子进水了吗？想想她以前是怎么对布莱恩的？她怎么能这么懦弱，连道歉的话都不敢说完呢？她怎么能说到一半就挂电话？难道她真的在乎他妈妈和继父怎么想吗？还有什么能比友谊更重要？

蒂比低下头盯着自己的脚。脚上是一双象头皮鞋。身上穿的还是格子花纹睡裤和泳衣上装，因为她所有的衣服都穿脏了没洗。而且，她的腰上还系了条毛巾，因为宿舍里的空调太冷了。她几天都没洗澡、出门了。在这里，她到底还需要维护什么尊严？

蒂比又拨通了号码："布莱恩？还是我，呃，蒂比。我很想对你说对不起。真对不起，我找不到任何理由来逃避。我希望能有机会亲自向你道歉。而且，我也想告诉你，呃，我在拍电影——是一部新的，不是以前的那部。星期六3点会在这里的礼堂试映，我知道你不会来。"她停下来喘了一口气。她刚才说得太快，像疯子一样，"如果我是你，我很可能不会来。不过假如你能来，我会很开心，这对我太重要了。"她挂上电话。这是不是太奇怪了？布莱恩全家会不会反感她，甚至给她下发"禁止令"？

她又打了一遍电话。"打这么多遍电话，真对不起。"她一口气说完，然后飞快地放下话筒。

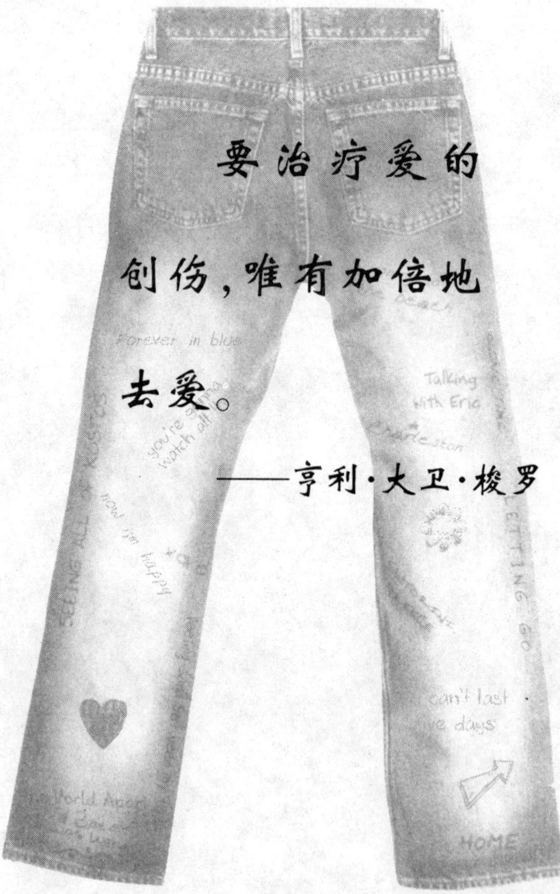

要治疗爱的

创伤，唯有加倍地

去爱。

——亨利·大卫·梭罗

星期五的晚上，布丽奇特跑了一万多米，她沿着河边的大拐弯一路跑，到了比利以前住的老房子。也许他现在还住在那里。

布丽奇特的身体正在变化，她可以感觉得出来。虽然没有完全回到以前的状态，但差不多已恢复了十之八九。她的大腿和腹部又恢复了结实紧致，甚至还长出了肌肉。她的头发也恢复了金色。一个人跑步时她会把棒球帽脱下，不然会太热了。暖烘烘的夜风吹来，金发随风飘扬。

她顺道去格蕾塔家把足球拿出来，然后便直接跑到了足球场上。这已经成了习惯，她晚上差不多都会借着灯光一个人踢球。

"吉尔达！"

布丽奇特回头看见比利正向她走过来。他很可能正准备去参加派对，也许那里的女孩都喜欢和男孩子调情。

"嗨。"她上气不接下气地招呼道。谢天谢地，踢球的时候她总算记得重新戴上棒球帽。

"我以为你再也不踢球了。"

"我又开始了。"

"哦。"他看了看她，又看了看足球。他和她一样爱足球。"你要踢球吗？"

她微微一笑:“当然。”

没有什么能比一个帅气的对手更让布丽奇特的肾上腺素激增了。她飞快地奔跑,足球始终都在她的脚下。她左突右冲,拔脚射门,只听见身后传来比利的惊叹声。“好球。”他赞叹道,然后他们又开始了新的一轮。

曾经驰骋绿茵场的那个“小蜜蜂”似乎又回来了。布丽奇特只要想征服对手,她就有使不完的力气。今晚,她连灌了比利5个球。

比利气喘吁吁地坐在球场中间捂着脸。“我的天!”夜风中他低吼道。

布丽奇特的得意之情溢于言表。她在他身旁坐下来:“你穿着牛仔裤呢,踢球不大方便。”

他放下手直勾勾地盯着她。几个星期以前他也有这种见到鬼似的表情。他眯缝着眼盯着她:“你是谁?”

布丽奇特耸耸肩:“什么意思?”

“你是易了容的米娅·哈姆[①]或者还是什么别的‘铿锵玫瑰’乔装打扮的?”布丽奇特大笑着摇了摇头。

“我是我们球队最优秀的!”他沮丧地冲着她嚷了起来。

布丽奇特又耸耸肩。她能说什么呢?她可是在绿茵场上打击男孩子的老手。

“你让我想起了我以前认识的一个女孩。”他对着草地陷入了沉思。

“是吗?”

“她叫布丽奇特,在我7岁以前,她是我最好的朋友。她曾经打得我满地找牙,不过我不介意。”

他的眼神变得生动而亲切。虽然他骄傲,但绝不是那种小肚鸡肠的男人,这一点不得不让布丽奇特刮目相看。她真想告诉他自己就是布丽奇特。这种游戏她已经玩得要吐了,她再也不想把头发塞到棒球帽里了。

---

① 美国女足前锋,出生于亚拉巴马州。5岁开始踢足球,15岁时便入选了国家队,在国际比赛中总共打入158粒进球,并两次当选国际足联足球小姐,帮助美国队赢得了两次奥运会冠军和两次世界杯冠军。

布丽奇特发现比利正盯着她的腿。也许她不是美女，但她知道她的美腿又回来了。一连跑了5个星期后(更不用说晚上还练球)，她的腿晒成了小麦色，肌肉匀称紧实。比利的眼神不是惊艳，也不是欣赏。事实上，他还有几分慌乱。他清了清嗓子："我，呃，我得走了。你明天5点会在这里吗？明天是联赛的倒数第二场，你知道的。"

布丽奇特本来打算拍拍他的肩，可最后她并没有像老友一样拍他的肩。手违背了她的初衷，只是在他的肩上一刷而过。碰到比利的时候，布丽奇特的手指抖了起来。比利看了看自己的肩，又回头看了看布丽奇特。现在他似乎被弄糊涂了。

"我会去的。"布丽奇特承诺道。

布丽奇特轻手轻脚地进门，看见客厅里闪烁着电视屏幕的蓝光。她踮起脚尖走进去，对格蕾塔说了声"晚安"，但格蕾塔的脑袋歪在一边，已经倒在扶手椅里睡着了。她前面的茶几上还搁着一张托盘，里面赫然是吃了一半的晚餐。星期五是她看电视的日子。布丽奇特望着她不由得心酸起来。她的生活太单调太乏味了，完全没有一丝波澜。布丽奇特受得了这样无聊的生活吗？

她不禁想起了玛丽。玛丽的生活从来都不会单调乏味。和玛丽在一起，每一天醒来都会是新的一天，每时每刻——无论是好是坏——都会让你刻骨铭心。难道她的结局就是轰轰烈烈的终点吗？

玛丽曾在这间客厅里为约会梳妆打扮过无数次，格蕾塔也在这里守着电视终日昏睡。站在这里，布丽奇特不得不心生恐惧，到底是选择轰轰烈烈地死还是单调无聊地活？

Tibberon：莉娜，我真为你和卡斯托斯感到高兴。不过千万别告诉我你们做那事了。我可真受不了这种刺激。

Lennyk162：没呢，蒂儿。别瞎担心。不过我不想骗你。我倒是很想来着，也许很快就会做了吧。

夜已深。卡门今天从下午到晚上一直泡在莉娜家。现在她满脑子里想的都是情啊爱啊——都是莉娜害的。虽然莉娜的爱情听起来挺刺激的，但卡门却心生恐惧。她们离亲密无间的童年越来越远了。

卡门回到家时，突然间思绪万千起来，她前思后想，越想越伤感。就在这一刻，她想妈妈了，虽然克里斯蒂娜睡在另一间房里，但卡门仍然渴望妈妈的怀抱。

卡门穿上宽松的T恤，刷牙，然后偷偷摸摸爬到妈妈的床上。虽然她们最近有了嫌隙，但这张床仍然是世界上最柔软的地方。克里斯蒂娜翻身搂过卡门的脑袋。往常在这个时候，她都会抚摸卡门的后背，但今晚卡门不敢迎上前去和妈妈亲近。她觉得自己不配。

“妈妈？”

“嗯？”

卡门吸了一下鼻子：“我有话要告诉你。”

“好的。”克里斯蒂娜很可能早就等着这一刻了。

“记得那个星期天吗？那时你和大卫还在恋爱，但你以为他整天都没给你打电话？”

克里斯蒂娜回想了一下。“记得。”她说道。

“嗯，他其实给你打电话了。我当时反复听那条留言，可不小心又有一条新的留言进来把它给删了。我早就该告诉你实情，可我没有。”

从克里斯蒂娜的表情来看，她生气了，但不是暴跳如雷的那种：“你这样做很卑鄙，卡门。”

“我知道，对不起，对不起，妈妈。我不该说那么多尖刻的话，我不该让你生气，对不起。”

克里斯蒂娜点了点头。

“我不该毁了你和大卫的感情，我很后悔，真对不起。”卡门的眼里满是泪水，“我也不知道为什么要这样做。”

克里斯蒂娜还是一言不发。她知道怎么对付卡门的谎言。

“好吧，我知道是为什么。我只是太害怕了，我怕你不会再爱我。”

妈妈靠近她，抚摸着她的头发。“你错了。不过这不是你一个人的错。”克里斯蒂娜缓缓说道，“我也有错。我让这段感情发展得太快，我几乎快忘形了。”克里斯蒂娜的眼睛紧盯着卡门的脸，“不过你得听我说，卡门。我对你的爱永远都不会停止。”卡门的一颗眼泪滴在手肘上，接着浸入了床垫：“我可以问你一个问题吗？”

“当然。”

“这么多年来，你是不是一直都想有一个像大卫这样的男人？你知道，这么久你只和我在一起，你是不是很寂寞？”

“噢，不，不。”她亲热地拍着卡门的脑袋，好像把她当小孩似的，“做你的妈妈，我一直都很开心。”

卡门的下巴开始颤抖起来：“真的？”

“比什么都开心。”

“哦，”卡门哆哆嗦嗦地笑了，“做你的女儿，我一直也很开心。”

她们一起翻身仰卧望着天花板。

“妈妈，你想要什么？”

克里斯蒂娜思忖片刻：“恋爱的感觉很美好，不过完全沉醉其中真的很可怕。我也不知道自己是否需要爱情。”

“唔……”卡门盯着墙上的裂缝。

“你呢，宝贝？你想要什么呢？”

“嗯……”卡门扬起手臂，伸直手肘。她盯着自己停在半空中的手，“我想想，我不要你管着我，但不要你忽略我。如果我上大学了，我要你想我，但不要你难过。我要你永远不变，但不要你孤独寂寞。我想离开你，但不要你离开我。这真的很不公平，不是吗？”

克里斯蒂娜耸耸肩，“你是女儿，我是妈妈。我们之间没法公平。”她大笑起来，“我以前天天给你换尿片，这样的债我没法要你还。”

卡门也笑了起来。

“哦，还有一个愿望，”卡门翻身滚到一边和妈妈相对，“我要你快乐。”

她对着妈妈的脸一字一顿地说出来。她扑到妈妈的怀里，克里斯蒂娜开始抚摸她的后背。

布布：

我把这条充满了爱和魔力的牛仔裤寄给你。我现在生活在另一个世界里，我知道你会懂的，布布，因为你也生活在这个世界里。我并不是指我和卡斯托斯的爱情，尽管我现在明白了爱的美妙。我的意思是，在经历了种种可怕的伤害之后，请尽情地享受无穷无尽的快乐吧。现在的我快乐到了极点，快乐得让我有些害怕。

不过我知道你会陪着我，布布。我一直都希望我能像你一样勇敢。

爱你的莉娜

以前的思念盼望已经够难熬了，可现在几乎让人生不如死。无论是醒着还是睡着，莉娜心里想的都是卡斯托斯，她的思念太多太重，时间不堪重负，只得减缓脚步。她的幻想没有穷尽，时间越走越慢。

她的心已飞向别处，飞向相聚的时光。这正是曾经的她拼命要避免的结果。但现在莉娜终于明白了，也许这就是爱的代价。星期一接到他的电话，莉娜的电话几乎要烫得烧着了。她情愿听一个小时他的呼吸声，也不愿挂电话。

星期二接到他的电话，莉娜哧哧笑了一个半小时，她不得不开始怀疑真正的莉娜是不是被锁到什么地方的衣柜里去了，也许现在嘴上还被人封着胶布呢。

星期三他没打电话。等到星期五接到他的电话时，他的声音变得不对劲了。听起来死板板的，莉娜差点没听出来是他。“恐怕我这个周末不能来了。”

她突然一阵眩晕：“为什么？”

“我——我也许得回去。”

“回哪里？”

“希腊。”他说。

莉娜着急了：“你爷爷没事吧？”

他沉默了一会儿：“没事，他挺好的。”

“那为什么？回去有什么事？”她的反应太强烈了。她对着他大叫起来，好像猫咪对着蟑螂“咪呜”一般。莉娜真希望她能控制自己。

“家里有一些其他的事要处理，”他缓缓说道，“等我掌握了事情的进展情况之后会再解释。”卡斯托斯不想莉娜再问下去了。

“是不好的事吗？一切都会好的吧？”

“希望如此。”

她的大脑开始疯狂地帮卡斯托斯编造种种可能但又不至于让自己悲痛欲绝的借口。

“我得挂电话了，”他说，“虽然我还想和你聊下去。”

别走！莉娜恨不得对着他大喊。

“我爱你，莉娜。”

“再见。”她无奈地说道。

他不能回希腊，不然她会死的！她何时才能再见到他呢？到目前为止，支撑着她唯一的信念就是等到星期五见他。

她讨厌分离。不确定。无奈。莉娜本来将她的生活之路计划得井井有条，可卡斯托斯却在上面撕了一个巨大的洞。现在，这条路在距离终点只有几米的地方戛然而止。

艾菲站在门口。她的脚上穿着跑鞋。“你没事吧？”她问。

莉娜摇了摇头。她艰难地强忍眼泪闭上双眼。

艾菲走到她身边：“到底怎么了？”

莉娜耸耸肩。她用尽全身的力气颤抖着说：“我觉得，被卡斯托斯爱太痛苦了，我情愿他不爱我。”

“您的外孙们以前来过这里，是吗？”布丽奇特吃早餐时问外婆，当然，她没忘记戴棒球帽。

外婆一边吃吐司一边说：“噢，是的。每年夏天都会来，不过等到他们7岁左右之后，就再没来过了。在他们5岁之前，我每年冬天还会去北方照顾他们6个星期。”

“后来为什么不去了呢？”布丽奇特试探地问道。

“因为玛丽不让我去。”

“为什么？”

格蕾塔长叹一声：“那时我们的关系急转直下。我觉得她是不想任何人参与她的生活过多，尤其是我。我在教育孩子方面有太多想法，她和弗朗兹都不想听。”

布丽奇特点了点头：“真让人难受啊。”

“噢，亲爱的，”格蕾塔坐在椅子中晃了一下，“你没法明白这到底有多难过。玛丽爱她的孩子，但她太累了。她给孩子们做完午饭后便累得要上床睡觉。等到孩子们八九岁时，我估计她吃完早餐就得睡觉了。她把脏衣服收拾到一半就累得够呛，只得把它们留在洗衣机里放上几天等弗朗兹处理。”

布丽奇特托着腮。窗外的天空乌云密布，厨房顿时暗了下来。她记得妈妈从下午到晚上都躺在床上。她记得妈妈不愿意给自己扣凉鞋，有时自己把头发弄乱了，妈妈会生气沮丧。布丽奇特学会了不把脏东西泼到衣服上，因为父母很久才会洗一次衣服。

“他们后来……为什么不来了？我指的是孩子们。”

外婆把手肘重重地压在桌上：“老实告诉你，我想这是因为我和弗朗兹有矛盾。我知道玛丽的精神有问题，我一直都很担心她。可弗朗兹并不这么看。我跟他说玛丽需要看医生，他说不。我说玛丽需要吃药，他还是不同意。我猜他肯定很讨厌我，所以他把孩子们带走了。他不许我给他们打电话，也不许我再找玛丽。可我怎么放得下啊！”

布丽奇特发现格蕾塔的嘴唇不住地颤抖。她温柔地拍了拍外婆皱巴巴的手。

“我的担心是对的，真的，因为——”

布丽奇特猛地站了起来，身后的椅子险些被她撞倒：“我得上楼干活了。对不起，格蕾塔，我刚刚想起来，我得走了。”

她头也不回地上楼了。一上到阁楼，第一件事就是找她藏起来的纸箱。无数次在梦里，她发现自己变成了潘多拉，这只纸箱成了一个可怕的大黑洞，她在这边，童年在那边。只要翻开箱盖，她就会被吸进去，连骨头都不剩。

布丽奇特躺在床上，窗外一场大风暴正在酝酿之中。她睡了一会儿，醒来后又盯着纸箱。天阴沉得可怕，她几乎可以感觉到气压计上的数字正在飞速下降。

蕾丝窗帘在风的吹动下如翻飞的翅膀。灰色天空的气场太过强大，似乎把地板也染成了灰色。她爱这间房，这里比其他任何地方都让她觉得更像一个家。但是，这里有一只纸箱。窗外黑云压城，她不由得看了半晌。布丽奇特走到纸箱前打开了它。现在是了结的时候了。她得向自己证明这一点也不可怕。此时不打开，更待何时？她得知道故事的结局。

最上面一层大半是快乐家庭的照片。那时的玛丽和弗朗兹刚刚生了金发双胞胎。他们在车里，在动物园里，在所有人们经常拍照的地方。最让她心动的是和外公外婆的一张合影。布丽奇特骑在外公的脖子上，旁边是格蕾塔，照片上的阳光很强烈，她眯着眼咧嘴大笑，嘴边还有黏糊糊的橘色冰棍汁。看到小蜜蜂足球队的照片时，布丽奇特笑了。照片上的她头发和男孩一样短，还紧紧搂着比利·克莱恩。纸箱中间一层装满了她和佩里做的各种手工作品，还有一大堆佩里的漫画书，都散架了。她把这些书扔到一边。

再下面一层是他们 7 岁之后的照片，那时她和佩里就再也没能来亚拉巴马了，这些照片肯定是玛丽寄给外婆的。照片上的布丽奇特和佩里穿着严肃的校服，从三年级到五年级的照片都有。还有一张照片是四年级结束后的夏天九月姐妹们拍的一张傻乎乎的合影，看了让人忍俊不禁。蒂比还缺着几颗牙。布丽奇特戴着庞大的牙箍，两边有细细的橡胶带绑在门牙上。卡门效仿詹妮弗·安妮斯顿的发型，不过这种发型不适合她，使她显得邋遢，丑得令人发指。就莉娜看起来正常点，不过莉娜一贯如此。

最后一张照片让人心碎。从照片背面的日期来看，布丽奇特知道这是在妈妈自杀前的 4 个月时拍的。布丽奇特猜妈妈把这张照片寄给格蕾塔只是想证明她很好，可是如果多看一分钟，假象顿时便会残忍地四分五裂，照片上的玛丽骨瘦如柴，面色惨白，活像几个月都没见过光似的。她坐在公园的长椅上姿势生硬，和以前在西尔斯照相馆拍照时摆的姿势一样。她的笑容脆弱勉强，嘴角似乎几个月都没有上扬过。

布丽奇特深爱那个颠倒众生、光彩照人的玛丽，不过这个女人才是她记忆中的母亲。

布丽奇特站起身来。她坐立不安，腿不由自主地四处踱来踱去。天黑得伸手不见五指，她按下电灯开关，没有反应。看来风暴来势汹汹，连电都停了。

布丽奇特下楼找格蕾塔。格蕾塔正拿着手电筒蜷缩在厨房的一角，这让她深感意外。

“您没事吧？”布丽奇特问道。

格蕾塔的脸上全是汗：“我的血糖升高了。可现在这么黑，我没法注射。”布丽奇特来不及多想便赶上前去帮忙。“我帮您拿手电筒。”她说道。

她举着手电筒，屏声静气地盯着格蕾塔举针扎入皮肤。突然，布丽奇特手里的灯光颤抖起来，光在房间里到处乱窜。她的手抖得太厉害了，她的手一松，手电筒“啪”的一声摔落在地。布丽奇特的整个身体都抖了起来。“对不起，”她大叫一声，“我去捡。”可是，她脚下一滑，跪着摔倒在房间中央。

“亲爱的，没事，我去捡。”格蕾塔安慰她，但布丽奇特几乎什么都听不见了。

布丽奇特挣扎着想站起来，可她的脑袋、眼睛都不听使唤。她的目光涣散，找不到焦点。她惊慌失措，觉得自己没法停下来。她冲出侧门，直奔后院。外婆在身后大声叫她，但她管不了这么多了。她必须得不停地走。她在瓢泼大雨中走过几个街区，最后来到河边。她沿着河边熟悉的小路一直走。走路还是太慢，于是她开始奔跑。河里的水涨了，河水一波一波地拍打着堤岸。布丽奇特泪如泉涌，泪水和雨水混在一起，滴落在地。雨越下越大。突然间，她脑海里冒出了“三角”汽车公司长途车的座位下的雨衣，那件雨衣离她而去，把她一个人抛在这里。

她一口气跑了很远很远，最后终于筋疲力尽，瘫倒在地上。她躺在湿滑泥泞的堤岸上，回忆如潮水般涌来，她无法控制。

最先出现的是妈妈白里透蓝的皮肤，上面扎着一根针。然后是头发，长长的金发，如扇子般铺在地面上。接下来是妈妈死寂的脸，无论布丽奇特怎么用尽力气尖叫她都一动不动。布丽奇特拼命尖叫，妈妈的脸纹丝不动，无论布丽奇特怎么摇她也一样无济于事。她不停地尖叫，把嗓子都喊哑了，直到后来有人把她拉走了。

故事就是这样的。这就是真正的结局了。

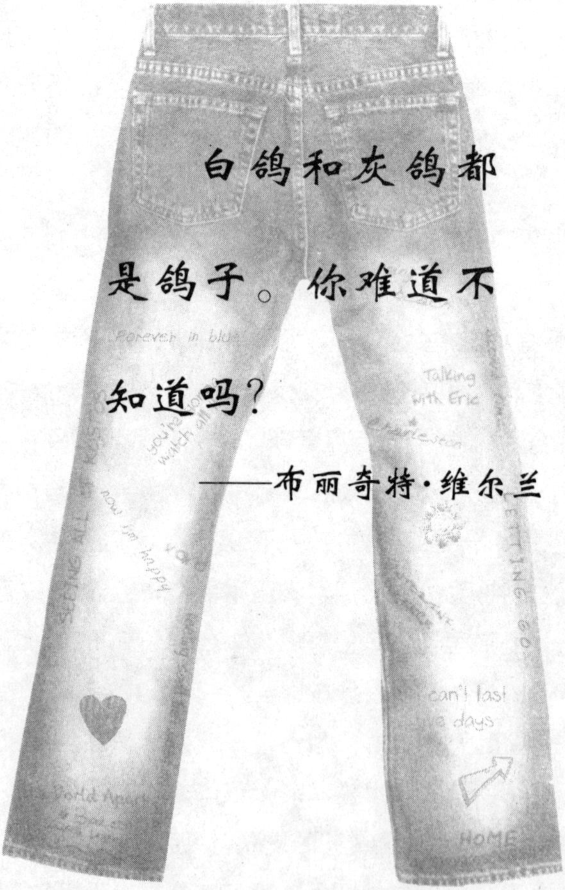

白鸽和灰鸽都是鸽子。你难道不知道吗？

——布丽奇特·维尔兰

等到太阳快要升起的时候，布丽奇特挣扎着走回家了。她从侧门进屋，木然地走到楼上的浴室。她把水开得很大，洗了一个长长的热水澡。然后，她用毛巾裹住身体，在架子上拿了一把梳子，又下楼走到厨房。她倒了一大杯水，独自坐在黑暗中。

她疲惫不堪，昏昏欲睡。她觉得自己要死了。

楼梯上传来了脚步声，外婆跟在她身后也进了厨房。外婆坐在她对面。她什么也没说。

过了一会儿，格蕾塔拿起桌上的梳子站了起来。她走到布丽奇特身后，开始帮她梳理湿漉漉的头发。她的动作轻柔缓慢，将发梢打结的头发一点一点梳开，简直就像专业的发型师。布丽奇特轻轻靠在外婆的怀里，她想起来了，很久以前，格蕾塔有很多次都这样帮她梳头，她的动作总是这样轻柔缓慢。

布丽奇特闭上双眼，慢慢回忆这间厨房里曾有过的其他画面。外婆以为布丽奇特睡着了，她轻手轻脚地清理麦片碗；布丽奇特患上了支气管炎，外婆用勺子给她喂止咳糖浆；外婆教布丽奇特玩拉米牌，布丽奇特耍诈她佯装不知。

等到布丽奇特的头发完全梳整齐变得光滑柔顺时，太阳已经升起来了，灿烂的阳光洒在布丽奇特绸缎般的金发上。格蕾塔吻着她的头顶。

"您知道我是谁，是吗？"布丽奇特心虚地问道。

她的头皮可以感觉得到格蕾塔正在点头。

"您知道很久了？"

外婆又在点头。

"一直都知道？"布丽奇特问。

"第一天不知道。"格蕾塔答道。如果布丽奇特知道她的计划全盘落空了，她肯定会难过的。外婆不想她难过。

布丽奇特点点头。

"你是我最亲爱的布布。我怎么会看不出来呢？"

布丽奇特想了想，是啊，也有道理。"我染了头发您也看得出来？"

"你就是你，无论头发怎么变，你还是你。"

"可是您什么也没说。"

格蕾塔耸了耸肩："我想我还是依着你比较好。"

布丽奇特又点了点头。这倒是挺明智的，格蕾塔太聪明了，她总是能猜透布丽奇特的心思，她一直都这样。

布丽奇特披着一头如缎的金发爬回到床上，她脱下衣服，心底深感欣慰。她一点一滴地回忆着那个似乎不爱她的妈妈，可就在这时，那个爱她的妈妈突破层层迷雾，甜蜜的回忆汹涌而至。

整个 8 月中旬，莉娜的生活都很有规律。她早睡早起，有时会去上班，有时也会吃饭。她和卡门见面，听卡门说话。她和蒂比也拘谨地聊过几次。还有一次布布打电话给她，不过她不在家。莉娜喜欢和朋友分享好消息，坏消息她只会埋在心底。

卡斯托斯回希腊去了。他没有说为什么。莉娜问卡斯托斯她是不是做错了什么，卡斯托斯一下子慌乱起来。这几天来，他的声音第一次失去了镇定。

“不，莉娜，当然不是。你怎么都不可能做错事。”他激动地说，“遇到你，是我这辈子最大的幸运。亲爱的，千万不要胡思乱想了。”

可莉娜还是没法相信。

他一再保证，只要有时间他便会写信、打电话。可莉娜知道他不可能经常打电话。国际长途太贵了，他的爷爷奶奶是没法承受的。卡斯托斯在伊亚的家甚至都不能上网。

所以，只有等信了。等信是一种惨无人道的折磨，其痛苦程度超乎任何人——包括卡夫卡——的想象。

“也许我应该——”这 5 个字在莉娜的脑海里盘旋过无数次。可是，她还能怎样？不再爱他吗？不可能。不再关心他吗？不再盼望再次见面？她已经试过一次，那次已经痛彻心扉，她哪里还敢再试？

“莉娜，你没事吗？”早上吃饭时妈妈问她。

是！我有事！

“我没事。”莉娜答道。

“你瘦了。我真希望你能对我说实话。”

莉娜也想这样，但这不可能。长久以来，她们犹如两条平行线，中间隔着一条巨大的鸿沟，在尤金事件后她们之间的隔阂变得更大了。莉娜很难想象妈妈会突然拥抱她、安慰她。

Carmabelle：蒂儿。我今天看见布莱恩骑自行车了。我还差点碰到了他。他现在变得英气逼人，真是太帅了。我不是跟你开玩笑。

Tibberon：你开玩笑，要不就是认错人了。

Carmabelle：我没有。

Tibberon：就是。

布丽奇特又想跑步了。她想奋力狂奔，跑上一万来米。几天以来，她一直足不出户。她穿着外婆的拖鞋在房间里转悠，外婆给她做柠檬水，抚摸她的后背。她很久没有像这样享受过母爱了。

往常她只要夜里睡 12 个小时，她的心便会分崩离析，但在这几个晚上，她夜夜美梦香甜，一颗心似乎正在一点一点地复原，仿佛获得了新生。

她拼命地洗头，一连洗了四次，她看着最后一丝淡淡的棕色颜料缓缓流进下水道。然后她穿上了跑鞋。

室外的空气比以往更凉爽，她很快就调匀了呼吸。现在她身轻如燕，感觉美妙之极，感觉似乎刚刚扔掉了一床黑漆漆的厚毯子。

经过暴风雨的洗礼，河里的水满得快要漫出来了。路上仍有泥泞，有时脚会陷进去，她只得放慢节奏，但步伐仍然稳健。今天她可以跑上几百万米，不过她决定等跑完八千米就回家。路边的树郁郁葱葱，亭亭如盖，树枝都长到河边了。木兰花树披满硕大的叶子，直冲云霄。每块岩石上似乎都长满了厚厚的一层青苔。

“嗨！”

“嗨！”这个声音喊了她两次，她才意识到是喊她的。

她放慢脚步，微微转身看了一眼。

是比利。他在远处长满青草的河岸边向她挥手。原来他就住在附近。此时布丽奇特如果踮起脚尖，应该可以看得到他的家。

比利走了过来。他看到布丽奇特的头发时惊艳了一下。

布丽奇特摸了摸自己的头，这才想起她没有戴帽子。不过，现在有这个必要吗？

“你看起来……大不一样了，”他一边说，一边仔细打量她，“你染了头发？”

“没有，我只是……把染发剂洗掉了。”

比利大吃一惊。

"我的意思是，这才是我的本色。"

他的眼中闪过一丝兴奋。他似乎在回忆着什么。

"你肯定知道我是谁，比利。"她说。

"我知道？"

"我不叫吉尔达。"

"不。"

"不。"

他在绞尽脑汁地回忆，布丽奇特看得出来。

"我也不叫米娅·哈姆。"

比利哈哈大笑。他又看了她一会儿。"你是布布。"他最后说道。

"是的。"她说。

比利笑了，他的笑容里有惊喜，有快乐，还有迷糊："谢天谢地，整个布吉斯在球场上能打得我满地找牙的女孩仍然只有一个。"

"只有一个。"她说。

比利拍了拍前额："我早就知道是你了。"

"我就知道是你。"

"是啊，呃，看来我装得不像，是吧？"

"是啊，而且你一点没变。"

"你的样子……"他斟词酌句，"和小时候一模一样。"他最后说道。

"这真是太有意思了。"她说道，突然一阵眩晕。

他们开始沿着河边漫步。

他一边走，一边偷偷看她。"你为什么要用假名？"他终于忍不住问了。

这个问题问得好。可布丽奇特现在却不知该如何回答了。"我妈妈去世了，你知道吗？"这不算回答，不过布丽奇特需要比利明白这一点。

比利点了点头："我们这里为她举办过悼念仪式。我那时还想你会来参加的。”

“我不知道这件事。不然我肯定会来。”

他又点头。她知道自己留下了一大堆的问题，不过别人如果知道你母亲去世了，他们便不会再追问。

“我经常想到你。”比利说。布丽奇特从他的眼神可以看出来，他并非虚言。“我真的很难过。我的意思是，为你的母亲而难过。”

“我懂。”她截过话头。

他们并排走着，比利的手偶尔会轻轻碰到布丽奇特的手。在这以前，他们的话题只限于足球。直到现在，他才把她当做正儿八经的朋友，他需要好好了解她。

“我想回来再看看这里，”沉默了半晌后她解释道，“我想看看外婆，听听妈妈以前的故事，不过……我不想……做任何承诺。我想是这样吧。”

比利似乎深表理解，虽然布丽奇特也不能肯定。

“我的心境和以前大不一样了。”她又加上一句。

她喜欢比利小心翼翼地看着她的神情，不过她现在要改变这种气氛了。

“你们上次和迪凯特队打得怎么样了？”她问道。现在她又成了以前的那个小蜜蜂，她故意拉长音调，她的亚拉巴马口音很有趣。

“我们输了。”

“哦，太糟糕了。我还以为星期六下雨比赛延期了呢。”

“我们是星期天打的，”他说，“1 比 3，输得很惨。队员们都说是因为你不在。”

布丽奇特微微一笑。她喜欢这个理由。

“我跟他们说我会请你做我们的正式教练。”

“怎么个‘正式’法？”

问得好。“每场比赛都不许缺席，教练大人。”他说，“而且你还要来参加训练。下周是我们这次联赛的最后一轮。”

“我一定来。”她保证道。

走到道路的尽头，他们就该分道扬镳了。布丽奇特转身时，比利抓住了她的手。他紧握了一下，但并没用力，然后便放手了。

“布布，你能回来真好。”

蒂比必须得离开宿舍。她已经3天没见过阳光，宿舍里早已弹尽粮绝，就连从咖啡馆“顺”来的小盒麦片都被吃得一点渣都不剩了——而且还是干吃的，因为牛奶早喝光了。她可以不洗澡、不洗衣、不梳头，但不能不吃饭。

她在宿舍楼的大厅里踱来踱去，脑子里仍在想着影片的几个片断，这时却迎面撞上了布莱恩。

“布莱恩！”她大叫起来，这不是她自欺欺人的想象。千真万确，真的是他。

他微笑着。他伸出双臂准备拥抱她，可突然人近情怯，一下子变得手足无措起来。所以，蒂比迎上前去抱住了他。

“能看到你真是太——太好了。”她说。

“我收到你的留言了。”他说。

蒂比俏皮地做了一个鬼脸。

“全部都收到了。”他补充说道。

“真对不起。”

“没事。”

她满心欢喜地盯着他的脸：“嘿，你的眼镜呢？”话刚一说出口，她就意识到原来卡门说得没错。如果蒂比能够强迫自己客观一点，她就应该能发现原来布莱恩是很拿得出手的。她有一个傻乎乎的想法，“你没戴隐形眼镜吧？”布莱恩怎么能突然之间变得这么虚荣呢？全世界的人都可以爱慕虚荣，唯独他不能。如果真是这样，那这个世界可真是没救了。

布莱恩像看着白痴似的看着她。“没呢，我的眼镜破了。”他耸耸肩，“我现在看东西都是一片模糊。”

蒂比笑了。她如释重负，他们还是好朋友。

“我们一起去食堂好吗？我偷偷带你进去？”

“好的。”他说。

在大楼门口，蒂比看见了莫拉，心底里懦弱的那个她顿时占了上风。懦弱的蒂比命令自己躲起来假装没看见莫拉。她们一个多星期都没说过话了。蒂比敢打赌，亚历克斯肯定和莫拉说了她的坏话。

莫拉穿了一件皮裙。蒂比身上穿的仍然是那件格子花纹睡裤，她的背心上斑斑点点的都是墨水。布莱恩小心翼翼地望着蒂比。莫拉低下脑袋，很明显，她情愿假装大家都没看见对方。蒂比朝着心中懦弱的自己吐了一口唾沫。“嗨，莫拉，”她说，“这是我的朋友，布莱恩，我以前没有向你正式介绍过他。”

莫拉被逼得无路可走。她看了看大厅里来来往往的人。她可不能和穿睡裤的女孩聊天，这被人看见实在是丢人现眼。蒂比恶毒地想，如果布莱恩和她一样邋遢就好了，她不要布莱恩这么帅。

莫拉皮笑肉不笑地对他们笑了一下，然后绕开蒂比逃进了电梯。

之后在食堂里，蒂比倒是很想向所有人介绍布莱恩的，但天不遂人愿，她只遇到了凡妮莎。凡妮莎坐到了他们这一桌，她说等他们一回宿舍，她就给布莱恩看她的毛绒玩具。

“他很可爱。”布莱恩去帮她们拿橙汁时，凡妮莎悄悄对蒂比说。

等了8天，第一封信才姗姗而至，莉娜用手一摸就可以感觉得到这里面不会是什么好消息。它轻若无物，卡斯托斯一般都会写很长的信，但这次很不对劲，信里只有寥寥数语。

亲爱的莉娜：

我真不想写这些让你失望。我在这里遇到麻烦了。我想等我到解决方法之后再跟你解释。其实我也不想吊你的胃口，我知道这会让你很难过。

请再忍耐一段时间。

卡斯托斯

在这个冷淡的签名下面，他写了点别的什么，莉娜猜这应该是后来写的，因为墨水风干后的颜色有点不一样，而且笔迹也更奔放，像喝醉了酒似的。

"我爱你，莉娜。"他在页脚龙飞凤舞地这样写道，"我没法停止爱你。"

她淡定地看了又看，疑惑自己居然还能这样超然。这是什么意思？她看了几个小时，猜了半天，但还是想不出个所以然来。

他说他爱她。尽管她从不相信男孩子会真正爱她，但她相信卡斯托斯。他为什么说他没法停止爱她？听起来好像他在考虑不爱她，他为什么要这样呢？到底发生了什么事？他为什么不想再爱她了呢？

他爷爷生病了吗？如果是那样就太可怕了，不过就算如此，他们也没必要分手呀。如果卡斯托斯非得住在伊亚，那也没什么。她明年夏天可以想办法去那里。甚至连圣诞节都可以去。

莉娜觉得自己就像一颗坠入深井的鹅卵石。她一点一点往下掉，没有任何东西可以托住她。她知道最后将是万劫不复的深渊。虽然她被吊足了胃口，但毕竟过了这么久，谜底已不再有趣。

她只有等待，静静地等待。继续下坠。

第二封信更糟糕。

亲爱的莉娜：

我没法再爱你了，我也不希望你还爱我。真对不起。总有一天，我会向你解释一切,我只求你原谅我。

井底终于到了。她摔得粉身碎骨,但还是没觉得到了终点,她依然想不通。她只是待在井底望着天空。她知道那里肯定有一丝微弱的光,只是她现在看不见。

第二个夏天

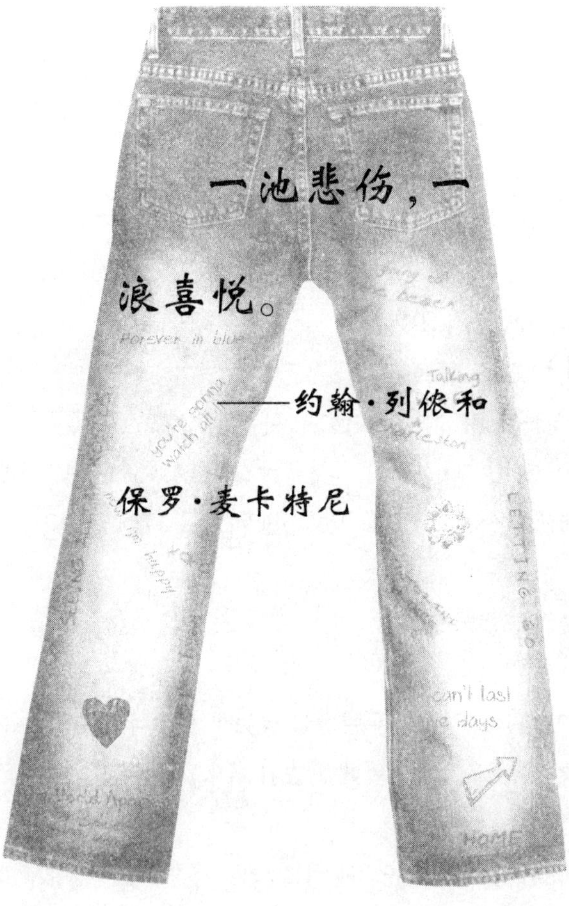

一池悲伤，一浪喜悦。

——约翰·列侬和保罗·麦卡特尼

“你好，是大卫吗？”

“是的，请问你是谁？”

“我是卡门·洛威尔。你知道的，克里斯蒂娜的女儿。”

他愣了一会儿：“嗨，卡门。我有什么可以效劳的吗？”他似乎心存戒备，摆出一副公事公办的模样。他知道卡门不可能是他和克里斯蒂娜之间的丘比特。

“我想请你帮我一个大忙。”

“好的……”

他的语气颇为牵强，似乎后面还有另外5个字——“做你的梦去”。

“我想求你今晚7点接我妈妈去托斯卡纳餐厅。我预订了位子，预订人是卡门。”

“你是她的社交助理吗？”他问道。他的语气难掩怨恨。克里斯蒂娜对他说过，求你不要再理我了，我会感激你的。

“不是，”卡门反驳道，“不过你们分手我难辞其咎，我觉得我有责任弥补。”

他又愣了一会儿：“真的？”他不敢相信她。

"真的。"

"你妈妈想见我吗？"他的声音一下子提高了，说到"我"这个字时似乎充满了无限的伤感。公事公办的口吻消失了。

"你傻了吗？她当然想见你。"事实上，卡门还没问过妈妈这个问题，"你想见她吗？"

大卫低声说："当然，我想。"

"她很想念你。"卡门真不敢相信自己居然这么口无遮拦，不过培养感情似乎比毁掉感情更有意思。

"我也想念她。"

"很好。呃，希望你们俩人玩得开心。"

"好。"

"大卫？"

"嗯？"

"对不起。"

"没关系，卡门。"

Tibberon：你最近和莉娜聊过吗？我很担心她。

Carmabelle：我给她打过电话、发过邮件，都两天了还没回音。我也担心她。

莉娜独自坐在服装店后面，她躲在挂满了女衬衫的衣架下面。她知道自己应该强作勤奋状，但今天实在做不来。她双手抱膝。她正在一步一步地失去理智。第一步是发神经，第二步便是自暴自弃。

今天她分别和蒂比、卡门聊了两次。她们都不能说些让她开心的话，这让她很生气。不过后来转念一想，这不是她们的错，这世上已没有任何东西可以让她开心起来。

刚刮的腿毛又长出来了，莉娜心烦意乱，她死命地拔小脚趾上厚厚的指甲盖,差点把它整个都拔了下来。现在也只有疼痛能让她感觉好过一点。

一个女人抱着一堆衣服走过她身边,径直进了试衣间,莉娜盯着她的背影。好吧,你买东西,我就坐在这里看着。

更衣室小得可怜,门口的窗帘并没有完全拉上。莉娜听见女人在里面摸索着噼里啪啦地放衣服。听得她心烦意乱,所以不如低头闭目,眼不见心不烦。

她听见那女人清了清喉咙,“打扰一下?”声音怯生生的,“我穿这件衣服好看吗?”

莉娜抬起头来,视线一片模糊,可那个女人就在眼前,她正站在地毯中间。她光着脚踩在地上,穿着一件灰色的水洗丝长裙,可她的身体瘦得像麻秆,裙子吊在身上空荡荡的。女人的脸在一片阴影中,她的皮肤薄得像玻璃纸。只有脖子和手上的蓝血管才让她显得有点生气。她有一双迷人的大眼睛,眼珠是灰色的,和裙子的颜色几乎一模一样。她穿这条裙子并不漂亮,但店里没什么衣服适合她,这件很可能是她穿起来最好看的。

莉娜的目光从女人的裙子上移到女人的脸上。店里虽然有很多女顾客,但到目前为止,莉娜一直都没仔细看过她们的表情。事实上,她根本就懒得看。不过现在她终于看清楚了。这个女人的脸上满是期待和渴望,她似乎在苦苦哀求一点点赞许。

女人脸上的渴望直白得没有一点掩饰。电光火石间,莉娜知道她是谁了。她就是格拉芙曼夫人。格拉芙曼夫人不认识莉娜,但莉娜认识她。她失去了她唯一的孩子贝莉。她再也没有孩子了,她不再是任何人的母亲。和她的痛苦比起来,莉娜的那点小悲小戚根本不算什么。

莉娜看着格拉芙曼夫人的脸。她知道自己应该做什么,她不再假装视而不见。莉娜站起来说:“这条裙子……我觉得穿在你身上……真是美极了。”莉娜的话轻如空气,但这是她有史以来最真诚的一个谎言。

一天下午，布丽奇特跑完步回到家后，发现家里多了一个包裹。她站在厨房的餐桌前，忙不迭地打开。

牛仔裤！它又回来了。她欣喜若狂，一阵风似的冲上楼脱下运动衣，然后再飞奔到浴室洗澡。牛仔裤是不能洗的。她虽然激动万分，但还是不敢在8月的亚拉巴马跑了几千米后试穿牛仔裤。

她擦干身体，穿上内衣，拿起牛仔裤。但愿能穿上，她在心底默默祈祷。布丽奇特套上牛仔裤，牛仔裤如流水一般毫不费力地便扯到了腰上。啊！感觉妙不可言。她绕着阁楼跑了一圈庆祝胜利。这还不够，她又冲到楼下的大门，绕着房子跑了一圈庆祝胜利。"耶！"她对着天空大声呼喊，能重新穿上牛仔裤的感觉实在是太美妙了。

布丽奇特把手放在大腿上，依稀可以感觉到卡门、莉娜、蒂比，她深爱着她们。"我没事了！"她好想大喊一声，让她们都能听见，"我现在好极了！"

布丽奇特如出膛的炮弹一般又直冲回三楼，格蕾塔不由得看傻了。

最后一只纸箱仍倚在墙角。布丽奇特一直想把它都扔掉，现在是时候了。她抓过纸箱打开它，但刚一动手便迟疑起来。纸箱的最下面有一张泛黄的小纸片，她以前居然没发现它。布丽奇特的手摸到这张纸片时，满心的兴奋顿时化作乌有。这是一张照片的背面，她用手指夹住它时才发现。布丽奇特对自己说，没事的，不管它是什么，一定会没事。

照片上是一个女孩，大约16岁，坐在布吉斯高中的楼梯上。她笑靥如花，一头金发如瀑布般披散下来，明艳动人。布丽奇特一开始以为是妈妈，她只是猜的。可后来仔细看看，她又有些怀疑。照片太旧了，不大可能是妈妈的照片。而且，脸上的轮廓和妈妈的依稀有些不同……

布丽奇特十万火急地冲下楼。

"外婆！嘿！"她大呼小叫。

"我在这里。"外婆在后院里喊道。她正在房屋后院里给小花园浇水。

布丽奇特亮出照片："这是谁？"

格蕾塔瞥了一眼:“我。”她说道。

“这是您?”

“当然。”

布丽奇特又研究了一番:“您真美,外婆。”

“有什么大惊小怪的?”格蕾塔嗔怨道,故意强装淡定,摆出一副不高兴的样子。

“没有,呃,还是有一点点。”

外婆用水管冲布丽奇特的脚。布丽奇特跳了起来,无拘无束地大笑。

等安静下来的时候,布丽奇特又谈到了照片:“您有一头金发。”

格蕾塔得意扬扬,“你以为你的金发是从谁那里继承来的,小姐?”她顽皮地问道。

布丽奇特的回答颇为严肃:“我一直以为是妈妈给了我金发。我一直以为这意味着我像她。”

格蕾塔也不动声色地凝重起来:“你有些方面的确像她——我指的是好的方面。”

“比如?”

“你和她一样热情。你勇敢,你有她的美貌,这一点自不必说。”

“您真这么认为?”这一点对布丽奇特来说无比重要,她迫切地渴望肯定。

“当然。无论你把头发染成什么颜色,这永远都不会改变。”布丽奇特喜欢这个答案。

格蕾塔关上水龙头,把水管扔到花床中:“你也有很多地方不像她。”

“比如?”布丽奇特又问道。

格蕾塔沉思了一会儿:“我举个例子吧。你走进这间屋子帮我整理阁楼。你不辞劳苦,日复一日地把东西搬进搬出。你有耐心,而且很能吃苦,我看在眼里,心里别提有多高兴了。布布,说到你妈妈,哦,愿上帝保佑她在天堂里幸福，做任何事不到一两个小时她就会失去耐心。”

布丽奇特想起来了，她记得妈妈无论是读书，还是听收音机，或者照顾孩子，都只有三分钟热度。“她太容易放弃了，不是吗？”布丽奇特问道。

格蕾塔望着布丽奇特，眼中似乎有泪：“是的，亲爱的。但是你不会。”

“外婆，我可以留着这张照片吗？”她问。她在阁楼里搜查了上千件小物品，只有这张照片给她带来了希望。这正是她要保留的东西。

Carmabelle：莉娜，请回答我，求你了。我马上来找你。

Lennyk162：不要现在来。我等会儿给你打电话还不行吗？

莉娜心如枯井，一片死寂，远处似乎传来了敲门声。门敲了两次，她才意识到声音来自于她的房门——她应该去开门。

她咳了一下：“谁？”

“莉娜，是我，我可以进来吗？”

卡门的声音是那么的熟悉，清脆悦耳，一如既往，但它应该属于地面上的世界。

“不……现在……不能。”她好不容易才说出来。

“莉娜，求你了。我真的想和你聊聊。”

莉娜闭上双眼：“以后再说。”

门还是开了，莉娜蜷缩在床上，卡门径直走到床边。

“噢，莉娜。”

莉娜强迫自己坐起来，虽然她浑身无力，骨头好像散了架似的。她用手掩住脸，但在这里的是卡门。她没必要掩饰。卡门伸出双臂圈住莉娜，紧紧地抱住了她。

莉娜将沉沉的脑袋倚在卡门的颈间，卡门的皮肤很温暖，她深感安慰，一切尽在不言中。

“莉娜。”卡门低低地喊着她的名字，紧紧地拥住她。莉娜泣不成声。

莉娜泪流满面，浑身不住地颤抖，一时间泪如雨下，卡门也陪着她一起哭。

过了一会儿，莉娜感觉好多了。现在的她不在井底，她就在这里，和卡门在一起。

“跟紧他！拉斯蒂，快！”布丽奇特在场外大叫。她穿着魔法牛仔裤踱来踱去，时而大声指挥球队，时而激情洋溢地鼓励队员，活像一名优秀的教练。她的秀发如瀑布般流泻下来，在阳光下闪闪发光，但队员们并没有多看一眼。他们只在乎她的头脑，更确切地说，他们在乎的是她的战术。上半场打完后，11 名队员围着她，个个睁大双眼，聚精会神地听她说话，几乎奉她为神明。

格蕾塔坐在几米之外的一张沙滩椅上，始终面带微笑。她一边看比赛，一边低头做字谜游戏，脑袋晃个不停。

“老天，科瑞，别在球门旁发呆。拉斯蒂，你要待在比利前面，别跑得太远。不要越位，不然就得下场了。我不管你跑得快不快。他们的右前卫奔跑不行，而且连个像样的替补队员都没有。你就应该盯着他们的这个弱点。”她重新安排了一下队员的位置，然后叫他们上场。

离下半场结束还差 8 分钟的时候，穆尔斯维尔队的右前卫终于筋疲力尽，他下场换了一个至少长了 40 斤赘肉的替补队员。布丽奇特知道时机到了。

获胜后，比利给了布丽奇特一个熊抱，把她抱得高高的。“我们赢了，教练！”他大声喊道。所有队员一起围过来，他们大喊大叫，欢呼雀跃，庆祝这来之不易的胜利。

“我们不能骄傲。”她说。话音刚落，她就意识到身为教练说这种话太扫兴了。“当我放屁好了，”她大笑道，“想怎么骄傲就怎么骄傲吧。我们准备狂扁雅典队，打他个 4 比 0。”

布吉斯队并没有连灌雅典队 4 球，不过他们还是打败了雅典队——第二天他们稳进决赛。

他们决赛的对手是从马斯尔肖尔斯市一路赶来的塔斯坎比亚队。第二天一大早布丽奇特就醒来了，她又穿上了牛仔裤。吃早餐的时候她还拿着笔记板，兴致勃勃地给外婆讲晦涩难懂的足球战术。外婆强装出饶有兴趣的样子，其实她私底下在偷看《家庭妇女期刊》上的文章。

9 点钟时，比利出现在纱门旁，脸色苍白。“我们死定了。”他说。

“怎么了？”

“科瑞·帕克斯昨晚开车和他的女友去了科珀斯克里斯蒂。”“不！”

“是的，他的女友威胁他说，如果他不开车送她去，他们就分手。”

布丽奇特怒火攻心。“噢，不，”她摇了摇头，“我一直都觉得科瑞不可靠。上次他骗我说膝盖受伤，结果跑到金多明尼公园玩去了。”

“布布，别担心，我们还有 6 分呢。”比利提醒道。

布丽奇特可没这么乐观：“呃，你知道，这不是个好兆头……”

进场半小时后，两边的人马已集结完毕，两边的观众已入席，有的欢呼雀跃，有的高谈阔论，情况似乎颇为不妙。现在的布吉斯队已沦落为和穆尔斯维尔队一样的乌合之众。布丽奇特忧心忡忡地盯着长椅发呆。两天前，一名优秀的替补队员去了奥本。塞思·莫里拉胫骨痛，他死活也不肯上场。拉森·墨菲哮喘发作，今天天气这么闷热，布丽奇特不大敢要他上场，搞不好会出人命的。万一实在不行，她会让格蕾塔披上戎装上场厮杀。

布丽奇特和比利一起踱来踱去，苦苦地思考是否还有别的选择。可是，事已至此，别无选择。

他们绝望地盯着长椅。“没希望了。”比利说道。

哨声吹响，比赛开始了。布丽奇特站在场外呆若木鸡，她的球队鱼贯入场了——总共 10 人。

塔斯坎比亚队连灌 4 球，也许是他们可怜布吉斯队，上半场结束时，比分仍保持为 4 比 0。看到这个比分，观众席上嘘声一片，大多数球迷都开始离场了。

上半场休息时布丽奇特沉默不语，她对球员们无话可说。球员的数量不够，再精妙的战术也无回天之力。

“太丢人了。”拉斯蒂愤愤不平。

队员们垂头丧气地回到球场。裁判准备吹哨了。比利蠕动着嘴唇，似乎在对布丽奇特说什么。

“什么？”她凑近大声问他。

比利的嘴唇又动了一次，然后他大力挥手，似乎疯了一般。

“什么？我听不见。”

“小蜜蜂！”他高声吼道，“我在说‘小蜜蜂’！”

她终于听清楚了。比利招手是在叫她入场。

布丽奇特会心地一笑。她来不及多想，直接就冲进场内跑到比利身边。她穿着牛仔裤和跑鞋站在球场中间，所有人都看傻了眼。

“她是我们的替补队员！”比利扯着嗓门对裁判说。裁判马蒂·吉恩正好是布吉斯回春药房的老板。“拉森的哮喘发作了。”比利加了一句，他很清楚马蒂 18 年以来一直都在给拉森发药。

马蒂点了点头。他看了塔斯坎比亚队的队长一眼。“你们没意见吧？”他问道。

塔斯坎比亚队的队长似乎觉得这一切太滑稽了。这场比赛早已成闹剧，所以谁还在乎穿着牛仔长裤的女孩站在那里呢？他耸了耸肩，点点头，似乎在说，放马过来吧。

哨声响起，下半场开始了。

布丽奇特在球场上缓缓跑着，她的腿需要先适应一下。开始的时候，她的动作还很生疏，过了一会儿之后，她感觉体内的肾上腺素越积越多，她的眼睛、思维，还有脚越来越协调，直至最后浑然一体。她顿时热血沸腾。以前的那个小蜜蜂又回来了！布丽奇特从塔斯坎比亚队前锋的脚下轻而易举地就抢过了球，她以闪电般的速度运球，三步一踢，三步一踢。

结果表明，布丽奇特虽然9个月没有踢竞技足球，但她的水平一点都没下降。而且，身上的魔法牛仔裤使她有如神助。当然，对于竞技运动来说，这条牛仔裤的裤型和面料都太出格了，但它可以让布丽奇特神采飞扬。格蕾塔的精神为之一振，她沿着场外狂奔，疯了一般地大喊布丽奇特的名字。刹那间，布吉斯队士气高涨。

布丽奇特杀气腾腾，一股凌厉的锐气直冲云霄。她出手阔绰得很，她帮拉斯蒂进了一球，帮加里·李进了一球，后来又帮比利连灌两球。她掌控了比赛的局势，像分发圣诞礼物一样给队员们奉送进球的机会。终于，比分拉平了，塔斯坎比亚队开始骂娘了，布丽奇特充耳不闻。比赛的最后一分钟悄然而至，布丽奇特飞脚亲自射入最后一球，她可没说过她是特蕾莎修女。

卡卡：

我知道你非常需要这条裤子，所以我在第一时间寄给你。我在球场上抓了一把草放在裤子的后口袋里，你记得要看哦。这可是我家乡的草，我爱死了这里，但愿你也会喜欢。

这条裤子真的有魔力。我现在很开心，卡卡。不过我现在什么都不会告诉你，甚至在电话里也不会和你说，因为我想见面的时候再说。我很快就会回来了。我在这里已找到了我需要的一切。

爱你的布布

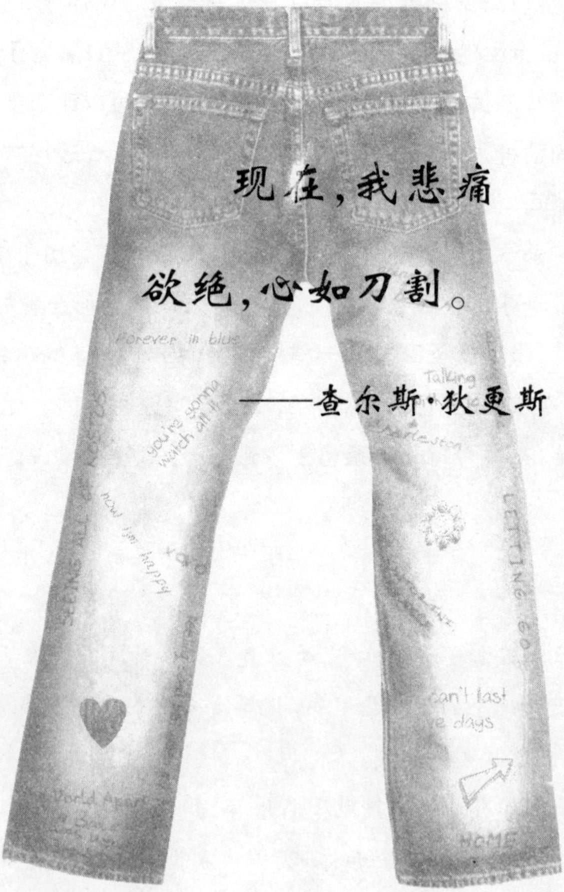

现在，我悲痛

欲绝，心如刀割。

——查尔斯·狄更斯

第二个夏天

“起床了。”

克里斯蒂娜眯着眼盯着卡门，颇有些不耐烦，“不。”

“起来。”

“不。”

“妈——妈。”

“为什么？”

“因为……”卡门有节奏地敲着妈妈的书桌，“你今晚要出去约会。”

“不，没有约会。”

“有，你有约会。”

“卡门，我决不会再出去见你爸爸和莉迪娅。”

“我知道你不会。而且，他们早走了。你今晚的约会对象是大卫。”哈哈。

克里斯蒂娜坐了起来。一听到“大卫”这两个字，她的脸上就腾起了一阵红晕。她摆出一副又疑又怒的神情：“这是怎么回事？”

“我给他打电话约好的。”卡门打开妈妈的衣柜，开始帮她挑鞋子。

“这绝不可能。”

“我已经这么做了。”

“卡门！这不关你的事！”

“他想你，妈妈。你也想他。这谁都看得出来，你一直都很难过。去吧，玩得开心点。”

克里斯蒂娜把枕头按在膝上：“也许没那么容易吧。”

卡门指着浴室：“也许就是这么容易。”

克里斯蒂娜迟疑了半晌。卡门即使闭上双眼塞上耳朵，她都能感觉得出来妈妈发了疯般地想去赴约。但克里斯蒂娜是个有理性有担当的人，卡门非常欣赏这一点。

“我没叫你失去理智，我甚至也没叫你和他再续前缘。我只是叫你，和这个爱你的男人一起出去吃顿饭。”

妈妈的脚悬在床边晃荡。卡门的话奏效了。

“如果你不愿意，那就永远都不要再和他约会了。”卡门明知这种可能性为零，不过，嘿，激将一下也挺有意思的。

妈妈开始准备洗澡了。

“等等。”卡门一路小跑回到自己的卧室。她从书桌上抓过魔法牛仔裤，轻轻展开，接着又匆匆赶回妈妈的卧室。

“给你。”

克里斯蒂娜的眼神变得迷离起来。她紧闭嘴唇：“什么？”她的声音轻如耳语，其实她懂得卡门的意思。

“这是给你穿的。”

“哦，我的宝贝。”克里斯蒂娜一把紧紧抱住卡门。卡门意识到自己又长高了，妈妈的脑袋只到她的下巴那里。这让她有些伤感。

妈妈松开手时，卡门感觉脖子上湿湿的。

“我不能穿。我得有点大人的样子，不能再像以前那样约会了。”

“好吧。”卡门表示理解。

“可是卡门？”

“什么？”

妈妈的嘴唇哆嗦个不停：“对我来说，你无异于给了我整个世界。”

卡门点了点头。她托起妈妈的手，在指关节上深深一吻：“妈妈，去洗澡换衣服吧，快！”

卡门大步流星地迈向自己的房间。“我去拿相机，等大卫来了我给你们拍照！”她回头说道。

Carmabelle：蒂儿。我看你的电影时会把牛仔裤带过去。快等不及要见你了。

蒂比知道自己迷信牛仔裤，虽然上次穿它倒霉透了，但今天还是照穿不误。在她看来，这就好像在牛仔裤上绣花一样，也许一开始针脚歪歪扭扭，丑得不能见人，但你可以拆掉这些线再绣。虽然一开始你会给人乱贴标签，但最终你还是可以摆正心态客观待人。真是不可思议，这居然是贝莉说过的话。

她摩挲着裤子上绣的心形图案，缓缓地走进礼堂。心紧张得几乎要跳出来，她的骨头似乎已不再坚硬牢靠。

礼堂后边一排座位上坐的人全是等她的，不知为什么，看着他们，蒂比就觉得自己已经死过一次了。世界已终结，所有被她伤害过、打击过的人都回来了，他们在这里，赐予她重生的机会。

妈妈和爸爸都在那里。布莱恩也在。莉娜和卡门、格拉芙曼夫妇都在。甚至凡妮莎也在那里。我希望能配得上你们所有人的爱，她在心底默默念道。

她的电影是第一个播放的。电影开始了，贝多芬的音乐缓缓响起，贝莉坐在飘窗上，阳光洒在她身上。画面转换到了渥曼超市，接下来是邓肯·豪，然后又出现了“阁楼”影院的玛格丽特，再然后便是 7-11 便利店的布莱恩。这些片断中偶尔点缀着格拉芙曼家送给蒂比的家庭录像。婴儿时期的贝莉迈出了人生的第一步。贝莉在家里的后院追逐一只蝴蝶，以及一段让人心碎的录像——6 岁时活蹦乱跳的贝莉戴着一顶棒球帽，帽子下面，已再无一根头发。最后一段是采访。贝莉对着摄像机说话，她的镜头感十足，所有观众都被震住了。

最后一个镜头又回到了 7-11。贝莉回头看着蒂比放声大笑。画面定格在那里，色彩渐渐变淡，直至成为黑白色。音乐响起，屏幕上的贝莉笑靥如花。

坐在她身边的布莱恩握住了她的手。蒂比捏着他的手紧握了一下。她听到布莱恩在跟着音乐吹口哨，但声音很轻很轻，也许只有她能够听得见。

最后，音乐戛然而止，贝莉的脸渐渐消失。没有她，连黑暗都是如此的空虚。

格拉芙曼夫人倚在她丈夫的胸前。蒂比的妈妈握住了蒂比的一只手，卡门握住了另外一只。莉娜则捧着蒂比的脑袋。所有的人都哭了，任泪水肆意流淌。

在礼堂外明媚的阳光下，爸爸妈妈和蒂比拥在一起。妈妈说她深感自豪。卡门、莉娜也和蒂比紧紧拥抱，她们对蒂比极尽溢美之词。布莱恩的眼中仍有泪光闪动。亚历克斯也走过来了，这让蒂比着实吃了一惊。她鼓起勇气准备听他的意见，虽然她并不打算把他的话当回事。

“拍得很好。”他说。他的目光闪烁不定，这差不多意味着他在闪烁其词。亚历克斯怔怔地望着她，好像看陌生人一样。是的，从某种程度上来说，她是陌生人。现在的亚历克斯只是墙角里的一道阴影，而蒂比，却已成了锋芒毕露的制片新秀。

如果你是希腊人，你就应该知道绝不能自作聪明地以为倒霉到极点便不会更倒霉了，从传统上来说，这是对远古神明的一种侮辱。如果你胆敢犯这种错误，神会证明你错得离谱。

自莉娜收到卡斯托斯预示着不祥的信后，才刚刚过了一周，远在伊亚的奶奶就打电话给爸爸说爷爷中风了。他现在住在费拉的一家医院里，但情况似乎很不妙。

身为一名律师和一名新美国人，莉娜的爸爸强烈要求和爷爷的医生谈话，他在电话里吼了好一阵子，他要求医院用飞机把爷爷送到雅典的研究医院。可院方说爷爷太虚弱，不能移动。

时间紧迫，莉娜只能匆匆给蒂比和卡门留言跟她们讲爷爷的事，然后又打电话给芭莎商店申请提前一周辞职。莉娜开始晕晕乎乎地和家人一起收拾行装。突然间，她想起了魔法牛仔裤。今天是她收牛仔裤的日子！可到了中午，牛仔裤还是没到。上一个收牛仔裤的是谁？莉娜记得，这段时间牛仔裤在她们中间传递得非常之快。前往纽约的航班两个小时后就要起飞了！虽然最近遭受了一系列的打击，但现在这条牛仔裤却是她最大的焦虑。没有牛仔裤怎么去希腊？

家里其他人都在屋子里忙得不可开交，莉娜站在门口望眼欲穿，该来的邮车始终没有来。在出发前的最后一分钟，她仍在磨磨蹭蹭。

“莉娜，快上车！”妈妈在车里对着莉娜大叫，莉娜还站在人行道上东张西望，眼巴巴地盼望着牛仔裤能在最后一刻奇迹般地出现。

它还是没有来，莉娜觉得这是个很不好的兆头。

莉娜坐上了前往纽约的航班，第二天早上，他们便直飞去了雅典。波音 747 轰鸣着穿越大西洋向东飞去，大多数时间莉娜都在盯着前面的座椅靠背发呆。蓝色的靠背犹如电影屏幕，一幕幕画面在上面徐徐展开。去年夏天圣母升天节之夜的爷爷，他的脸，还有满是皱纹的手肘伸出窗外。爷爷穿着白色滚边皮鞋坐在桌边吃麦片。爷爷认真地端详她的画，目光久久舍不得离开。想不到她的知己居然是一个 82 岁的希腊老头，也许有些可笑，但这一切却在去年夏天真的发生了。

莉娜的爸爸在笔记本上写着什么。艾菲靠在爸爸的左肩上睡着了，妈妈则冷冰冰地坐在她身旁。

莉娜在发呆的时候，曾和妈妈相互对望过——俩人都是一脸的冷若冰霜，然后她们冷冰冰地相互对视。

我真希望我们能真诚相待，莉娜暗暗想道，我希望你能信任我，能将心底的话告诉我；我也希望我能信任你。就在这一刹那，莉娜暗暗希望她的知己是妈妈，而不是生命垂危的爷爷。莉娜开始抽泣起来。她背对着妈妈蜷缩在椅子中，肩膀不住地颤抖。她哭得上气不接下气，完全不顾形象，甚至还拿着鸡尾酒杯巾大声地擤鼻涕。莉娜先开始为自己而哭，然后又为爷爷、卡斯托斯，还有奶奶和爸爸而哭，接下来她又想到了怎么也等不来的牛仔裤，越想越伤心。最后，她想到了自己的爱情，心痛得泣不成声。

不知过了多久，机长开始通知乘客准备着陆了，这时莉娜才发现家乡就在脚下，风情万种的希腊扑面而来，仿佛电流涌过一般，她激动得发抖。一颗天真的心不可抑制地狂跳着，虽然现在危机重重，但她还是热切地盼望着能和卡斯托斯重逢。

布布：

我真想直接找到你，因为我现在就想找你聊聊。我快想疯了。我刚刚知道莉娜的爷爷中风了。昨天她们一家都去了希腊。她最近太倒霉了，想不到现在又雪上加霜。我只想让你知道这些。

爱你的蒂比

莉娜绝对有理由相信“越怕什么就越来什么”这句话是无比正确的。

他们租了一辆车，一路蜿蜒着爬上了圣托里尼的悬崖，最后终于到了伊亚村。车一停下他们就看见了奶奶站在蛋黄色的门前，莉娜对这句话就更深信不疑了。

奶奶从头到脚一团黑，脸上所有的皱纹似乎都垂直着耷拉下来。莉娜听见自己惊呼了一声。爸爸跳下车紧紧地抱住了奶奶。莉娜看见奶奶点了点头，泪水随之滚落。他们都知道这意味着什么。

艾菲搂着莉娜的肩。莉娜的喉咙一阵发酸，一时间泪如泉涌。这几天她哭得太多，喉咙又干又涩。莉娜和艾菲一起抱头痛哭，她们的头发缠绕在了一起。然后，她们一起转头去拥抱奶奶。奶奶看见莉娜时长叹了一声，她几乎是倒在莉娜的肩膀上。"漂亮的莉娜，"她倚在莉娜的颈间啜泣，"这一切到底是怎么了？"

葬礼定在第二天早上。莉娜醒来望着窗外，晨曦中的火山笼罩在一片粉红色和深灰色的云霞中。现在她和艾菲共用一间卧室，站在这里让她不由得想起了去年夏天。记忆是如此的鲜活，仿佛就在昨天。她记得她曾在这里用炭笔画过卡斯托斯。

她既想见又怕见卡斯托斯，在这种矛盾心理的折磨下，莉娜开始精心打扮了。她穿上一件找艾菲借的贴身背心，外面再披上精致的透明黑衬衫。她戴上珍珠耳环。她把头发吹干披在肩头，莉娜很少会这样。不仅如此，她还画了一点淡淡的眼线并涂上睫毛膏。她知道就算只化一点极淡的眼妆，也会使她的绿眼睛艳光四射，所以她一般都不怎么化眼妆。

莉娜一直都不重视自己的容貌。她总穿一些简单乏味的衣服。她差不多从不化妆，也不戴首饰。她一般只将黑发梳到脑后扎起来，或者就梳个松松散散的马尾辫。从小时候开始，妈妈就一直告诉莉娜她的美貌是上天赐予的礼物，不过既然是礼物嘛，莉娜就觉得它和特洛伊木马[①]没什么区别。

她的美貌给她招来了太多回头率，这让她浑身不自在。她讨厌别人盯着她看，这种关注让她觉得受骗了。艾菲虽然长着蒜头鼻，可是她的大鼻

①在古希腊传说中，希腊联军围困特洛伊久攻不下，于是假装撤退，留下一具巨大的中空木马，特洛伊守军不知是计，把木马运进城中作为战利品。夜深人静之际，木马腹中躲藏的希腊士兵打开城门，特洛伊沦陷。

子让她显得热情可爱，真诚率直。可莉娜呢，她的鼻子小巧玲珑，是典型的美人鼻。但她老担心别人喜欢她只是因为她的美貌，如果遇上这种人，她会避之不及。

不过，在今天这个特殊的日子，她开始精心打磨上帝赐给她的礼物了。爷爷去世了，她的心仿佛被掏空一般，卡斯托斯成了她最后的一根救命稻草，她得想方设法紧紧抓住他。

“噢，我的上帝，”艾菲望着莉娜款款走下楼梯时惊叹道，“莉娜，你怎么一下子变得这么美？”

“以前的莉娜还在衣柜里缩着呢，现在是新的莉娜了。”莉娜答道。

艾菲惊艳不已，望着莉娜张大了嘴，久久都没合上。“卡斯托斯的眼珠子肯定会掉出来的。”她断言道。

莉娜顿时内疚起来，她惭愧万分，她那一点小心思在妹妹艾菲的眼里简直就像大海报似的一望便知。

蒂比低头看着油毯地面，她记得两个月以前刚刚搬进宿舍的那一天，这间房看起来是多么的简陋恶心。现在，地面上堆满了她的脏衣服，她正忙着把衣服往大行李包里乱塞。床上铺满了她制作电影之前四处收集的录像带。书桌上是她这个夏天的亲密战友——iBook 笔记本电脑。虽然这是父母收买她的礼物，但她仍然视为珍宝。梳妆台上是她 11 岁时画的卧室，她一直保留着这幅幼稚的画。梳妆台上还有电影学院颁发的最高荣誉证书和剧本创作老师巴格莉小姐亲笔写的一封祝贺信。床头柜上坐着凡妮莎做的紫色青蛙，她说要把它送给尼奇。她把这些物品一件一件地放入手提箱，心中充满了温情和喜悦。

最后要放的是贴在门上的一张照片。这是贝莉去世前在医院里拍的照片。格拉芙曼夫人那天过来看电影时把这张照片送给了蒂比。

蒂比不敢多看一眼。她很珍惜这张照片，她只想把它往书架上的书中间一塞，让它永远地安全地留在那里。不过她对自己发誓决不会这样做。她暗暗许下诺言，无论将来在哪里，她都会把这张照片挂在房间的墙上。因为贝莉知道什么是真诚，只要看着贝莉的脸，蒂比的赤诚之心将永远不会丢失。

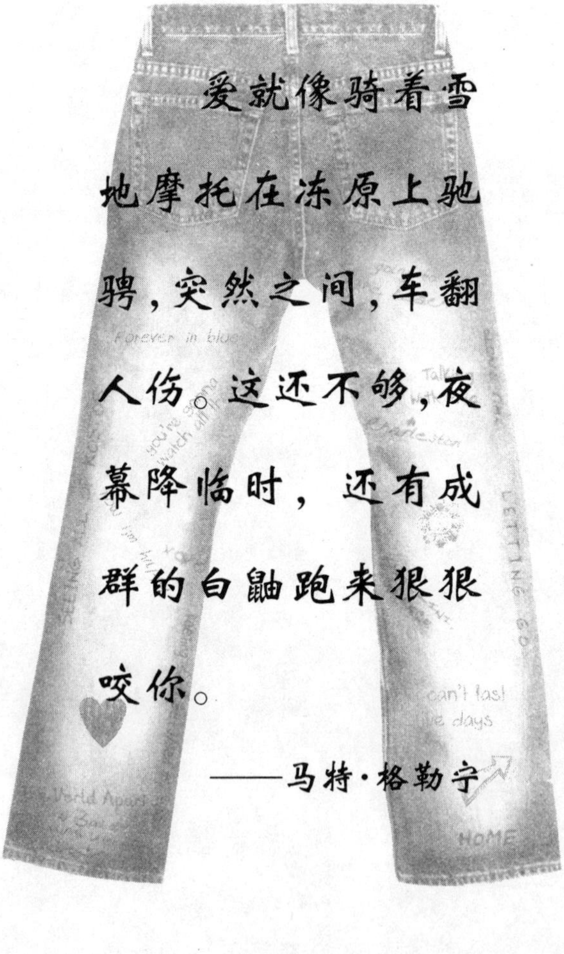

爱就像骑着雪地摩托在冻原上驰骋，突然之间，车翻人伤。这还不够，夜幕降临时，还有成群的白鼬跑来狠狠咬你。

——马特·格勒宁

第二个夏天

爷爷的弥撒在简单肃穆的白石灰色教堂举行，这座教堂莉娜去年夏天来过很多次。弥撒仪式自然用的是希腊语，就连她爸爸念颂词都是用的希腊语。关于爷爷的记忆汹涌而至，莉娜陷入了沉思。

她一边紧紧握住奶奶的手，一边渴望着能见到卡斯托斯。他肯定很难过，莉娜可以想象得出来。莉娜只和爷爷相处了一个夏天，可卡斯托斯和爷爷的感情有十多年。莉娜知道卡斯托斯在爷爷年老体弱干不动活时帮了爷爷许多忙——比如倒垃圾，更换屋顶的瓦块。他帮助爷爷的方式极为微妙，他不会让爷爷觉得这是施舍，他会让爷爷觉得自己仍然是人人敬重的强壮男人。

莉娜很想把这些话告诉卡斯托斯。几乎没有人知道爷爷对她意味着什么，卡斯托斯是少有的例外。无论他们之间发生了什么，但他们今天至少可以彼此安慰，不是吗？

仪式进入尾声时，莉娜终于看到了卡斯托斯。他穿着一件黑西装，正站在莉娜一家对面的走廊里，大半个身子都被他爷爷挡住了。卡斯托斯也在找她吗？在这个特殊的日子，他们都在这座小岛上的一间小教堂里。他能不找她吗？

接下来便是庄重的退场仪式，莉娜和她的家人最后离开。他们跟着牧师穿过大门向墓园走去。所有的人都聚集在墓园里，他们一个接一个地上前向爷爷的遗孀——奶奶表达他们的哀悼之情。莉娜傻呆呆地问自己，这是不是太奇怪了？在过去的无数个日子里，奶奶一直都是幸福的妻子，可就在今天早上，她一觉醒来却发现自己变成了寡妇。

就在这一刻，莉娜终于可以清清楚楚地看见卡斯托斯了，当然，他也可以清清楚楚地看到她。卡斯托斯的动作僵硬异常，莉娜不免吃了一惊。卡斯托斯往常都会让人觉得如沐春风，可今天那股春风似乎被定住了。他的眉毛耷拉得厉害，莉娜差不多都看不到他的眼睛了。

不知道为什么，第一眼看卡斯托斯时，莉娜居然没注意到他身边站着一个女人，而且她还挽着他的手。这个女人 20 岁出头，有一头醒目的金发。她穿一套黑裙，衬得一张脸面如土色。莉娜以前从来没见过她。

莉娜仿佛挨了一闷棍。她的直觉告诉她这个女人不是他的亲戚，也不可能是他们家的世交。她就是可以感觉得出来。莉娜站在那里，满心希望卡斯托斯会招手叫她过去，或者能看她一眼，可是，他没有。她站在奶奶身边一边等，一边和来宾们吻脸握手，他们说了一大堆感人肺腑的话，莉娜虽然听不懂，但还是得连连点头。

尽管卡斯托斯的爷爷奶奶是第一批走过来拥吻瓦莉娅的宾客，但卡斯托斯却没有过来，他几乎等到最后一刻才来。此时天空中乌云密布，墓园里的人差不多都走空了，卡斯托斯走了过来，那个金发女人仍然亦步亦趋地跟着他。

卡斯托斯生硬地拥抱瓦莉娅，他们没有说一句话。金发女人怯生生地在奶奶脸上啄了一下。莉娜盯着这个陌生的女人，女人也盯着莉娜。莉娜等着卡斯托斯问候她或向她介绍这个女人，可是，什么都没发生。奶奶嘴角的法令纹绷得紧紧的。莉娜不知所措，今天的气氛太诡异了，她不由得心生恐惧。

一直耐心站在一旁的牧师似乎也嗅到了不和谐的气氛。他的英语水平还不错,因此倒是很想秀一秀。

“卡斯托斯,你肯定认识瓦莉娅从美国来的儿子和媳妇吧,”他指了指站在几米之外的莉娜的父母,“你认识瓦莉娅的孙女吗?”他指了指莉娜,又指了指卡斯托斯,“莉娜,你认识卡斯托斯和他的新娘吗?”

新娘!

这个词像蚊子一般在莉娜的耳朵里嗡嗡作响,蚊子在咬人之前四处乱飞,让莉娜如临大敌。终于,蚊子一口咬住了莉娜。

她望着卡斯托斯,终于,他也正眼看她了。他的脸已全然陌生。目光相遇的那一刹那,他暗暗告诉自己,终于又见面了。

莉娜的视线越来越模糊,她两眼一黑跌倒在地。她的前额无力地倚在膝上。隐隐约约中,莉娜感觉到妈妈的手焦急地搂着她的背。她似乎看到卡斯托斯的动作终于不再生硬,他不顾一切地向她奔过来。出于本能,莉娜想拼命地保持清醒,但在这种情况下,失去知觉才是一种幸福的解脱。

她的痛苦太大,这间卧室容纳不下,这栋房子也容纳不下。莉娜悄无声息地走出家门,独自在黑漆漆的小路上行走,她怀疑天空也容纳不下她的痛苦。

她光着脚走在脏兮兮的路上,不知道要去哪里,脚鬼使神差地带着她爬上悬崖,来到了连接一个又一个悬崖的一块空旷的平地上。不知不觉中,她缓缓向小橄榄林的方向走去。这是她和卡斯托斯两人的秘密天堂,但她可以肯定,卡斯托斯已经抛弃了这里,他抛弃了属于他们的一切——包括她。她娇嫩柔弱的脚底沾满了尖利如刺一般的东西,可她浑然不觉。

到了橄榄林后,莉娜深情地望着这些小橄榄树,好像它们是她失散多年的孩子。她踩着岩石,来到泉池边坐下。池里的水比去年夏天少了许多。整座小岛亦已枯黄憔悴,不复往日盛景。所幸这里还有一个整理心情的地方。她可以在这里洗净酸痛不堪的脚，与往日告别，这似乎是一种仪式。

她打算独自举行仪式，不料身后却响起了细碎的脚步声。莉娜的心狂跳起来，她知道这不是穷凶极恶的犯罪分子，也不可能是野猪。她知道是谁。

他在她身边坐下，把参加葬礼穿的黑西裤卷起，他的双脚也没入水中。他和她就这么并排坐着。

“你结婚了。”她不带一丝感情地说道。

莉娜咬紧牙关，然后才敢向他投去一瞥。很显然，他痛苦尴尬内疚纠结无助等等等等。可是又如何？

“她怀孕了。”他说。

莉娜本来打算保持淡定冷漠，可这句话把她好不容易保持的战果击得粉碎。

她张大了嘴，眼睛瞪得如牛眼。

卡斯托斯点点头：“她叫玛丽安娜。你和我分手后，我和她约会过三次。第二次约会时我们做爱了。”

莉娜皱起了眉头。

“我是个愚蠢的混蛋。”

莉娜从未见过他这样痛苦。她静静地望着他，无话可说。“她怀孕了，这是我的错。所以我得负责任。”

“你确定……”莉娜觉得问这个问题太难了，“……是你干的？”

他直勾勾地瞪着她：“这不是美国。这里是传统的村庄。作为一名绅士，我别无选择。”

莉娜记得他曾对她说过“绅士”这个字眼。她不得不恶毒地揣测，做绅士可能意味着远离生活的一切乐趣。

莉娜痴痴地盯着池中的水，想起了这几个星期卡斯托斯一百八十度的转变，一下子全明白了。

“你将来会和她一起回伦敦吗？”

他摇摇头：“现在不回，我们准备待在这里。”

莉娜知道这个打击对卡斯托斯来说有多大。他一直都想离开这座小岛去大城市里打拼，为自己的将来创造广阔的世界。她知道这一直是他的梦想。

“你们现在住一起吗？”她问。

“还没有。她正在费拉找房子。”

“你爱她吗？”莉娜又问道。

卡斯托斯瞪着她。他闭上了双眼，“曾经沧海难为水。”过了片刻他睁开眼睛望着她，“但我得承担责任。”

莉娜黯然哽咽。她再也坐不下去了。现实正飞奔过来追上她，死死地踩住她的脚踝，掐着她的手腕。她得在结局变得不堪之前离开他。

莉娜起身准备离开，可是卡斯托斯一把抓住她的手，顺势将她搂住。他压抑地长叹一声，把怀中的莉娜紧紧压在胸前，唇吻上了她的头发，呼吸逐渐急促。

“莉娜，我知道我伤了你的心，但你要知道，我的心早已碎不成形，我的痛苦胜过你千百倍。”莉娜隐约间听到了卡斯托斯的呜咽声，但她不忍心看，“如果能改变这一切，我情愿付出任何代价，可是，我看不到一丝希望。”

莉娜泣不成声，仿佛无助的孤儿，泪水如千军万马般奔腾而来，莉娜皱紧眉头，强咽了下去。

“今天我非得把心里的话都说出来，我只说这一次。虽然它有悖于我的责任，可是莉娜，我非得说出来不可。我以前对你说过的每一个字都是真的，现在也一样，我从来都没骗过你。我说的话字字发自肺腑，掷地有声，比你想象的还要情真意切。请你，记住我的话。”

他的声音充满绝望，他拼命地抓住她，动作几乎变得粗暴：“你会挺过去的。我知道你会。我也知道我这一生会彻底地失去你。”

莉娜必须离开了。她从卡斯托斯的怀里挣脱开来，别过脸不忍再看。

“我爱你，至死不渝。”他信誓旦旦，几个星期以前他站在她家门外的人行道上也是这么说的。

那次的誓言是无价之宝，这次的誓言却无异于诅咒。

她扭头就跑。

蒂比同意去做足疗。她从来就不是那种喜欢做足疗的女孩，不过既然妈妈要她去，她就去了。况且，这是免费的足疗，如果一口拒绝，于心何忍？当她们将脚放入迷你按摩浴缸并排坐着时，蒂比才意识到她和妈妈今年夏天从来没像这样好好在一起坐过。也许这正是妈妈要她来的原因。也许有时听家长的话还是很有好处的。

妈妈选择深红色的指甲油。蒂比选择透明色的。不过后来她改变主意了，也选了深红色的。

“亲爱的，我有东西给你看。”妈妈一面说一面从手袋里拿出一个信封。

她打开信，里面是一张厚厚的花纸片，上面有字。“是阿里的信。”

蒂比皱了皱眉头。她当然想莉娜，但她同时也想起了阿里和爱丽丝上次愚蠢的争吵。

“我看得哭了。”爱丽丝说道，她的眼睛有些湿润。蒂比看得出来，这不是伤心的眼泪。

“在去希腊之前，她写了一封情真意切的道歉信，她说这整件事都是她的错。阿里是个很好的女人，她一直都是。”爱丽丝的表情变得伤感起来，蒂比无形中也被深深感染了。

“我记得以前每个星期三你们打网球，你和阿里并肩对付玛丽和克里斯蒂娜，你们总是轮流坐庄。”

爱丽丝笑了。“我们没有轮流坐庄。”她说。

“也许这只是巧合。”蒂比说，不过她知道这绝不可能。

她记得以前的每个星期三下午，妈妈们一起在公共球场上追着球满场跑，而小小的九月组则在旁边布洛布兰奇路上的旧操场上一起玩耍，一玩就是几个小时。蒂比想了想，那里大概有两座爬杆。“幽默”冰淇淋卡车经常停在那里，妈妈差不多总是打发她们去吃冰淇淋。

“我不知道她现在是不是还打球。”爱丽丝自说自话，“不过，”她从手袋里拿出了信封，“我让你看看这个。”她递给蒂比一张 5 寸彩照。

“噢。”蒂比拿着它端详着，一股暖流涌遍全身，最后一路涌向深红色的脚指甲。“我爱死它了，”她说，“能把它给我吗？求你了？”

有一种严重得足以致命的感染病叫心内膜炎，这是一种心脏感染性疾病。莉娜的祖奶奶年纪轻轻就得这种病去世了，莉娜觉得自己肯定也有这种病。

清晨时分，莉娜死气沉沉地躺在床上，全身酸疼肿胀。

到了吃午饭的时候，妈妈蹑手蹑脚地走进房间，脱下高跟鞋，爬到床上和莉娜躺在一起。她仍然穿着藏青色的真丝套裙。温情当前，莉娜毫无免疫能力。妈妈的双臂圈着她，怜爱地把她搂入怀中，恍惚间，莉娜仿佛回到了 3 岁的童年。妈妈身上的味道很特别，充满了强大的母性力量。莉娜贪婪地闻着，心渐渐融化。她泪流满面，全身颤抖，哭得鼻涕四溢。妈妈一边抚摸着她的秀发，一边帮她擦干眼泪。不知不觉间，莉娜睡了一会儿，这真是太奇怪了。她可以不再保持自己的意识。

妈妈像大地一样富有耐心。直到黄昏时分，她仍然一个字也没说。房间的光线渐渐黯淡，窗外粉红色的光照射进来，等到妈妈从床上坐起来时，莉娜才发现她把鼻涕擦到妈妈最贵的裙子上了。

“我可以和你讲尤金的事吗？”妈妈柔声问道。

莉娜也坐了起来，拼命点头。初夏时她那么迫切地想知道尤金的事，可现在她差不多已记不得自己为什么这样了。

阿里拨弄了一会儿手上的戒指——她的婚戒、钻石订婚戒、结婚 15 周年买的翡翠戒，然后终于开口了："17 岁那年，我在雅典的教堂遇见了他。我疯狂地爱上了他。"

莉娜又点点头。

"后来他去美国上大学了——就在美国大学，离我们家很近的。"

莉娜点点头。

"我留在雅典。这一别就是 4 年，我思念了他 4 年，日日夜夜。我觉得自己就是个活死人，只有在重聚时我才算是活人，可重聚的日子总是太短太短。"

莉娜又点了点头。她深有体会。

"21 岁那年我从雅典的大学毕业了，我去了美国和他在一起。我妈妈不让我去，我走的时候她恨死我了。我在美国当招待，我等尤金毕业。他的生活总是太忙，学校里的功课很多。我那么卑微地爱着他，低到了尘埃里。"

妈妈抬头想了一会儿。

"他向我求婚，我当然求之不得。他送给我一枚婚戒，上面有一粒小得几乎看不见的珍珠。我把它当宝贝一样供着。我们同居了，出双入对俨然夫妻。如果我妈妈知道这些，肯定要被我活活气死。3 个月后，尤金突然离开美国回到了希腊。"

"噢。"莉娜同情地叹了一声。

"他父亲断了他的经济来源，逼着他回家，他父亲说他的学费太贵了，应该派上别的用场。事实上，我那时还被蒙在鼓里。"

莉娜点了点头。

"那一年，我想他想得发疯。他一直说下个月就来，后来又说下下个月，下下下个月。我住在威斯康星大道的一间破房子里，只是一个单间，下面还有一家宠物店。我孤苦伶仃，哦，我的天，那间房臭得要命。多少次我都绝望地想回家。可我想尤金会回来娶我，他答应过我的。当然，我也不想让我妈妈有机会证明她是对的。”

莉娜继续点头。她可以理解妈妈的心情。

“秋天时，我进了天主教大学的研究生学院。开学的第一天，我接到了我姐姐的电话。她说所有人都知道了，而且都知道几个星期了——除了我之外。尤金有了新的女朋友。他不打算回到我身边了。”

莉娜的下巴微微颤抖，妈妈的故事让她心疼。“你真可怜。”她喃喃道。

“我就在开学的第一天退学了，从此卧床不起。”

莉娜一本正经地点了点头。对此她深有体会。“后来呢？”

“研究生院有一位好心的指导老师，她给我打电话，劝我回学校。”

“后来呢？”莉娜预感到故事马上就要发展到她熟悉的部分了。

“在感恩节那一天，我遇到了你爸爸。那一天我们都在霍华德·约翰逊饭店孤零零地吃饭，两个在异乡打拼、彷徨无助的希腊人碰到了一起。”

莉娜微微一笑。她知道这一部分。爸爸妈妈初次相遇的故事她听过了无数遍，可今天结合整个来龙去脉再听时，却另有一番别样的滋味，仿佛和心爱的旧毛衣相拥一般。“4 个月后，你们结婚了。”

“是。”

现在莉娜知道了前因后果，父母一见钟情、闪电结婚的著名故事立即就被蒙上了一层阴影，浪漫甜蜜荡然无存。

“可是不幸的是，尤金的故事还没结束。”

“噢。”莉娜感觉得出来，故事的高潮快要到了。

妈妈似乎在斟酌叙述方式，她想了一两分钟，最后说道：“莉娜，我想等你快到 17 岁的时候再讲给你听，那时我可以把你当做是一个年轻的女人，而不是我的女儿。不过，如果你现在想听也可以。”

莉娜渴望继续听下去，但又害怕听。最终渴望战胜了恐惧，她点了点头。

阿里长叹一声，“婚后的头几年，我还是经常想着尤金。当然，我爱你爸爸，但我已无法相信爱情。”她的手指摩挲着上唇，目光渐渐迷离，“我想我只是讨厌闪婚吧。我觉得我和你爸爸结婚是因为尤金，这为我们的婚姻蒙上了一层阴影。我担心自己是出于情感需求将感情从尤金身上转移到了你爸爸身上。”

莉娜点点头，她的头有点晕。妈妈的专业就是心理学，有时她会表现出专业素质。

“等到你差不多 1 岁的时候，尤金从纽约给我打来电话。这是我在 4 年里第一次听到他的声音。我一下就失控了。”

莉娜开始紧张起来，她害怕发生不该发生的事。

“他要我去纽约见他。”

莉娜咬紧牙关，她对 1 岁时的莉娜深表同情。

“我挣扎纠结了 3 天。最后我还是去了。我对你爸爸撒了个小谎，然后把你放在卡门家。我坐上了火车。”

“噢，不。”莉娜低声叹道。

“你爸爸到现在都不知道这件事，所以你绝不能和他提这件事。”

莉娜点点头。她既兴奋又反感——兴奋是因为她知道了连爸爸都不知道的秘密，反感则是因为妈妈做得太出格了。

“我记得我们是在中央公园见面的，我还特地把那枚寒酸的珍珠戒指放在了大衣口袋里，向他走过去时，我一直都在抚摸着那枚戒指。说老实话，在那一刻，我根本不知道下半生该何去何从。”

莉娜闭上眼睛。

“我们在公园里走了 3 个小时，那可能是我这辈子最珍贵的 3 个小时。”

莉娜不想听到这些。

“因为我离开那里回家了，回到了你和你爸爸身边。自那之后，我知道我爱的人是你爸爸，而不是尤金。”

莉娜如释重负：“那什么……都没发生吗？”

“我吻了他。仅此而已。”

“噢！”莉娜叹道，她几乎没法相信自己居然会和妈妈谈到这些。

“那天晚上回家我很开心。我永远都忘不了那种感觉。”妈妈的声音变得轻快起来，甚至有些不怀好意，“我敢肯定，你爸爸和我就在那晚制造了艾菲。”

莉娜开始觉得她还是做回女儿比较好，和妈妈谈这种事太惊悚了。

“下面的故事你差不多都知道了。”

突然之间，莉娜仿佛被打了一闷棍。她沮丧万分，妈妈从怀她到她1岁时都是在焦虑和猜忌中度过的；而艾菲却是踩着五彩祥云，在一片欢乐祥和的气氛中来到人世的。这太不公平了。

“那尤金后来怎样呢？”莉娜问道。

“没那么容易结束。后来的几年，他给我打过五六次电话。他后来成了一个酒鬼，你爸爸非常讨厌他。”阿里眼波流转，似乎在回忆着什么，“所以克里斯蒂娜和爱丽丝，还有——”莉娜知道妈妈准备说“玛丽”，但她及时打住了，“所以我的闺密们都知道尤金。我害怕尤金给我打电话，也不想因此而惹你爸爸发火。直到现在，我都不敢在你爸爸面前提他的名字。上次你提到他的名字，我之所以反应过激，这也是一部分原因。”

莉娜点了点头：“但爸爸不应该生气，不是吗？”

“噢，不，”阿里用力摇头，“你爸爸是世上最好的男人，他也是一位完美的父亲。而尤金呢，他只是个白痴。回头再看那些心碎的日子时，我深感庆幸，幸好我们分手了，这是我这辈子碰到的最幸运的事。”

阿里意味深长地望着女儿：“亲爱的，我要你记住我的话。”

Tibberon：最近和莉娜聊过，她失魂落魄，快把我吓死了。你和她聊过吗？

Carmabelle：刚刚和她聊过呢。真想不到啊，可怜的莉娜。我们该怎么做呢？待在家里不许出去，我马上去找你。

布丽奇特知道该回家了。一听到莉娜有事，她就觉得必须回去陪她。今天是在布吉斯的最后一天，她和格蕾塔一起坐在后门廊上。她们大口嚼冰块，大谈以后如何装修房子的问题——就是不说“再见”。

3点钟到了，布丽奇特该走了。

格蕾塔小心翼翼，她不想惹得布丽奇特哭。

布丽奇特从来都不会小心翼翼，她一向有话直说：“外婆，你知道吗？如果我没有那三个心爱的朋友，我会和您住一起。现在，我觉得这里才是我的家。”

格蕾塔忍了好久的泪水终于决堤。布丽奇特也一样。

“我会想你的，宝贝。我一定会。”

布丽奇特点了点头。她紧紧搂住格蕾塔，也许用力过猛。

“圣诞节一定要来看我，把你弟弟也带过来，答应我好吗？”“我发誓一定。”布丽奇特信誓旦旦。

“记住，”在分别的最后一刻，外婆贴在她耳边说，“我会永远爱你。”

布丽奇特拿好行李，她在人行道上回头再看外婆的家最后一眼。刚到这里的时候，她觉得这座房子简单乏味，可现在再看，它却美轮美奂，让人恋恋不舍。昏暗的前窗里隐隐约约伫立着格蕾塔的身影。外婆失声痛哭，她不想让布丽奇特看见。布丽奇特爱这栋楼房，也爱格蕾塔，就连格蕾塔枯燥的生活——星期一玩宾果游戏，星期五看电视，每天12点准时吃午饭——也照爱不误。

也许布丽奇特觉得和爸爸、佩里住在一起没有家的感觉。不过，她在这里找到了她的家。

莉娜：

我知道你还在希腊，虽然这封信要过几天你才能收得到，不过我还是得给你写信，我得让你知道我在你身边。

你爷爷去世了我很难过。今天早上听到这个消息后，我就情不自禁地为你掬了一把同情泪。莉娜，你一直都很从容坚定，有时能把我气得发疯。可这一次，我真希望我能好好照顾你。

爱你的布布

今天是莉娜在希腊的第四天，也是最后一天。今天，发生了两件重要的事。第一件事是奶奶把爷爷的那双神憎鬼厌的白色滚边皮鞋送给了莉娜，可神奇的是，莉娜的大脚穿上这双鞋正好合适。奶奶简直不敢相信自己的眼睛，也许她根本就没打算让莉娜试这双鞋，不过莉娜倒挺开心的。

“我本来准备把它放进棺材的，可我想你也许会喜欢，宝贝。”“我当然喜欢，奶奶。谢谢您，我爱死了这双鞋。”

第二件事是夜幕降临时，莉娜坐在奶奶家门外的矮墙上画了一张爷爷的画像。她要把这幅画给爷爷陪葬。

昏昏沉睡的火山上一轮满月冉冉升起，莉娜突然间灵光一闪。她端着颜料和画板，开始将各种颜料调配成一层一层的暮色。她以前从未在黑暗中画过画，以后很可能不会再这样发神经，因为这基本上是不可能完成的任务。

但她还是成功地画出了两轮熠熠生辉的月亮，一轮挂在天上，另一轮浸入水中。它们宛如双胞姐妹，在她的画中，它们也是一对姐妹花。

当莉娜在调色板上调配乱七八糟的油彩时，她发现卡斯托斯正站在一旁盯着她画画。

这个刚刚毁了自己又毁了她的男人，居然极有耐心地看她画画。

“星月夜。”他研究了很久之后，随口吐出这3个字。

真是不可思议，因为莉娜正想给这幅画取这个名字，但觉得似乎太傲慢了，她也只敢想想而已。她的画比不上凡·高的一个脚趾头，《星月夜》可是凡·高最得意的作品，她怎么敢给自己的画也取这个名字自取其辱呢？卡斯托斯简直就是白痴。莉娜想起了妈妈和尤金的故事，不禁疑惑起来——我是不是也可以认为卡斯托斯是白痴呢？哦，也许不能。

“你爷爷会喜欢它的。”他说。

好吧，卡斯托斯不可能是白痴。

她强迫自己不许哭，而且，也决不能吸鼻子。她知道这也许是最后一次见卡斯托斯了。莉娜回过头来痴痴地站着，恋恋不舍地望着他的脸，如饥似渴，她要将他刻在心底。

昨晚她烦闷愤怒，直至痛到麻木。可是现在，不知道为什么，她已经好了。

“再见。”她说。

莉娜意识到卡斯托斯也在贪婪地看着她，他直勾勾地盯着她的眼睛、头发、嘴唇、脖颈、乳房、沾满了颜料的裤子，还有爷爷的白皮鞋。见面时这样肯定会显得失礼，不过既然是再见，也就可以理解了。不，也许这样再见会更失礼。

“你昨晚对我说过的那些话。”莉娜开口说话了。

他点点头。

莉娜清了清嗓子：“现在是否还是不变？”

她得自己找答案。她这样问真是太缺乏诗情画意了。

卡斯托斯又点了点头。

“我永远都不会忘记你。”她很想这么说，“呃，我希望我能忘记你一点点。”她拖着步子，爷爷的鞋在地上摩擦着，“不然重新开始就太难了。”

这一刻，卡斯托斯的眼中噙满泪水，他的嘴角耷拉着，不住地颤抖。

莉娜把调色板和画刷搁在墙上，踮起脚尖，双手搭在卡斯托斯的肩上。她深情地吻着他的脸。莉娜将他们的处境置之度外，她的吻充满了情欲，没有一丝友谊可言。不过，他也许感觉不出来。卡斯托斯死命地搂紧她。他舍不得让她走。

卡斯托斯离开之后过了一会儿，艾菲出现了。她戴着随身听，头发凌乱不堪，形迹十分可疑。

“你肯定又流猫尿了。”艾菲说。

莉娜差点笑出声来：“你肯定又去泡那个服务生了，是不是？”

艾菲羞答答地耸耸肩。艾菲当然能心无芥蒂地重拾去年夏天的旧爱，好像这一年什么都没发生过一样。艾菲可以和那个男招待忘情地热吻，无所顾忌。等到离别时，她甚至可以轻轻挥手，不带走一丝云彩。

莉娜吃惊地看着妹妹。艾菲一边听随身听里傻里傻气的歌，一边摇头晃脑。

各人有各人的长处，莉娜不由得想道。比如说，莉娜擅长写感谢信，而艾菲则擅长寻欢作乐。

我们并非只

有一次出生的机

会，事实上，我们

每天都在重生。

——威廉·查尔斯

布丽奇特打算拎着行李走几百米去汽车站，可没想到，比利却突然出现在她身边，一把夺过她手中最重的两件行李。不过布丽奇特一点也不觉得意外。

“我真不想你走。”他说。

“家里的人需要我，”她说，“不过我们总会见面的。”

她望着比利拿着她的行李站在汽车站，比利不想她离开。他喜欢她，布丽奇特敢肯定。她等着比利表白。她当然想这样，不是吗？以前的那个布丽奇特又回来了，她有资格再爱。

可转念一想，她真的需要爱吗？以前像这样痴痴盯着她的男孩多如牛毛，难道还没享受够吗？如果比利突然产生爱慕之心只是因为她变漂亮了，头发又变回金色了，那她对他是不是会有几分恨意呢？

哦，自作多情了。事实上，比利的眼神里并没有男女之爱。他只当她是以前的布布——他 6 岁时认识的那个小女孩。他看着她的眼神和在球场上看着她发号施令时一模一样。也许是她意会错了。

比利碰到了她柔软的手腕。

或者是她没意会错？

6岁时的布布和现在的布布判若两人，妈妈的悲剧把这两个布布生生地拆开，从此她们便相隔在两个世界中。比利儿时的玩伴布布和现在他暗恋的布布截然不同，她们绝不可能是同一个人。噢，布丽奇特也不知道自己在胡思乱想些什么。

不过，比利深情地吻了她的唇，随即一阵麻酥酥的电流传遍全身。她知道她很享受这个吻。

她如痴如醉，恍惚间，她可以看到脚下广袤坚实的大地绵延不绝，从过去延伸到现在，再一直向前延伸，延伸，直至消失在地平线。

其实这真的是个馊主意，不过卡门做事喜欢有始有终。妈妈和大卫出去约会了，他们将永远幸福地在一起。而卡门呢，她一天到晚都担心莉娜，不仅如此，还得眼睁睁地看着妈妈恋爱，这真是罪有应得。她有一大堆的时间承受这种痛苦，因为莫根一家去海边度假了，这一走就是两个星期，等他们回来时，卡门也该开学了。

波特上星期打电话留过几次言，他请卡门去切维柴斯参加男孩子们的派对。卡门觉得她和妈妈现在既然已经冰释前嫌，她应该可以开始自己的生活去真正地喜欢波特了。

当卡门给波特回电话答应跟他出去时，波特深感意外。虽然派对早已结束，但他还是忙不迭地答应。波特请卡门去迪兹烧烤店吃饭，这意味着他对卡门还是有感情的。不过也许是他因爱生恨，想伺机报复，也许晚饭吃完后他会鬼鬼祟祟地掏出账单要卡门买单。卡门提醒自己，一定要在钱包里另外再放20美元。

上次那个晚上她穿上魔法牛仔裤运气奇差，那个晚上她没爱上波特，反倒是妈妈爱上了大卫。自那之后，她就再也没穿过魔法牛仔裤了。不过今晚，她又郑重其事地穿上了。今晚会怎么样？谁知道呢？穿上这条裤子，也许今晚还会更倒霉。

她正在拔眉锋上的杂毛时，电话铃响了。

从来电显示来看，这应该是联合车站电话亭的号码。

“喂？”

“嗨，是我，保罗。”

保罗回查尔斯顿的家待了两个星期，他现在肯定正在回费城的路上，毕竟现在也快开学了。

“嗨，你好吗？”

“我没赶上火车。”

“噢，不。到底是怎么回事？”

“我在地铁里迷路了。”

卡门忍俊不禁，爆笑不止：“你也会迷路？”

“是的。”

“噢。”

“我和一个朋友一起搭便车，车只把我们送到华盛顿，然后我就错过火车了。”

“噢。”

卡门在想这意味着什么。这意味着保罗今晚没地方住，她得照顾他。

“嗯，”她轻扣话筒，想了一会儿，“我们在威斯康星大道和伍德利大道相交的迪兹烧烤店见面。什么时候去都可以。你吃过饭没有？”

“没。”

“好的，待会儿见。”可怜的波特。这次的约会多了一个电灯泡，怎一个“囧”字了得。

卡门刚拿起眉钳准备继续拔那些不听话的眉毛，电话又响了。

“该死！”她大声诅咒道，顺手操起眉钳朝墙砸过去。

这次的电话号码是莉娜家的。莉娜回家了吗？卡门一把抓起话筒。

“莉娜！”

“非也，我是艾菲。”艾菲小声说道。

“你在家？”

“是呀，差不多一小时前到家的。”

“莉娜怎么样？”

卡门的太阳穴突突地跳起来。莉娜回家了。莉娜需要她。哦，该怎么办？真希望保罗和波特在一起没事。

艾菲顿了顿：“唔，我也说不上来。”

“她能走路吗？能说话吗？”

“能——嗯——不能。”

“什么意思？”

“能走路，不能说话。”

“老天，我马上就来。”

“不，你得带她出去散心。”

“真要这样？”

“是啊，”艾菲说，“这才是她真正想要的。”

“好——吧。你肯定？”艾菲和卡门都很强势，她俩撞在一起总是针尖对麦芒。

“当然，她的房间一半的地方铺满了信，另外一半铺满了照片。就是这样喽。我们离开希腊时很仓促。你得带她出去让她转移一下注意力，我也好趁机把她的那些破烂玩意儿藏起来。比如说，藏到垃圾桶里。哈哈。”

卡门沉默了半晌。艾菲一向只管自己讲笑话，别人笑不笑她无所谓。

“你找过蒂比没有？”卡门问。

“她不在家。”

“好的，菲菲。我现在就去接她，15 分钟之内赶到。”卡门大力摔下电话。

她就像没头的苍蝇似的在房间里乱转，慌慌张张地往手袋里塞东西。看来她也只好把莉娜带到迪兹烧烤店了，这是唯一的选择。

不管怎样，疯狂的卡门和两个男人一起约会已经够劲爆了，再加上一个莉娜，她要再不能转移注意力那真是没有天理了。

过了很久之后，卡门才有精力回忆这次诡异的约会，她得把错综复杂的脉络梳理清楚。这到底是什么时候发生的？如何发生的？又为什么会发生呢？这一切是否是必然的？

那天她穿上了牛仔裤。她和莉娜手拉着手。莉娜穿着一条柔软的法兰绒拉绳运动裤和一件T恤。从几米之外看，这件T恤似乎是普通的白色T恤，样式简单朴实。但如果凑近看，你会发现领口有一圈花边，几乎小得看不见。卡门的心一下子抖了一下。这件T恤是典型的莉娜风格，但花边不是。

莉娜憔悴得让人心疼。经过这一系列的打击，她迅速消瘦了，但卡门还是不由得心生妒忌。莉娜的脸上虽然瘦得只剩一双大眼睛，但这双眼睛亮晶晶的。她的眼神迷离，焦点既不在这里，也不在那里，让人捉摸不透。她四处打量着餐厅，一双大眼睛忽闪忽闪的，如婴儿一般纯净。她的皮肤嫩得可以掐出水来，眼神充满好奇，好像第一次见到这世界一般。餐厅里坐满了顾客，又吵又闹，乌烟瘴气，卡门恨死自己了，她真不该把莉娜带到这种地方来。这里不适合初生婴儿。

卡门要莉娜先坐在餐厅前边的等待区，说完后她大步流星地进了餐厅。她发现波特和保罗分别坐在两张桌子旁——都在等她。她先走向波特，波特一见到她便站起身来，脸上堆满了笑。

“嗨。”他吻着她的唇，不过卡门现在可没心思分析这个吻的含义。

“嘿，听着。今晚的约会有点复杂，”她怯生生地挤出一个鬼脸，“我的朋友——呃，事实上，是我继母的儿子，他今晚没赶上火车，没地方可待。所以我叫他也一起来了。”她心虚地摸着下巴，“你没意见吧？”

波特瞪了她一眼，似乎在说：“我有意见又能怎样？”

“嗯，”卡门紧接着说，“我的朋友莉娜，你知道她的。她今天晚上刚刚从希腊回来，她……嗯，事实上，最近受了很多打击。”卡门越说声音越虚，“我不能丢下她，所以她也来了。”卡门无可奈何地耸起肩，“对不起。”

波特点了点头。到了这个时候，卡门才发现波特并没有觉得特别的惊讶或失望。

正在这时，保罗看见了她。她只好走过去对他说：“嗨，到这边来。”

保罗跟着她走过来。

“波特，这是保罗。保罗，这是波特。”当他们近得可以听见对方的声音时，卡门介绍道。

“你好。”波特像印第安酋长一般扬了扬手。

今晚，卡门似乎要安排许多人。她指着波特坐的地方：“我们都可以坐在这里，是吗？”

波特耸耸肩：“当然。”

“好的，保罗，坐下。我去找莉娜。”

保罗顿时傻了，仿佛刚刚被雷劈过一般。他不善于和人交往。他很可能还是情愿坐在联合车站的长椅上。

莉娜坐在餐厅前的椅子上，盯着自己的手发呆，世间的一切对她来说不过是浮云。

“莉娜？”

她抬起头。

“真抱歉今天晚上把你拖到这里来，不过我们等会儿会和两个你不认识的男孩一起吃饭。”拐弯抹角有什么用？不如有话直说，有屁就放。如果莉娜抗议，现在还来得及。

卡门本以为莉娜会吓得往椅子底下躲，可没想到她却站起身来，顺从地跟着自己走了。这比尖叫发疯还可怕，卡门更担心了。

她们两个走到桌子前。然后，不可思议的事情便发生了。不知道为什么，当她们走近时，保罗和波特居然坐到桌子的同一边去了。这实在有点滑稽，两个大男人居然并排坐在一起。她不知道当时波特是什么表情，因为她在盯着保罗。

这一刻，时间停止，喧闹声突然消失，所有的色彩渐渐被一团浓墨浸没。空气中弥漫着一股怀旧的气息——虽然什么也没发生。

保罗在看着莉娜。虽然有无数个男孩都痴痴地看过莉娜，但从来没有一个男孩会这样望着莉娜。

等到卡门有时间回忆时，最让她难以忘怀的便是保罗的眼神。一个人的眼神怎么能有这么多内容？

波特站起来了，保罗也站起来了，然后四个人一起落座。卡门寒暄了几句，波特也帮腔了几句。接下来，服务生过来又说了几句。这些都随口说说而已的闲话，它们无关紧要，因为，最重要的事情正在发生。

保罗和莉娜。莉娜和保罗。他们没有相视微笑，甚至连一个字都没有说。也许他们自己都没有意识到奇迹正在发生，但卡门嗅到了不寻常的气息。她就是知道。

忽然之间，就在这四个年轻人中间，一条无形的裂缝出现了。裂缝的这一边，是闹哄哄的世界、吵吵嚷嚷的餐厅，还有像波特和卡门这样的闲杂人等；而那一边，则是保罗和莉娜。卡门的脑海里拉响了十级警报，她不敢再看他们，也不敢听他们说话。她不属于那里，裂缝的另一边。

“你要吃麻辣鸡翅吗？”波特柔声问她。

卡门激动得热泪盈眶。

这是一条爱情牛仔裤！它会带来爱情！它正在对他们四个人施展潜移默化的神奇魔法。可是，它对卡门没用！永远都不起作用！

卡门不会爱。她的爱太辛苦。

卡门的想象开始天马行空，四处游走。保罗的世界里将只有莉娜，他也许会再也看不见卡门了，无论卡门再说什么傻话，他一律都会充耳不闻。

那莉娜会怎么样呢？她会重色轻友吗？她会把姐妹情谊抛之脑后吗？那卡门该何去何从？

一想到此，卡门就急了，她的胃不禁抽搐起来，五脏六腑一阵翻腾。

这次的四人约会她该怎么办？这一刻，爱情触手可及，可她为什么总是徘徊在爱的大门之外？为什么她最后一无所获呢？

然后她又想到了妈妈和大卫。那天晚上晚饭前大卫带着两束玫瑰到了她家，一束是送给克里斯蒂娜的，另一束则送给卡门。卡门非常欣赏他的这种姿态，因为这会让妈妈快乐得像个孩子。卡门做字谜游戏卡壳时——就是那个 a 开头的、一共有 5 个字母的词，是一种日本犬，大卫帮她猜出来了。最重要的是，妈妈脸上的那种光彩又回来了，虽然她总想表现得理性一点，但那种光彩却怎么也掩饰不住。这怎么能叫一无所获呢？这就是收获！

莉娜和保罗已自成一个世界，在那里，保罗对莉娜小声说着什么，莉娜害羞地垂下眉头。可等她又抬起眼睛时，满眼都是笑意，卡门从未见莉娜这样甜蜜地笑过。奇迹在莉娜身上发生了。

卡门本可以假装什么都没看见，她甚至可以因为恐惧而将这种尚处于萌芽状态的爱扼杀在摇篮中。

或者她也可以换一个角度考虑问题，莉娜和保罗都是她所深爱的人，他们和所有人一样都有资格享受爱情。

刹那间，卡门猛地抬起了头："莉娜？"

莉娜魂不守舍，好半天才回过神来。

"什么？"

"陪我离开一会儿好吗？"

保罗和波特的目光齐刷刷地扫过来，他们似乎都在疑惑，卡门怎么这么蛮不讲理，喜欢多管闲事呢？"就只一会儿，我保证。"卡门又说了一句。

一进洗手间，卡门便立刻解开牛仔裤的纽扣。她迅速地脱下牛仔裤：

“把你的裤子给我，你穿上这件，好吗？”

“你到底在干什么？”莉娜责问道。

“因为我觉得今晚对你很重要。”卡门的心怦怦直跳。

“你怎么知道？”莉娜几乎倒吸了一口凉气。

卡门捂着胸口说：“我就是知道，我感觉得出来。”

莉娜瞪大了双眼，直勾勾地盯着卡门：“怎么个重要法？你到底是什么意思？”

卡门把头昂得高高的：“莉娜，如果你现在不知道，很快你就会知道。这个夏天你经历了太多事，我知道你需要一段时间疗伤。”

莉娜似乎没听懂，但她也不想争执。她穿上了牛仔裤。莉娜顿时艳光四射，连周围的空气都开始熠熠生辉。

谢天谢地，幸好莉娜今晚穿的是拉绳运动裤。卡门一边感叹，一边穿上运动裤。她飞快地系好拉绳。

莉娜已经转身离开了，她走出洗手间径直走进餐厅。看着莉娜款款走向保罗，卡门知道，神奇的一刻终于来到，一个全新的世界正在徐徐展开。这一切，也许只有卡门才能看得见。

这样就对了，卡门暗暗想道。她学会了爱，真正的大爱。

莉娜回家了。晚上她躺在床上。和往常一样，她又在没完没了地琢磨男孩。不过奇怪的是，今晚她琢磨的男孩不是以前那个。现在的这个男孩个子更高，身材更魁梧。而且，他的眼神更真挚。他望着她的时候，好像他能够看透一切，但他温文尔雅，没有一丝咄咄逼人的感觉，和他在一起很轻松很安全。至少，他没有结婚，更没有弄大别人的肚子。

恍惚之间，莉娜觉得自己正在玩高空杂技，她得松开吊架，在令人心惊胆战的半空中以闪电般的速度抓住对面的吊架。完成这一切，时间只有 90 秒。

她是什么时候开始玩高空杂技的？莉娜得好好想想。她本来是紧闭心门的隐士，怎么突然间会变成空中飞人了呢？

她很担心自己的安全。

她要给蒂比打电话。从希腊回来后，她还没给蒂比打过电话。她有好多话想对蒂比说。

“蒂儿，我不知道我是怎么了。”她莫名其妙地呜咽起来，也不知道是因为快乐还是忧伤。这两种感觉一样强烈，在惊心动魄的高空中，它们融为了一体。

“你怎么了，莉娜？”蒂比的声音温柔得可以化出水来，她们仿佛从没争吵过。

“我想我是病了，就是那种心脏膨胀肿大的病。”

“哦，”蒂比说了一句极富哲理的话，“我想，心脏膨胀总比收缩好。”

卡门把莉娜送回家后也回家了。刚一进门就听见电话铃响，她走进厨房接起电话。

“喂？”

“嘿，卡门，是我，波特。”

“嗨。”她深感意外。

“听着，我准备放手了。我只是想让你知道，一个男人的耐心只有这么多。”

卡门倒抽了一口凉气。不知道为什么，她的心仿佛错位了一般，它离开了胸腔四处跳动。“唔，你什么意思？”她心虚地问道。其实她不想知道原因，但这并不意味着她就真的不知道。

波特长叹一声：“老实说吧，我一直都在暗恋你，差不多暗恋了两年。这个夏天和你在一起我不知道有多兴奋。我真的希望你能喜欢我，可是老天啊，你到底要把我耍多少次才满意？”

波特停顿了一会儿，他是在给卡门一个辩护的机会，可卡门却被震得口不能语。舌头在嘴里僵住了，动弹不得。

"我真是不明白你为什么要几次三番地给我打电话。我们约会的时候，我可以看得出来你没兴趣，可之后你又给我打电话。"他似乎并不生气，只是无奈，"所以，我正式放手了。做你的白痴，我只能做这么久。"

卡门张大了嘴，口不能言，她突然意识到波特原来和她想象的大不一样。那她有没有费一丁点心思想过波特到底是什么样的人呢？哪怕只想一秒钟？她曾仔仔细细地考虑过他有哪些优点适合做男朋友，但她从没想过波特是否愿意做她的男朋友。老天啊，他为什么以前不说呢？波特是个好男孩，一个值得收藏的男朋友，一件带得出去的物品。对卡门来说，他和高档手袋没什么两样。

难道不是吗？

"我知道你妈妈的事让你很心烦，我也很理解。我以为你们的问题解决之后，你就能认认真真地和我约会了。"

不，他不是高档手袋。

卡门的脸一阵发烫。原来，她看走眼了，她完全看错了波特，此刻，她只想苦笑。

"波特？"她喊他。现在，这个名字给她的感觉完全变了。突然之间，她觉得自己似乎在和朋友说话一般。

"嗯？"

"我可以做很长时间的白痴。"

他大笑起来，虽然笑声有些沉重。

卡门这才想起，他们从没一起笑过。她几乎没给过他大笑的理由。

"我不知道该说些什么，不过我想告诉你，你很真诚，这真让我意外。"卡门诚恳地说。

"你以为我是什么人？"

“老天……我真不知道。难道是企鹅？”

波特又爆发出一阵大笑，他清了清嗓子：“我没听懂。”

“不过我错了。”

“我不是企鹅？”

“不是。”

“很高兴你能这么想。”

她叹了一口气，无限惋惜。

“真的很对不起。”她说道，她真希望自己不要总得罪人，免得动不动就得向人真诚地道歉。

“道歉接受了。”他轻快地说道。

“谢谢。”她说。

“保重，卡门。”他的声音很亲切。卡门深感欣慰。

“谢谢。”她又说出这两个字，不过声音更轻。然后她听见波特挂了电话。

放下电话后，她知道自己罪有应得。最让人伤心的是，她发现自己第一次真的有一点喜欢波特了。

她苦笑着穿上毛茸茸的红睡衣，她生病的时候就常穿它。她羞愧万分，但奇怪的是，心中却满怀希望。

经过一夜的长途奔波，第二天早上布丽奇特终于到了马里兰州贝塞斯达。她从长途汽车上跳下来。不过，她没有回家，一下车就去了莉娜的家。在门口，她默默地拥抱了一下阿里，然后便直接上楼了。

莉娜躺在床上，她还穿着那件上面有绿橄榄和黑橄榄图案的睡衣。

她一看到布丽奇特就坐了起来。布丽奇特小声欢呼着扑上去，几乎把莉娜搂得要窒息了，然后，她才舍得松手仔细地打量着莉娜。

布丽奇特本以为朋友会伤心欲绝，一脸的绝望，可是她错了。莉娜的表情比她想象的要复杂。

“你听说爷爷的事了？”莉娜问道。

布丽奇特一本正经地点了点头。

“你也听说卡斯托斯的事了？”

布丽奇特又点了点头。

“我真是个白痴，不是吗？”她说。

“你是白痴？”布丽奇特凝视着莉娜的双眼柔声问道。

莉娜抬眼望着天花板：“我也不知道自己是个什么东西。”她重新倒在床上，布丽奇特也依偎着她躺了下来，莉娜欣慰地笑了。

“我是那么爱他。”莉娜对布丽奇特说。她闭上双眼，泪水汹涌而出。在哭的时候，她甚至都不知道那个“他”指的是谁。她可以感觉得到布丽奇特的双臂正紧紧地拥着她。

“我知道，”布丽奇特安慰她，“我真为你难过。”

等莉娜的心情平息下来后，布丽奇特若有所思地说：“你变了，莉娜。”

莉娜笑了，虽然她的笑中仍有泪。她抚摸着布丽奇特金灿灿的发丝：“你一点没变。我的意思是，你又变回去了。”

“我希望这个版本的我能耐用一些。”布丽奇特说。

莉娜伸直了她的那双大脚：“你知道吗？”

“什么？”

“我问过自己，如果这个夏天的记忆可以删除，我会愿意删吗？”

“答案是什么呢？”布丽奇特问。

“直到昨晚，我的答案还是‘是’，那时我愿意当一切都没发生过。”

布丽奇特点点头：“现在呢？”

“现在，我想，也许不同了，也许还是面对现实比较好。”

莉娜又开始泪如泉涌。她以前一年差不多只哭三次，可现在似乎还没吃早餐就已经哭了三次。这是不是一种进步呢？

她紧紧地依偎着布丽奇特，大半个身体都压在布丽奇特身上。去年夏天布丽奇特崩溃倒下，是莉娜接住了她。今年夏天正好相反，人生的际遇真是太神奇了。

不过，在这个夏天，她不仅学会了爱，还学会了——依赖。

第二个夏天

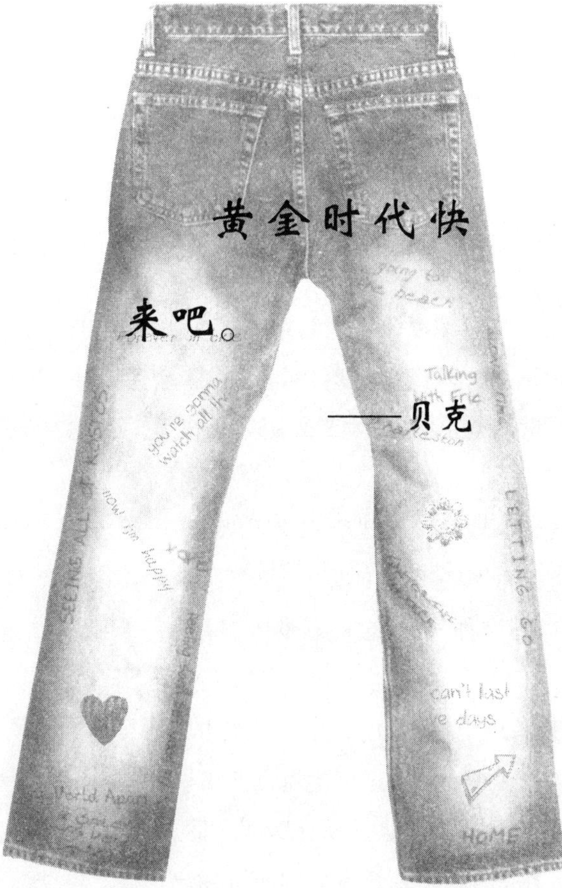

黄金时代快来吧。

——贝克

布丽奇特在莉娜的家里给蒂比和卡门打了电话，过了一会儿她们都来了。卡门趿拉着她妈妈的拖鞋，身上的T恤也忘了翻面，都穿反了。而蒂比就更绝了，她光着脚就赶来了。四个姑娘一见面，就大呼小叫，兴奋不已。

几小时后太阳西下，粉红色的夕阳从窗户里射进来，她们没有离开房间。她们四个人都躺在莉娜的床上，唧唧喳喳地聊个没完没了。卡门知道大家都不想打破这种气氛，这种感觉太温馨了。但此时此刻，她们都已饥肠辘辘。

蒂比和莉娜终于忍无可忍，她们决定去厨房里偷点吃的带上楼。可她们才走不到半分钟，就鬼鬼祟祟地跑回来了。

"我们听见厨房里有人。"蒂比瞪大了眼，兴奋地比画道。

"你们都下去看看，"莉娜说，"但不许发出声音。"

卡门发现大家都光着脚，走路悄无声息。蒂比在厨房的门边站住了，然后所有的人都挤在她身后。

卡门偷偷看了一眼，原来圆桌旁坐着三位母亲，她长嘘了一口气。母亲们都把头压得低低的，似乎在说悄悄话。克里斯蒂娜可能讲了一个有趣的故事，惹得阿里和爱丽丝一齐哈哈大笑。阿里用手蒙住眼睛，这个姿势太经典了，莉娜快笑疯了的时候也会这样。

卡门发现桌上有两瓶酒，一瓶是空的，另一瓶只剩下一半。

看着她们真让人感慨万千。卡门没法区分快乐和忧伤——它们并非泾渭分明。这三位母亲好久没有这么亲昵了，这样的场景既亲切又熟悉，卡门不由得回忆起了童年。桌边有四张椅子，其中一张是空的，它也许本来属于玛丽，但现在应该属于格蕾塔。

卡门的目光四处游移，她发现朋友们也颇为动容，大家的脸上有着一模一样的感动。四个姑娘望着同一个场景，很可能在想着各自的心事。

大家都默默地跟着蒂比走出大门，来到房子旁边的一块空地上。卡门会心地笑了。看到妈妈们重拾友谊，她觉得她们还是很渴望友谊的，只是不愿意承认而已。

四个姑娘躺在草地上，直到太阳西落，繁星缀满夜空。卡门惊异于沉默的力量——此时无声胜有声，沉默把她们的心紧紧地连在了一起。

夜幕降临，吉尔达俱乐部弥漫着甜蜜而神秘的气息。她们手拉着手，一起为逝者——玛丽、贝莉，还有莉娜的爷爷——祈福。蒂比觉得应该把布莱恩的父亲加进去，莉娜又觉得应该把卡斯托斯加进去。莉娜需要为他祈福。布丽奇特则觉得应该纪念一下她的外公。蒂比也想到了咪咪，不过她不敢说出来。

为逝者祈完福后，她们开始向爱致敬。她们打开了一瓶香槟，这可是蒂比父母的私藏品， 不过蒂比还是想办法偷出来了。卡门提议为爱情干杯，不过这个点子一下子就变味了。莉娜说把布莱恩加进去，但蒂比一口拒绝。卡门想把保罗加进去，但莉娜抵死抗议。因此，她们只能把爱的范围扩大，需要致敬的人也一下子变多了——格蕾塔、布莱恩、保罗、瓦莉娅、艾菲、克里丝塔、比利都包括了进来。卡门发扬高风亮节的风格，把大卫也加了进去。

然后她们一起为妈妈干杯。仪式举行到这个环节时，布丽奇特的眼里满是泪水。她问能不能把玛丽加进去，所有人都表示同意。接下来她又问能不能把格蕾塔也加进去，所有人仍然一致表示同意。

该举行最后一道仪式了，大家围成一圈，把牛仔裤放在中间。蒂比准备给大家一个惊喜。她小心翼翼地拿出阿里寄给爱丽丝的照片，把它放在牛仔裤上面。所有人都凑上前目不转睛地看着。

四个年轻的女人并排坐在一面砖墙上。她们勾着肩，搭着背，摞着脚，好像准备跳康康舞似的。她们都在大笑。其中一个有着一头锦缎般的金发，另一个则是个黑眼睛的女人，她顶着一头黑色的大波浪——笑容最为放肆。还有一个女人有一脸雀斑，她的长发在风中轻轻飞舞。第四个则留着清汤挂面般的黑发，是典型的古典美人。这张照片充满着友谊之爱，不过她们不是牛仔裤姐妹。这四个女人是她们的妈妈多年以前的旧照。蒂比欣喜地发现，她们四个人都穿着牛仔裤。